子規から
相良宏まで

大辻隆弘講演集

青磁社

子規から相良宏まで　――大辻隆弘講演集

＊目次

正岡子規における俳句と短歌　6
浅野梨郷と初期アララギ　40
斎藤茂吉の作歌法　92
柴生田稔の戦争　147

中島栄一と大阪 188
高安国世から見た近藤芳美 227
相良宏——透明感の背後 290
後記 334
参考資料一覧 336
初出掲載誌一覧 342

子規から相良宏まで

——大辻隆弘講演集

正岡子規における俳句と短歌

1、俳句からのふたつの衝撃

今回の大会のテーマは「俳句――近くて遠い詩型」です。俳句という文芸を、短歌から見たとき、なにか俳句というものは近くて遠いという感じなのです。かたや五七五、こなた五七五七七という、韻文としては非常に近いところにあるのですが、なかなか遠く感じる部分がある。そういうところを一度、突っ込んで考えてみたいと思ったのです。

近代短歌の歴史をざっくりと二十世紀という枠組みで考えてみます。そうすると近代短歌というのはこの百年間にすっぽりと収まってしまうわけです。その百年のなかで、短歌は二回大きな衝撃を俳句から受けています。世紀の頭と世紀のど真ん中、その二回にわたって衝撃があったのだと思うのですね。

まずは一九〇〇年代の一番最初の時期です。なんといっても正岡子規の登場です。正岡子規が俳句の改革を成し遂げたあとに、短歌の改革に移る。そこで近代短歌はひとつの大きな転換があったのだと思います。そこで短歌は俳句から大きな影響を受けた。

もう一つは西暦でいうと一九五一年、ちょうど二十世紀のど真ん中です。年号で言うと昭和二十六年、塚本邦雄が『水葬物語』という歌集を出します。この『水葬物語』のなかで塚本が行った短歌の文体の改革は、多分、現代俳句の成果がなければ成しえなかったことだと思います。例えば、上句と下句を何の意味脈絡もなくぶっつける二物衝撃の手法とか、あるいは「句またがり」と言われる定型のリズムと意味のリズムをぶつける手法。塚本邦雄が『水葬物語』のなかで実践したそのような手法は、現代俳句から輸入したテクニックだと思うのです。そしてその手法が、前衛短歌の基本的な技法として流布していった。

そういう意味では、近代短歌はその百年の歴史のなかで最初の時期と、ど真ん中の時期で俳句からの影響を深く受けたということが出来ると思うのです。

私はこのなかの最初の衝撃、正岡子規について語りたいと思います。正岡子規のなかにおいて俳句と短歌はどのようなものとして捉えられ、どのように変化していったのか。そういう問題を少し考えてみたいと思うのです。

2、透明な文体の確立

では子規において、俳句と短歌はどのような関係にあったのか。一言でいうなら、子規の短歌改革は俳句の改革の成功体験に基づいていた。その俳句改革の成功体験をそのまま短歌に持ち込んだ、ということです。

ちょっとレジュメをご覧ください。正岡子規が短歌の改革、和歌改良に乗り出したのは明治三十一年「日本」という新聞に「歌よみに与ふる書」という評論を書いたところから始まります。その子規が短歌改革でめざしたものは何だったのか。それは簡単に言えばリアリズム短歌の確立です。が、リアリズムの短歌が成立する根底には、そのような考え方を可能にする言語観の改革が必要だったと思うのです。

そのように考えてゆくときに、私は子規の言語観の画期ともいえる大切な文章があると思います。それは子規がまだ学生だった明治二十二年に「筆まかせ」という随筆のなかに書いた「言文一致の利害」という文章です。それを読んで見たいと思います。

読む前にちょっとだけ時代背景を説明しておくと、この文章が書かれた明治二十年代初頭、小説の方で「言文一致運動」というものが起こります。今私たちがしゃべっている言葉をどうやって文章にするか、書くか。それは一つの新しい文体を作るという大変な仕事だったわけですね。その際、一番問題になったのは文末の処理でした。例えば山田美妙という人は「ですます調」で小説を書いてみる。坪内逍遙は「だ調」で書いてみる。文末の処理ということが大きな問題となったわけです。こういう言文一致の文体に対して子規は否定的見解を述べています。そして「です」「だ」よりも文語の断定の助動詞「なり」の方がいいと言うんですね。そういう意見を書いたのがこの「言文一致の利害」という文章なんです。読んでみましょう。

彼（大辻注・言文一致論者）或は駁していはん「なり」の代りに「です」を用ゆれば両方共に二字二音なれば差支なかるべしと固より然り、然れども「です」なる言葉は礼儀上の言葉にて比較上の言葉なり　若シ通例の人に向つて書く小説の地に「です」といふ字を書くならば　上等の人の為に書く小説には「でございます」と書き　目下なる者の為メに書く時は「だ」と書かねばならぬ割合也　若シそれにかまわ《ママ》ず常に「です」とか「だ」とかいふ言葉を用ゐなば　おか《ママ》しく聞ゆる也　何となれば上等或は上目の人が読んで無礼を怒ることあるべく　下等或は下目の人が見て余り丁寧なるを嘲ることあらん、蓋し地の文に礼儀上の言葉を用ゆれば　其礼儀は著者が読者に対しての礼儀と見なさゞるを得ざるがため也　それよりは礼儀を抜いた言葉《アブストラクト》（「なり」の如き）を用ゆれば誰が読んでも礼儀の考を起さざるが故に大に心よかるべし

（「言文一致の利害」明22）

こういう文章を読むと、やはり子規は若い時から頭脳明晰というか、論理的だったんだなあ、という気がします。再度注目すべきところを読みます。

「です」なる言葉は礼儀上の言葉にて比較上の言葉なり　若シ通例の人に向つて書く小説の地に「です」といふ字を書くならば　上等の人の為に書く小説には「でございます」と書き　目下なる者の為メに書く時は「だ」と書かねばならぬ割合也

子規はここで文末の処理について言おうとしています。「です」「ございます」「だ」という文末詞は相手を、相手の身分を想定していますね。「です」は自分より目上の人を、「だ」は自分より身分の低い相手を想定しています。つまり、これらの言葉は広義の敬語、難しい言葉で言うなら「待遇表現」です。子規の言葉を借りれば「礼儀上の言葉」であり「比較上の言葉」である、ということになります。

これらが、小説の登場人物のセリフとして語られるなら問題はありません。が、小説には、ストーリーを客観的な形で読者に説明する「地の文」があります。そこへこのような「です」「だ」などを使うと、その「地の文」はある一定の身分や社会的階級を想定した文章になってしまいます。ですから、子規は続けて次のように言います。

若シそれにかまわず常に「です」とか「だ」とかいふ言葉を用ゐなば　おかしく聞ゆる也　何となれば上等或は上目の人が読んで無礼を怒ることあるべく　下等或は下目の人が見て余り丁寧なるを嘲ることあらん、蓋し地の文に礼儀上の言葉を用ゆれば　其礼儀は著者が読者に対しての礼儀と見なさゞるを得ざるがため也

子規が言おうとしているのは、「です」とか「だ」とかいう言葉を「地の文」に使うと、その言葉に含まれた「礼儀」は、著者が読者に対して使う広義の意味での敬語になってしまう、必然的に相手の社会的階級を含意してしまう、ということです。それでは小説の「地の文」の客観性

は失われてしまう。だから、子規は次のように「です」「だ」より「なり」の方がいいんだ、というわけです。

それよりは礼儀を抜いた言葉《アブストラクト》（「なり」の如き）を用ゆれば誰が読んでも礼儀の考を起さざるが故に大に心よかるべし

ここで子規は「礼儀を抜いた言葉」「アブストラクトな言葉」の必要性を説くわけです。「アブストラクト」というのは「抽象的」ということです。具体的な社会階級に縛られる言葉ではなく、客観的で抽象的な叙述の言葉。子規はここで小説にはそのような「アブストラクト」な言葉が必要だ、というわけです。したがって、「なり」という、アブストラクトで礼儀関係が感じられない文末詞を使うと文章の意味内容が客観的に立ち上がって来てわかりやすくなる。だから、「です」「だ」といった当時の小説の言文一致の文体よりは「なり」の方がいいんだ、と子規は言うわけです。

なかなか鋭い指摘だと思います。ここで子規が指摘している言文一致体の問題点は、当時、小説家自身が感じていた問題でした。初期の言文一致の作家たちは、はじめ「ます」「です」「だ」といった文末詞を使っていたのですが、それがなかなかうまく行かない。そこで、作家たちは「た」というアブストラクトな文末詞を発見して、その「た」を用いて近代小説の文体が確立する。それが明治文学史の定説です。正岡子規はそれと同じことを、まだ二十二歳の若者でありながら指摘しているわけです。

二十二歳の正岡子規が希求したのは、当時の言文一致体にしつこくまつわりついていた社会階級や上下関係を排除した透明な文体だったのです。実は、正岡子規の俳句改革・和歌改革の一番根底にあったのは、こういう透明な文体への希求でした。彼の俳句・和歌改革は、俳句や短歌においてこのような透明な文体をどのように確立するか、という闘いだったのではないか、と思います。礼儀や身分関係には関わらない客観的な描写に適した文学の文体、それを子規は追い求めていた。その最初の起点となるのが、この「言文一致の利害」という文章だろうと思うのです。

3、過剰な助辞の排除・名詞の重視

では、子規が考えた透明な文体とは何なのでしょうか。それは一言で言えば、ごちゃごちゃとした含意の入らない文体です。人の思惑とか、不必要なニュアンス、そういったものを含まないでもっとすっきりと映像なり伝えたい事が伝わるような文体。そういう文体を、和歌や俳句の中でも子規は追い求めていたのだと思います。

そのような透明な文体を確立するための具体的な戦略として、子規が行おうとしたこと。それが「過剰な助辞の排除」ということです。「助辞」とは、今の言葉で言えば助詞とか助動詞、いわゆる「てにをは」です。この「てにをは」というものを文章の中から排除する。正岡子規はそれを短歌の分野でもやろうとしていたのです。もちろんすべての「てにをは」を排除することはできません。子規がやろうとしたのは、余計な過剰な「てにをは」を排除して、いちばんシンプルな形でそれを使おうとした、ということだと思います。これは「名詞の重視」という思想に繋がってゆきます。過剰な助詞とか助動詞に過剰な思いを籠めるのではなくて名詞を重視する。そうすることで子規は短歌の文体を改革しようとしたのであろうと思います。

レジュメを見てください。「歌よみに与ふる書」の一節です。いうまでもなくこの論文は、明治三十一年に彼が書いた短歌改革の狼煙ともいえる文章ですね。そこで彼は源実朝の「武士《もののふ》の矢並つくろふ小手の上に霰《あられ》たばしる那須の篠原」という歌を賞賛して次のように言っています。

普通に歌はなり、けり、らん、かな、けれ抔の如き助辞を以て斡旋せらるゝにて名詞の少きが常なるに、此歌に限りては名詞極めて多く「てにをは」は「の」の字三、「に」の字一、二個の動詞も現在になり（動詞の最短き形）居候。此の如く必要なる材料を以て充実したる歌は実に少く候。

（「八たび歌よみに与ふる書」明31）

ここで子規が言っているように、従来の和歌では「助辞」が大きな働きをしていた。「なりけり」とか「なりにけるかも」といったように助詞や助動詞がとても多かった。その逆に名詞は少なかった。それが和歌の普通の文体であった。にもかかわらず、この実朝の歌は名詞が極めて多い、と子規は言います。「武士」「矢並」「小手」「霰」「那須」「篠原」というように名詞が多く登場する。その代り「てにをは」はきわめて少ない。「の」が三つ、「に」が一つ、動詞もすべて助動詞を付けない基本形だけが使われている。そう子規はこの歌の文体的な特徴を指摘します。そして「此の如く必要なる材料を以て充実したる歌は実に少く候」と褒め称えるのです。

短歌教室などでよく先生が「短歌は『てにをは』が大切だ」などと言いますね。実作の面からいうとそれは本当にそうで、助詞ひとつ替えるだけで歌が生きたり死んだりするということはよくあることです。でも、ここで子規が言っているのはそうではありません。そういう過剰な助辞はなるべく省こう、そして名詞というものでイメージをきちっと立ち上がらせる歌を作ろう。子規はそのように提唱し、その模範的な例として源実朝のこの歌を取り上げているのです。

もう一つ例を挙げてみましょう。過剰な助辞を排除し名詞を重視しようという子規の思想は、島崎藤村の『若菜集』を批評した明治三十年の文章「若菜集の詩と画」という文章でも確かめることができます。レジュメをご覧ください。同じような子規の言語観が窺えると思います。


(藤村の詩は)一句名詞を以て終る者極めて少し、故に孱弱《せんじゃく》なり。句中にてには助字多きも亦孱弱ならしむる所以なり。宋詩の唐詩に及ばざるもこれが為なり、和歌の俳句に如かざるもこれが為なり。集中

芙蓉を前の身とすれば泪は秋の花の露
君から紅の花は散りわれ命あり八重葎

の如き句なきに非るもそは極めて稀なり。巻を拡げて一見するも天馬の詩は字の密なるを覚ゆ。是れ漢字多きが為にして、漢字多きは名詞多くてには少きを證す。天馬の句法最もしまりたる

は此故なり。

（「若菜集の詩と画」明30）

少しずつ読んでみますね。まず子規は詩集『若菜集』全巻の印象を次のようにまとめています。

（藤村の詩は）一句名詞を以て終る者極めて少し、故に孱弱《せんじやく》なり。句中にてには助字多きも亦孱弱ならしむる所以なり。宋詩の唐詩に及ばざるもこれが為なり、和歌の俳句に如かざるもこれが為なり。

子規の説くところによれば、『若菜集』には名詞で終るフレーズが極めて少ない、だから「孱弱《せんじやく》」、弱々しい感じがする。またフレーズのなかに「助字」が多いのも詩を弱々しいものにしている、と言います。「助字」とは助詞・助動詞のことです。名詞が少なく、過剰な助詞・助動詞が多すぎる。それが『若菜集』一巻の全体的な弱々しさに繋がってしまっているんだ、と子規は批判しているのです。

それに続いて子規は聞き捨てならないことを言っていますね。「宋詩の唐詩に及ばざるもこれが為なり、和歌の俳句に如かざるもこれが為なり」。ここには明治三十年という時点の子規の認識がよく出ています。この明治三十年という年は、子規の俳句改革がすでに実を結んでいた時期です。そして、子規が和歌改革に乗り出す直前の時期なのです。「和歌の俳句に如かざるもこれが為なり」というのはこの時点においてあきらかに子規は、和歌よりも俳句の方が「上」と感じていたのですね。ではなぜ和歌は俳句よりも駄目なのか。それは、和歌には「てにをは」が過剰にあって脆弱で弱々しくなってしまっているからだ。それに対して、自分が改革した俳句は和歌よりも名詞を多く使ってイメージが明晰に立ち上がってくる。だから和歌より壮健な文学なのだ。和歌というものは過剰な「てにをは」があるから駄目なのだ。この部分には、この当時の子規の認識が明白に表れています。

このような過剰な助辞に対する嫌悪感というのは、後半の文章にもよく出ていますね。続きを少しだけ読んでおきます。

集中
　　芙蓉を前の身とすれば泪は秋の花の露
　　君から紅の花は散りわれ命あり八重葎
の如き句なきに非るもそは極めて稀なり。巻を拡げて一見するも天馬の詩は字の密なるを覚ゆ。是れ漢字多きが為にして、漢字多きは名詞多くてには少きを證す。天馬の句法最もしまりたるは此故なり。

正岡子規は『若菜集』のなかの「芙蓉を前の身とすれば泪は秋の花の露」「君から紅の花は散りわれ命あり八重葎」といったフレーズが好ましいと思ったのでしょう。たしかにこれらのフレーズには名詞が多用されていて、助詞が少ないですね。ここで「天馬の詩」とありますが、これは『若菜集』に収録されている詩の名前で、この詩だけは漢語が多く用いられています。子規はその「天馬」を例外的によしとしたわけです。

以上二つ文章を見ましたが、このような文章のなかに子規が取り組もうとした和歌の文体改革の見取り図がはっきりと見えています。王朝和歌由来の「てにをは」の綿々たる抒情を削ぎ去って、もっと明確なイメージが立ち上がってくる名詞。その名詞を主体にして和歌の文体を作り直そうとした。よりシャープな近代短歌の文体に変えようとした。それが明治三十年・三十一年時点の子規の和歌改革の目論見だったということになります。

4、名詞の映像喚起力

では、子規は名詞というものをどのようなものとして考えていたのでしょう。名詞を聞いたり読んだりする時、私たちは自分の頭のなかにしっかりとした映像が立ち上がってきます。視覚的なイメージが呼び起されるわけです。正岡子規が注目したのは名詞のそういう映像喚起力だったのです。明治三十一年に書いた次の文章には、子規のそういう名詞観がはっきりと出ています。読んでみましょう。

牡丹と深見草《ふかみぐさ》との区別を申さんに生等には深見草といふよりも牡丹といふ方が牡丹の幻影早く著《いちじる》く現れ申候。且つ「ぼたん」といふ音の方が強くして、実際の牡丹の花の大きく凛としたる所に善く副《そ》ひ申候。故に客観的に牡丹の美を現さんとすれば牡丹と詠むが善き場合多かるべく候。

（「十たび歌よみに与ふる書」明31）

今私たちが「ボタン」と呼んでいる花。あの大きな花は、和歌の世界では「深見草」と呼んでいたそうです。たぶん「牡丹」という漢音が嫌われて、より和語感のある言葉が採用されたのでしょうね。ここで子規はその「深見草」と「牡丹」どちらがいいかということを論じています。ここで子規は、両者をどちらがイメージを喚起する力があるか、という観点から比較しています。「深見草」という言葉を聞いても、私たちにはあまりイメージが湧いてこない。はっきりしないなよなよとしたイメージがおぼろげに浮かんでくるだけです。それよりは「牡丹」という硬い漢語の名詞のほうが、あの花の姿がより明晰に頭の中に浮かんでくる。子規はそう言います。さらに「ボタン」という音の方が「ふかみぐさ」より強く響く。たしかにそうですね。ボタン！何か強い感じがします。たぶん「タン」という撥音が利いているんでしょうね。この強い響きを持った「牡丹」という言葉の方が、あの凛とした大柄のボタンの花にふさわしい感じがする。だから「牡丹」の方がいい。そう子規は言っているわけです。

たしかにそうですね。少なくとも子規の世代の人間、漢語が多く流入してきた明治の時代に生きた子規たちにとっては、「ふかみぐさ」といういかにも日本的な冗長な言葉よりは「牡丹」という硬い響きをもった漢語の方がより明晰なイメージを喚起する。実感的にはよく分かります。正岡子規がなぜ過剰な「てにをは」を排除し、名詞というものを短歌の中で重要視しようとしたか。それは、名詞によってきちっとしたはっきりとした映像が浮かび上がってくるからなんだ。ここで子規はそう言っているのです。

ここには、言文一致体を否定し透明な文体の確立を希求した子規の言語観のもっとも根本にあった言語に対する考え方が顔を覗かせています。それは、言語は、明晰な視覚的イメージを喚起しなければならない、多義的ではなく、たった一つのきっかりとした映像を齎さなければならない、という思想です。それは今の言葉で言えばリアリズムだといってよい。日本の文章、とりわけ和歌の文体のなかに包含されていた「てにをは」に纏わる綿々とした抒情を排し、単一の視覚的映像が立ち上がってくる文章の文体。それこそが小説・俳句・短歌を通じて、彼が追い求めようとしていた当のものだったのです。

子規は短歌においても、このような「映像がきちんと浮かんでくる短歌」を自分の理想像としたのです。

5、「視点」の位置・作者の立ち位置

では「映像がはっきり浮かんでくる短歌」とは一体どういうものなのか。ごく簡単にいうとそれは一枚の写真のような短歌だ、ということになります。短歌が一枚の写真になるということです。

ご存知のように、写真というものはきちんとカメラを構えて一点の場所に立って、なるだけシ

ャッタースピードを速くして写すときれいな写真になりますね。そういうふうに、一首の歌の内容が、一人の人間がある瞬間にある場所で見た映像として浮かんでくる。そのためには、その人間の「視点」というものをきちんと固定しなければならない。写真というものは、カメラを持っている人の立ち位置がぶれたりすると、手ブレの写真になってしまう。だから、映す場所を一点にしっかり固定しますよね。またシャッタースピードも遅いシャッタースピードにしてしまうと、被写体が動いてぶれてしまいますから、なるべく速くしますよね。きっちりとした映像が立ち上がってくる写真は、視点が一点に固定され、できるだけ時間を短くして瞬間の映像を切り取る必要がある。

短歌も全く同じです。一首のなかにシャープな映像を描きこもうとすれば、視点は一点に固定し、なるべく短い瞬間を捉えなければなりません。正岡子規は、そのようにごくごく単純に考えて短歌のなかに明晰な映像を持ち込もうとした。ある一瞬の一点から見られた視覚像を短歌のなかに齎そうとした。それが彼の和歌改革の具体的な方策だったわけです。

では、このころの子規はどんな風な歌を作っていたか。子規の実作を見てみましょう。和歌改革に乗り出して二年後、明治三十三年の歌です。

ともし火の光に照す窓の外の牡丹《ぼたん》にそそぐ春の夜の雨　明33

なにかくっきりとした映像が浮かんできます。遠近感が非常にはっきりした歌です。子規は病室に寝ていて、ガラス窓がある。病室のランプの光がそのガラス窓を通過して庭を照らす。その庭には牡丹が咲いている。そして、その牡丹に春の夜の雨が注いでいる。その雨の筋がランプの光に照らされて銀色に光って見える。そんな情景が浮かびます。一番近景に窓があり、中景には牡丹があり、その背景には雨の降る漆黒の闇がある。こんな風に窓・牡丹・雨・闇が遠近感を伴いながら配置されている。その構図がきっちり読者に見えてくる。そしてその中心に正岡子規の視点が、特定の一点に固定されている。そういう感じがする歌です。

次の歌も同じ時期の歌です。

ガラス戸の外に据《す》ゑたる鳥籠のブリキの屋根に月映《うつ》る見ゆ　明33

これも非常に遠近感がはっきりしていますね。ガラス戸の向こうの縁側に鳥籠が吊るされていて、そのブリキのつやつやした屋根に月の光が映っている。一番手前にガラス戸があり、鳥籠があり、さらにその屋根に月が映っているのが見える。まるで、一枚の絵を見るような遠近感が描き出されていて、それを見ている子規の視点が病室のなかの一点にきっちりと固定される。それがはっきり分かる歌だと思います。子規が和歌改革で目指したのは、このようなきっちりとした映像が浮かびあがる歌だったのです。

こういう歌を読んでゆくと、その映像を見ているある瞬間の一人の人間の視点というものが読者にしっかりと感じられてきます。このような視点を固定した歌が子規の理想なのですから、彼が批判するのはそれとは逆の歌、つまり視点がぶれる歌ということになります。作者がどこに立っているか分からない歌を子規は非常に厳しく批判します。子規の歌論を読むと、そういう批判が数多く出てくるんですね。

次の文章を見てください。明治二十九年に子規は佐佐木信綱と藤原範永の歌について次のように批判をしています。

白雲は峰をつゝみて鶯の声より外の声なかりけり　信綱
尋ねつる宿は霞にうづもれて谷の鶯一声ぞする　範永
前者を貶《けな》したるは吾も同感なり。後者を褒めたるは何の意ぞ。前者後者共に同様の欠点あり何ぞ一を掲げ他を抑ふるの理あらんや。白雲が峯を包むとか宿が霞にうづもるとかいふは遠くより見たる景色にして、鶯の声を聞くとは最も身に近き処を言ひたるなり。此の如く遠近を一つに詠みたる嘘の歌はいかで人の感情を惹き起すべき。
（「文学」明29）

ここで子規は、信綱の歌にも範永の歌にも同じ欠点がある、と言っています。それはどういうことか。

白雲が峯を包むとか宿が霞にうづもるとかいふは遠くより見たる景色にして、

子規はこう言っています。なるほどそうですね。信綱の歌の「白雲は峰をつゝむ」という部分は山の峰を遠くから見ている感じがしますね。遠くから見ないと雲が峰を包んでいるとは見えない。同様に範永の「宿は霞にうづもれて」という表現も、霞に埋もれている山の宿は随分遠くにあるような気がする。山にかかった霞の全景が見えるような遠い距離でないと、このような情景は見えません。この二首の上の句は、それぞれ遠いところから山や宿を見ている。

ところが子規は続けてこう言う。

鶯の声を聞くとは最も身に近き処を言ひたるなり。

なるほど、鶯の鳴き声というのは近い距離でしか聞こえない。信綱の歌の三句以降の「鶯の声より外の声なかりけり」や範永の歌の下句「谷の鶯一声ぞする」という表現は、鶯が近くで鳴いていないと実感が出ないのではないか、と子規は言うのです。

つまりこの二首は、前半部に出てくる山は遠いところにある感じがするけれど、その山で鳴いている鶯はとても近いところで鳴いているような感じがする。作者は山から遠いところに立っているのか、近いところに立っているのか、作者の立ち位置が固定していない。作者の視点の位置が歌の前半と後半ではずれてしまっている。そういう意味で、この二首の歌には全く同じ欠点があるのだ、と子規は主張するわけです。

子規の歌論にはこういう論法が実に多く登場してきます。明治三十二年に書かれた次の文章もそうです。

かへり見る高根の夕日影消えて山駕《かご》寒く散る木の葉かな（秀真）

右一首、一応は取りたれど実は分らぬ歌なり。此歌にて、駕は動いて居るか休んで居るか、作者は駕の中にあるか外にあるか、の二つの疑問あり。若し駕に乗り居る者とすれば「かへり見る」といふも無理のやうに思はれ、又「山駕寒く散る木の葉」といふも余所見《よそみ》に見た形容のやうに思はれて面白からず。若し作者は駕の外にありて高根と駕とを見たる者とすれば、今度は作者と駕と高根と三者の位置甚だ分明ならず。

（「落葉の巻抄」明32）

作者の「秀真」というのは香取秀真という子規の門人のことです。この歌にも「駕は動いて居るか休んで居るか、作者は駕の中にあるか外にあるか、の二つの疑問あり」と子規は言うのです。たしかにそうですね。初句の「かへり見る」というのは、駕籠の外に立って自分が歩いてきた道を振り返って見ているような感じがします。したがって、もし作者が駕籠に乗っているのだとすれば「かへり見る」という表現はそぐわない。また結句の「散る木の葉かな」も、駕籠のまわりに落葉が降る様子を描いている感じがするので、やはり作者は外に居るような感じがする。作者が駕籠のなかにいると考えると、このように駕籠のまわりに散る木の葉を客観的に描写することはできません。作者が駕籠のなかに居るとするといろいろ矛盾が生ずるのです。

では、作者が駕籠の外に立っているとすればどうか。もしそうすると「若し作者は駕の外にありて高根と駕とを見たる者とすれば、今度は作者と駕と高根と三者の位置甚だ分明ならず」と子規は言うわけです。作者が外に居るのだとすれば、「かへり見る」という表現がありますから、作者は高い山を振り返ってみていることになる。「高根」は作者の後ろにあるはずです。そしてその山に沈む夕日を受けて駕籠が見えているのだとすると、作者は今度は前の方を見て駕籠の描写をしていることになる。山は真後ろにあるし、駕籠は目の前にある。すると、この歌は後ろと前と二つの情景を歌ったことになって視点が分裂して落ち着きのない歌になる。しかも、作者が駕籠の外にいるのだとすれば「山駕寒く」という主観的な表現は不自然になってしまうでしょう。

つまり、この歌は作者が駕籠のなかにいて歌った歌だと考えると矛盾が生じるし、作者が駕籠の外に立って歌った歌だとしても矛盾が生まれる。作者の立ち位置が一点に確定できない。だからこの歌は駄目なんだ、と子規は言うわけです。

もうひとつだけ同じような文章を挙げておくと、次のような文章もあります。

わづらへる鶴の鳥屋みてわれ立てば小雨ふりきぬ梅かをる朝（大辻注「明星」所載の落合直文の歌）

次に梅かをる朝といふ結句は一句としての言ひ現はし方も面白からず、全体の調子の上より此句への続き工合も面白からず。此事を論ぜんとするにはこの歌全体の趣向に渉つて論ぜざるべからず。そは此歌は如何なる場所の飼鶴を詠みしかといふ事、即ち動物園かはた個人の庭かといふ事なり。若し個人の庭とすれば「見てわれ立てば」といふ句似あはしからず、「見てわれ立てば」といふはどうしても動物園の見物らしく思はる。若し動物園を詠みし者とすれば「梅かをる朝」といふ句似あはしからず。「梅かをる朝」といふは個人の庭の静かなる景色らしくして動物園などの騒がしき趣に受け取られず。

（「墨汁一滴」明34）

もう詳しく言う必要はないと思います。この落合直文の歌について、子規は、作者が動物園に立っているか、それとも自分の庭に立っているか、分からない、という論点で批判を展開しているわけですね。

つまり正岡子規の理想とする短歌では、必ず作者はある一点に立っていなければならない。カメラの位置は一点に固定されていて、そこから一瞬の情景をするどくスナップ写真のように切り取る。その鮮明なブレのない視覚像が、読者にそのまま伝わらなくてはならない。子規はそう考えるのです。これらの文章で例示された歌は、すべてその視点がずれていたり、後ろの風景と前の風景を同時に歌いこんだり、作者が外にいるか内にいるか分からなかったりする。だから駄目なんだ、と子規は言うわけです。

以上、いろいろ言いましたが、このように考えてくると、正岡子規が和歌改革で成しとげようとしたことの大まかな姿がはっきりした形で見えてきます。過剰な助詞・助動詞を短歌の文体から排除し、名詞の映像喚起力を短歌のなかで最大限利用する。それによって一人の作者が、ある瞬間に、ある一点に立って見た視覚像を短歌の中に焼き付けてゆく。それが和歌改革に着手した当時の正岡子規にとっての和歌の理想像だったということです。

6、子規の俳句改革の本質

以上、長々と述べてきたようなことが明治三十一年から始まった子規の和歌改革の概要であるわけですが、実は子規は和歌改革において初めてこのようなことを言ったわけではありません。子規は明治三十一年以前にも、俳句改革において、まったく同じロジックを使って俳句を改革しようとしていたのです。

正岡子規は明治二十六年ごろから俳句の改革に着手します。そのとき、実は、先ほどいった和歌改革とまったく同じロジックを使って俳句を新しいものにしようとしているのです。そして、結論から言うと、その俳句改革は見事に成功するのです。つまり、子規は和歌を改革する以前に、俳句改革の成功体験があった。子規は俳句を改革したときに使った手法をそのまま和歌に応用して和歌を改革しようとした。つまるところ、子規の和歌改革は、俳句改革の焼き直しであり、二番煎じであり、二匹目の泥鰌だったのです。

では子規は俳句についてどのように考えていたのか。時代を溯って、明治二十年代の後半に子規は、俳句の改革をどう進めようとしていたのか確認しておきましょう。

俳句を改革しようとした子規が、従来の俳句を批判するときによく使った用語に「たるみ」という言葉があります。その「たるみ」という概念について子規は次のような定義をしています。子規の俳句改革の一番大切なテキストである「俳諧大要」のなかの文章です。

句調のたるむこと一概には言ひ尽されねど普通に分りたる例を挙ぐれば虚字の多きものはたるみ易く名詞の多き者はしまり易し虚字とは第一に「てには」なり第二に「副詞」なり第三に「動詞」なり故にたるみを少くせんと思はゞ成るべく「てには」を減ずるを要す

（「俳諧大要」明28）

明治二十八年の文章ですね。ここで子規は端的に「虚字の多きものはたるみ易く名詞の多き者はしまり易し」と言っていますね。そして「虚字」とは第一に「てには」だと言っています。先の言葉でいえば「助辞」「てをには」ですね。だから、「たるみ」の少ない締まった俳句を作るためには「『てには』を減ずる」ことが必要だというわけです。

具体的な例を見てみましょう。子規は元禄期から天保期までの典型的な俳句を例にあげながら、「たるみ」ということを次のように説明しています。

試みに句のたるみし有様を比較せんが為めに元禄と天明と天保との三句を列挙すべし

立ち並ぶ木も古びたり梅の花　　舎羅

二もとの梅に遅速を愛すかな　　蕪村

すくなきは庵の常なり梅の花　　蒼虬

句の巧拙は姑《しばら》く論ぜず其句調の上に就いていはんに元禄（舎羅）の句はありのまゝのけしきを飾らずたくまず裸にて押し出したる気味あり天明（蕪村）の句はとかくにゆるみ勝なるものを

少しもゆるめじとて締めつけ〳〵て一分も動かさじと締めつけたらんが如し天保（蒼虬）の句はゆるみ勝なるものを猶ゆるめたらん心持あり要するに元禄は自然なる処に於て取るべく天明は工夫を費す処に於て取るべし独り天保に至りては元禄を摹《も》したるつもりにて元禄にも何にもならぬ者即ち工夫を凝らさぬふりして其実工夫を凝らしたる者何の取所もなきことなり少くとも此三体に於ける句法の変化を精細に知らざれは俳句の堂に上りたりといふを得ず世上往々天保流の句を評して蕪村調などゝ評する者あり笑ふに堪へたり

（「俳諧大要」明28）

ここで子規は同じ「梅」という題材を用いて、「ゆるみ」と「締まり」という概念を説明しようとしています。最初の句よりも二つ目の句が、二つ目の句より三つ目の句が、たるんでいると子規は言うんですね。

最初の元禄期の舎羅の句「立ち並ぶ木も古びたり梅の花」には締まりがある、と子規は褒めます。二番目の天明期の蕪村の句「二もとの梅に遅速を愛すかな」は、弛みつつあるのだけれど「遅速」とか「愛す」とか漢語を入れることによってかろうじて句に締まりを齎している。もっとも駄目で緩みに緩んでいるのが天保期の蒼虬の句「すくなきは庵の常なり梅の花」だと子規は言います。ユルユルだというのです。なるほど確かにこの蒼虬の句の「すくなきは」というのは理屈っぽいですね。「少ないものは果たして何であろうか」という問いかけをまず最初にするわけです。この「は」という助詞がそういう理屈を内包していますね。さらに「庵の常なり」、この「なり」は「である」という断定の助動詞ですから、ここにも理屈が籠ります。ここらあたりの表現が子規の言う「たるみ」に当たるのだと思います。助詞・助動詞を多用して、俳句のなかに「理」を持ち込む。それによって句を説明的にし読者に媚びる。それよりは元禄期の「立ち並ぶ木も古びたり梅の花」の方が「締まり」がある。すっきりとした情景が立ちあがってくる、というわけです。モタモタと理屈を言わず、スパッと言わんかい、という感じですね。

こういう論法は先に見た和歌改革の論法と同じです。つまり助詞・助動詞を多用することで、理屈や情緒がまとわりついて文体が混濁してしまうという事態を子規は批判しているのです。先ほど述べたように、子規は和歌改革において、このような助辞の多用を批判していました。それと全く同じことを、子規は明治二十八年に俳句の改革において主張しているわけです。

また、映像喚起力が大事だ、ということも子規はすでに俳句改革の中で言っています。「明治二十九年の俳句界」という文章のなかで、子規は弟子の河東碧梧桐の俳句を挙げて次のように言っています。

碧梧桐の特色とすべき処は極めて印象の明瞭なる句を作るに在り。印象明瞭とは其句を誦する者をして眼前に実物実景を睹るが如く感ぜしむるを謂ふ。故に其人を感ぜしむる処恰も写生的絵画の小幅を見ると略々同じ。同じく十七八字の俳句なり而して特に其印象をして明瞭ならしめんとせば其詠ずる事物は純客観にして且つ客観中小景を択ばざるべからず。例

赤い椿白い椿と落ちにけり　　碧梧桐

（中略）椿の句の如き之を小幅の油画に写しなば只地上に落ちたる白花の一団と赤花の一団と

を並べて画けば則ち足れり。蓋し此句を見て感ずる所実に此だけに過ぎざるなり。椿の樹が如何に繁茂し如何なる形を成したるか又其場所は庭園なるか山路なるか等の連想に付きては此句が毫も吾人に告ぐる所あらざるなり。吾人も亦之れ無きがために不満足を感ぜずして只紅白二団の花を眼前に睹るが如く感ずる処に満足するなり。

（「明治二十九年の俳句界」明30）

明治三十年の文章ですね。先ほど、私は「牡丹」の話をしました。子規は「牡丹」という言葉の映像喚起力を重視し、映像がきちっと浮かび上がってくることが短歌において大事だと考えた、ということを言いましたが、ここで子規はそれとまったく同じことを、河東碧梧桐の俳句を題材にして指摘しています。少しずつ読んでみましょう。

碧梧桐の特色とすべき処は極めて印象の明瞭なる句を作るに在り。印象明瞭とは其句を誦する者をして眼前に実物実景を睹るが如く感ぜしむるを謂ふ。

「牡丹」という言葉が実物の牡丹の幻影を眼前にしっかり現出させるのと同じように、碧梧桐の俳句は眼前に「実物実景を睹るが如く感ぜしむる」ところに特徴がある、と子規は指摘しています。

子規が碧梧桐の特徴が出た代表句として称揚しているのは、有名な「赤い椿白い椿と落ちにけり」という俳句です。これを一つの絵にするならば、赤い椿と白い椿がそこに散ったという絵柄に過ぎない。そのように単純化された形で、目の前に実景が立ち現われてくる。子規はそう言います。ですから子規は最後の一文で次のように言っています。

吾人も亦之れ無きがために不満足を感ぜずして只紅白二団の花を眼前に睹るが如く感ずる処に満足するなり。

この俳句からは、椿がどこに咲いているか、という情報はカットされています。山路に咲いているか、庭園に咲いているか、分からないわけです。しかし読む私たちはそこに「不満足」を感じない。ただただその紅白ふたつの椿の映像だけを胸に焼き付けて満足する。その印象明瞭な視覚イメージさえあれば、それが山路の情景なのか、庭園の情景なのか、読者の方が勝手に想像を膨らましてて自分のなかで楽しんでくれる。子規はそのように言いたかったのかもしれません。

先の話に引きつけて言えば、この碧梧桐の俳句も「たるみ」のない締まった句ですね。「てにをは」は「と」「にけり」だけです。過剰な助詞や助動詞は徹底的に削ぎ落とされている。そして「赤い椿」「白い椿」という名詞だけが使われている。子規はこういう俳句に自分が目指した俳句改革の完成態のようなものを見ていたのです。

このような子規の俳論のなかにある考え方。それは先ほど私が長々と指摘した短歌に対する考え方と全く同じでしょう。つまり、一言でいうなら、正岡子規の和歌改革は、俳句の分野で子規がやった改革のプログラムをそのまま短歌に持ち込んだものだったのです。過剰な「てにをは」

を排し、名詞の映像喚起力を重視する。ある人間が一点から見ている映像として短歌の叙述を構成する。それは、子規が俳句改革でやったことをそのまま短歌に焼き直したものです。それが子規の短歌改革の本質だったのです。正岡子規の短歌改革は一言で言うなら「和歌の俳句化」だった。そう一言で定義づけていいでしょう。

子規は当初、短歌と俳句の特質にあまり違いを認めなかった。俳句の理想像はそのまま短歌の理想像だった。だから彼は明治三十一年にこう言い放っています。

> されば歌は俳句の長き者、俳句は歌の短き者なりと謂《ママ》ふて何の故障も見ず歌と俳句とは只詩形を異にするのみ。
>
> （「人々に答ふ」明31）

いわゆる子規の「歌俳同一説」というやつですね。短歌は俳句を長くしたもので、俳句は短歌を短くしたものと言うのですが、まあ、随分、乱暴な意見ではありますね。乱暴ではありますが、過剰な「てにをは」を駆使して綿々とした短歌的抒情のみを内容としていた当時の和歌を改革するためには、これくらい乱暴な言い方が必要だったのでしょう。こういう風にあえて俳句と短歌を同一視することによって、子規は短歌のなかに、俳句と同じような明晰な映像を齎そうとした。ですから、この「歌俳同一視」「和歌の俳句化」という子規のプログラムは、二十世紀を貫くリアリズム短歌の成立に大きく寄与した、大きな礎となった、と言えるのです。

7、短歌の特性の発見

しかしながら、正岡子規の面白いところは、ここで終わらないということです。子規は当初、俳句改革の成功体験に基づいて和歌を改革しようとして、和歌の俳句化を試みるわけですが、実際に短歌を自分の手で作ってゆくなかで、子規はすぐに「短歌は俳句と違うぞ」ということに気づき出します。そこがなかなか面白いところです。

では、子規が俳句とは違う短歌の特性を発見し出すのはいつなのか。その時期は結構早いようです。「歌よみに与ふる書」を書いた翌年の夏に、子規はすでに次のようなことを言っています。

歌は全く空間的の趣向を詠まんよりは少しく時間を含みたる趣向を詠むに適せるが如し。
　田子の浦ゆうち出でゝ見れば真白にぞ不尽の高嶺に雪はふりける（赤人）
　箱根路をわが越えくれば伊豆の海や沖の小島に波のよる見ゆ（実朝）
これ等は明かに時間を含みたる者なり。
（「歌話」明32・8・2）

短歌というものはどうやら、空間を詠むよりは、時間を詠むことに長けた詩型であるらしい。子規はそう気づいたのですね。たとえば山部赤人の「田子の浦ゆうち出でゝ見れば真白にぞ不尽の高嶺に雪はふりける」でしたら、田子の浦をゆっくり歩いてきた、その数十分間の時間の経過があり、そのあとに積雪した富士山に出会う。つまりこの歌には、赤人がずっと歩いてきた時間の流れと富士を眼前にした瞬間の感動が時系列に従って描き出されている。時間を含んでいます。短歌というのは、こういう時間を表現するのに適した詩型であるのだ、ということを子規は自分で短歌を作ってみるという実験を通して体得してゆくのです。その事情は、箱根の山を越えてきた時間の流れと伊豆の海を見た瞬間の感動を描いた実朝の歌も同様ですね。

子規は、当初、一首の歌から明晰な映像が立ち上がってくる歌を歌の理想としました。作者の視点は一点に固定し、シャッタースピードはなるべく速くする。そういうスナップショットのような、くっきりとした視覚的イメージが立ち上がる歌を理想としていたのです。が、ここで子規は当初考えていた歌の理想とは異なる短歌ならではの特性に気づいてゆく。短歌は瞬間ではない時間の流れをも表現することができるのだ、ということに実作体験のなかで実感的に気づいてゆくわけです。

さらに子規は翌年の明治三十三年に次のようなことも言っています。坂井久良伎に宛てた書簡のなかで、子規は、二年前は短歌と俳句の区別をあまり考えてなかったことを回想したあとで次のように言います。

只一昨年と今年と少しく考の変りたるは、短歌は俳句の如く客観を自在に詠みこなすの難き事、又短歌は俳句と違ひて主観を自在に詠みこなし得る事、此二事に候。(中略)斯の如く短歌が占領する客観の区域は俳句より狭き代りに、短歌が占領する主観の区域は俳句より遥かに広く候。雑の俳句、時間的の俳句に名句少きに拘らず、雑の短歌、時間的の短歌に名作多きは此故に候。

（坂井久良伎宛書簡　明33・3・18）

俳句の場合は客観的な情景というものをズバッと歌えると言うのです。でも、短歌の場合、「客観」だけでは歌になりにくい。先ほど私が挙げた子規の歌で言えば「ともし火の光に照す窓の外の牡丹にそそぐ春の夜の雨」「ガラス戸の外に据ゑたる鳥籠のブリキの屋根に月映る見ゆ」といった客観的な情景だけを並べた歌は意外に詠みにくい。客観的な材料だけではなかなか歌にはならない、と子規は言う。しかしながら短歌に主観を詠みこむのは容易だ。「短歌は俳句と違ひて主観を自在に詠みこなし得る」と言うのです。この主観を詠みこみやすいという性質が短歌の特長なのではないか、と子規は考え始めるのです。

ですから、実作の面でも、このあたりから正岡子規の短歌に変化が見えてきます。一枚の写真を見るような客観的な視覚イメージが勝った歌ではなくて、もう少し時間を含んだり、その時間に従って推移する心の動きを歌い得る詩型。短歌というのはそういう詩型であるということを子規は会得してゆくのですね。

時間の流れや主観的な心の動きを表すには、名詞の映像喚起力だけに頼るわけにはいきません。そこにはやはり助詞・助動詞の機能が必要になります。和歌改革に取り組んだ当初は排除しようとした「てにをは」。皮肉なことに子規は実作のなかで、その「てにをは」の機微、「てにをは」が含む微妙な味わいを駆使した短歌を作ってゆくようになります。

その最高傑作が、明治三十四年五月四日に作られた「しひて筆を取りて」の連作です。全十首のなかから四首抜き出してみました。

いちはつの花咲きいでて我が目には今年《ことし》ばかりの春行かんとす　明34

この歌で歌われている客観的な情景は、いちはつの花が咲いたということだけです。でも、待ちわびていたいちはつの花が初夏になってやっと開いた。そして、病の篤い私にとっては、人生最後の春が今日の前から立ち去っていこうとしている。それまで花が咲くのを待ちわびていた時間と思い、そして、私の目の前を最後の春が過ぎ去りつつあるという時間の経過の感覚とそれに対する主観の深い思い。そういったものがこの歌には滲み出ています。

そのような時間の経過の表現や主観的な思いの表現を支えているのが「てにをは」でしょう。「咲きいでて」の「て」によって表現される時間の経過、「我が目には」の「は」によって強調されている子規の孤独、「今年ばかり」の「ばかり」という副助詞の微妙なニュアンス。また「行かんとす」の「んとす」は助動詞の「む」(ん)と助詞の「と」と動詞の「す」が繋がった形ですが、この「んとす」は今ちょうどこのとき春という季節が立ち去ろうと動き始めた、という微妙な時間の動きのようなものを表現しています。

こういうような「てにをは」の機微によって、時間の流れや心の照り翳りを繊細なタッチで表現できる。これが短歌の特性ではないか、と子規は実感したのでしょう。子規は最終的にこのような短歌の特性を発見するに至るのです。
ほかの歌でも同じことは言えます。

夕顔の棚《たな》つくらんと思へども秋待ちがてぬ我がいのちかも
薩摩下駄《さつまげた》足にとりはき杖つきて萩の芽摘みし昔おもほゆ
いたつきの癒《い》ゆる日知らにさ庭べに秋草花の種《たね》を蒔《ま》かしむ
明34

もう詳しくは論じませんが、これらの歌にも「てにをは」の機微が駆使されています。「思へども」の逆接の「ども」、「がてぬ」などという言い回し、「おもほゆ」の自発を表す「ゆ」、最後の歌の「知らに」の「に」などは、古い打消の助動詞ですね。「蒔かしむ」は人を使って蒔かせる、ということです。自分が蒔くことはできないから妹の手を通じて種を蒔かせる。そういった使役の助動詞にも子規の気持ちの反映があります。こういう「てにをは」が実に巧みに使われています。

こういう「てにをは」は、以前の子規なら句の「たるみ」などという用語で否定したかも知れませんね。でも、自分の手で短歌を作り始めた子規は最終的にはこのような助辞や「てにをは」の機微を尽くしたような歌を作ってゆく。「てにをは」こそが、短歌において時間や主観を表すためにとっても大事な品詞なんだ、と気づいたところで子規は死んでしまうのです。

8、二十世紀の基盤

以上、いろいろ言いましたがまとめます。子規は俳句を改革する際に考え抜いたプログラムをそのまま短歌に導入して和歌の改革を行った。過剰な助辞の排除や名詞の映像喚起力の重視などのやり方で、リアリズムに基づく言語の運用方法を短歌のなかで提示したのです。それによって二十世紀の短歌は大きな力やエネルギーを得た。その意義は、どれほど強調しても足りないほど大きなものだったと思います。子規の言語改革・文体改革によって、短歌はその後百年生き延びるリアリズムを獲得したのです。それは確かです。

が、子規はそこで終わらなかった。そのようなリアリズム短歌を標榜しながら、実は「てにをは」に支えられた短歌の特性のようなものに気づきはじめていた。そういう矛盾を身をもって生きた。そこが正岡子規の面白さだと思うのです。

近代リアリズム短歌が成立するその劈頭の二十世紀初頭、その時期に正岡子規による俳句の導入があった。しかし、短歌はそこだけには留まっていなかった。俳句と短歌の間で揺れ動いた正岡子規という存在は、そういう二十世紀の短歌と俳句の百年間を象徴しているような気がしています。ご清聴ありがとうございました。

（平成二十六年七月十九日　現代歌人集会春季大会「俳句——近くて遠い詩型」・神戸市教育会館）

浅野梨郷と初期アララギ

1、アララギと梨郷

今日は名古屋歌壇を作りあげた浅野梨郷《あさのりきょう》という歌人のもっとも初期の時代・青春時代について話をしたいと思います。

浅野梨郷は名古屋や中部地方の歌壇の基礎を作った人物として有名です。昭和六年には歌誌「武都紀《むつき》」を創刊・主宰し中部地方の後進を育て、昭和三十一年には中部日本歌人会の創立を呼びかけ、初代の委員長として中部地方の短歌に大きな影響力を発揮します。いわば中部歌壇のリーダーとして活躍した歌人であることは皆さんご存知のとおりです。

梨郷の文学的出発はアララギ入会に始まります。そのアララギのなかで梨郷はどのような活躍をしたのか。またその当時のアララギはどのようなグループでどのような状態にあったのか。そのアララギのなかで梨郷はどのように葛藤したのか。この講演では、そういう梨郷の若き日、十九歳から二十二歳に至る浅野梨郷の短歌的な活躍を追ってみたいと思います。

レジュメの「浅野梨郷のプロフィール――アララギ入会まで」というところをご覧ください。アララギに入るまでの梨郷のプロフィールをごく簡単に書いてみました。梨郷は明治二十二年十月一日、元名古屋藩士の長男として生まれます。明治二十二年を西暦で言うと一八八九年、明治憲法が発布された年ですね。彼は愛知県立第一中学校、俗に「愛知一中」と呼ばれる県下のエリートを集めた中学に入り、明治四十二年三月そこを卒業します。満十九歳の時です。その四月、上京した彼は今の東京外語大学の前身である東京外国語学校に入学します。この東京外国語学校というのは三年制ですから、梨郷はこの年から明治四十五年の三月、二十二歳の時までこの学校に在学することになります。結果的には、この四十二年からの三年間、学生時代の三年間が浅野梨郷がアララギで活動した時期ということになります。彼は上京する以前から依田秋圃《よだしゅうほ》という伊藤左千夫の弟子によって短歌の手ほどきを受けていました。ですから梨郷は上京するやいなやすぐに左千夫の門を叩いて、アララギのメンバーのなかに入ってゆくわけです。

では、この当時、アララギの主要歌人たちが幾つくらいだったのか。明治四十二年末の満年齢をそこに表にしてみました。ご覧ください。

伊藤左千夫…四十五歳　島木赤彦（柿乃村人）…二十三歳
斎藤茂吉…二十七歳　望月光…二十四歳　古泉千樫…二十三歳
堀内卓…二十一歳　浅野梨郷…二十歳　土屋文明…十九歳

みんな若いですね。左千夫はみんなから「左翁」などと呼ばれていましたが、この時まだ四十五歳だったのですね。島木赤彦は三十三歳。まだ「柿乃村人」と称していました。茂吉は二十七歳。梨郷より七歳年上で、このときはまだ東京帝国大学医科大学の学生でした。それから同世代では望月光という信州の青年がいます。彼が二十四歳。左千夫に将来を嘱望された歌人でしたが、惜しいことに若くして亡くなってしまいます。そしてアララギの編集を担うことになる古泉千樫が二十三歳。さらにすぐに亡くなってしまいますが信州在住のこれまた優れた歌人であった堀内卓が二十一歳。梨郷よりひとつ下に当時まだ第一高等学校の生徒だった土屋文明がいます。このように見てみると、梨郷は土屋文明とともに一番若い左千夫の弟子だった、ということが分かります。入会当時十代だったのは、この時、梨郷と文明だけだったんですね。

2、アララギへの入会

今日は一冊だけ、当時のアララギの復刻版を持ってきましたが、実に薄いですね。ページ数は四十数ページです。このアララギに梨郷の歌が初めて掲載されたのは、明治四十二年の四月です。この当時のアララギは、カタカナで題名が書かれていません。「阿羅々木」となっています。この「阿羅々木」は千葉県の蕨真一郎が発行人となっていました。ところが、この四十二年に、いよいよ東京に打って出ようということになって、アララギの発行所が東京の伊藤左千夫宅に変わります。そして、明治四十二年の九月から、表記が「アララギ」となって東京で発行されることになるのです。ここからが、アララギの第二巻となるのですね。浅野梨郷が上京したのは明治四十二年四月ですから、ちょうどその時期は「阿羅々木」第一巻から、カタカナの「アララギ」第二巻に移行する時期だったわけです。梨郷は「阿羅々木」の最後の号に登場してきます。それが次のような歌です。

茸とりて山わけのぼり紅葉の下照るかげに昼餉するかも
「阿羅々木」明42・4

まあ、どうって言うことはない歌です。キノコ採りに行ってお昼ご飯を食べるという歌ですね。この歌は「名古屋短歌会」と記された数人の詠草のなかに載っています。どうやら依田秋圃が中心となって名古屋で開いていた歌会らしいです。作られたのは前年の明治四十一年の秋なのかも知れません。ひょっとしたら、梨郷この時はまだアララギの正式な会員ではなかったのかも知れませんね。

このような歌でアララギでデビューを果たした梨郷ですが、彼が実際に会員として活躍を始めるのは、明治四十二年の九月「アララギ」というカタカナ表記に変わった第二巻第一号からです。そのときの梨郷の作品は次のような歌です。

ふるさとゆ来し小包を開く間のうれし心はたとへがたしも
「アララギ」明42・9

わかりますね。東京の下宿にいる梨郷のもとに故郷から小包が届く。そのなかにはいっぱいお母さんの心づくしのものが入っている。それを開くときの嬉しい気持ちというものを非常に素直に表現しています。いかにも少年らしい歌でしょう。

次の歌も同じ時の歌です。

夕月の冴え照る窓に君が立ち都を思ふ姿目に見ゆ　「アララギ」明42・9

詞書を見ますと、この歌は、名古屋に残した友だちを東京で思っている歌だということが分かります。夕方の月が窓に照っている。そこの窓辺に「君」が立って東京にいる僕のことをきっと思っているに違いない。その君の姿がまるで目に見えるようだよ。まあ、言えばそのような感じの歌なのでしょう。この歌も少年らしいですね。幼く麗しい友情を歌った歌だと思います。

この時期の歌をもう少し読んでみましょう。翌月十月号の歌です。

鵜飼まち河原川風心地よきにゐねぶりしつゝ小夜更けにけり　「アララギ」明42・10

岐阜に行ったときの歌です。長良川の鵜飼いを見て、川風に当たって居眠りをしてその日を過ごしたという歌ですね。翌十一月号では次のような歌を出してます。

秋風《アキ》のうら寒風のふきとほす袖ひるかへし家を出づるも　「アララギ」明42・11

なだらかな調べが印象的です。これは多分、夏休みを名古屋で過ごしたあと再び東京に向かうときの歌なんでしょう。秋になってうら寒い風が吹き出す。その風が自分の袖を吹き通ってゆく。そんな秋の気配を感じながら僕は東京へ戻るよ、という歌なのでしょう。いかにも学生らしい歌ですが「うら寒風のふきとほす袖ひるかへし」などといった表現に和歌の素養が覗いていますね。
次も同じ号の歌です。

路傍のま萩にふれて我が靴の爪先あたり花乱れつく　「アララギ」明42・11

この歌はとても繊細ですね。道端に萩の花が数多く咲いている。そこに自分の靴先がちょっと触れる。萩の花は小さいですから、そのときふっと自分の靴の先に萩の花が付く。そういう細やかな情景をさっと軽いタッチでスケッチした歌です。この歌には若い時期の梨郷の良質で細やかな抒情性が出ていますね。
翌月十二月の歌が次です。

夕つゞ《ママ》の一つ淋しく光りたる見つゝ帰るかも草枯野径　「アララギ」明42・12

この歌はちょっとロマンチックです。夕方の星が光っていてそれに向かって野道を帰ってゆく。そんな歌です。この当時梨郷は東京の白金に下宿していました。今の東京タワーのあるあたりですね。そこは、明治四十二年当時、まだ草枯野のようだったのでしょう。

以上、明治四十二年の秋の歌を紹介しました。こういう歌で浅野梨郷はアララギに登場するのです。一言でいうと非常に幼い歌風です。非常に幼いのですが、どことなく澄み渡っていて優しく可憐な感じがする。無垢な少年らしい歌です。

実は左千夫はこういう純情な歌が大好きでした。ほら、左千夫というのは純情な人が好きで、例えば小説の「野菊の墓」などというのはとても純情な話でしょう。梨郷のこういう歌は、そういう純情好みの左千夫の琴線に触れたんでしょうね。左千夫は、もう最初からこの梨郷の歌を高く評価しています。

左千夫は梨郷にいくつかの手紙を送っているのですが、その一番最初のハガキは明治四十二年九月二十八日付の絵葉書(二葉館所収)です。そのなかに左千夫は「アララギ一号の貴詠ハ好評に候」という励ましの言葉を記しています。この「アララギ一号」というのは「アララギ」第二巻の一号、つまり明治四十二年九月号の歌なのでしょう。あの小包の歌ですね。それを左千夫は称揚しているのです。梨郷は嬉しかったでしょうね。初めて本格的に投稿した自分の歌がこんな風に褒められたらちょっとやる気になるんじゃないでしょうか。

左千夫の称揚はこれに留まりません。彼は「アララギ」の明治四十二年十二月号の選評に、かなりのスペースを割いて梨郷の歌を評しています。左千夫はここで、素朴で無邪気な人は田舎の人ばかりだと今まで思っていた、ということを書いた後に次のように言葉を継いでいます。

利《ママ》郷君は名古屋藩士の名古屋生にて純粋なる都人に候、而して一点才気を弄せす毫《ママ》末浮華を見ず、素朴も無邪気も又自のづから地方人と異なる処甚《ママ》た面白く思想感情はどこまでも都人にして趣味は淡素純粋なるが嬉しく候、只年少の人は変化し易し利郷君の作風が今後如何に発達すべきかは注意に値する問題と致候

（伊藤左千夫「消息（一）」「アララギ」明42・12）

田舎の人が無邪気なのは当然だ。しかし、梨郷君は名古屋生まれの都会人であり「純粋なる都人」だ。都会人なのに「一点才気を弄せす」小細工を弄したりしない。「毫末浮華を見ず」浮ついたところがない。「素朴も無邪気も又自のづから地方人と異なる処甚た面白く」とっても素朴で無邪気だけれど都会的に洗練されている。そして、嗜好や趣味が上品で「淡素純粋」だ。左千夫はそういう風に新人の梨郷の才質を褒め称えているのです。

アララギには素朴な田舎人はたくさんいます。関東や信州の農村出身の歌人は数多くいたわけですからね。でも、都会的なセンスに溢れていてさらっとしていながら、純粋であって、おのずから柔らかい抒情が滲み出てくる、そういう人は少ない。そんな稀有の資質を左千夫は梨郷の歌に見出して高く評価したのだと思います。

まあこのような形で、梨郷はデビュー早々スポットライトを当てられてしまう。新しく再出発したアララギのなかで、とても幸せなスタートを切ることができたのです。ここから彼はどんど

ん活躍の場を広げていきます。

3、新進歌人としての活躍

翌明治四十三年、梨郷は外語学校の二年生になります。その頃、彼は様々な刺激を受けてだんだん歌が変化していきます。その頃の歌です。

火をほじて歌を思へば何となく心のそこのゆたけくなりぬ　「アララギ」明43・4

火箸で炭をほじくりながら歌を作ろうと思っていると、何となく心の底が豊かな感じになったということを歌っています。自分の細やかな心の動きを凝視しているわけです。この「何となく」という表現はどこか口語の匂いがしますね。

この歌には、実は先蹤があります。それは、斎藤茂吉がこの前年の四月に作った有名な次の歌です。

くわんざうの稚き萌を見て居れば胸のあたりがうれしくなりぬ　斎藤茂吉「阿羅々木」明42・4

この茂吉の歌の「胸のあたりがうれしくなりぬ」と梨郷の「心のそこのゆたけくなりぬ」。ちょっと似てるでしょう。どちらの表現も、自分の心がどんな風に変化してゆくかということを、もう一人の自分が内省しながら冷静に観察している感があります。多分このような発想や言葉の斡旋は、梨郷が先輩の茂吉から学んだものだったのでしょう。梨郷はこんな風に、茂吉や千樫といった自分より少し先輩の歌を学んでいたのでしょう。そういう様子がよく伝わってきます。

もう少し四十三年の歌を読んでみましょう。

むねにこもるたらぬ心をいひかねてたゞ二人ありし春去りにけり　「アララギ」明43・6

ちょっと相聞の匂いのするロマンチックな歌ですね。胸に籠めた心を言いかねて二人は春を見送ってしまう。そういう哀感が漂う歌です。それから、自分の心を鋭く見つめた歌として次のような歌もあります。

たちまよふけむりは去らずしばらくを心ゆたかに我見て我居り　「アララギ」明43・10

結句の「我見て我居り」というところが、ちょっと思念的というか、哲学的ですね。私は今、漂う煙を見ている。その「見ている」という事態において、私は私として存在している。デカルトは「我思う故に我あり」といいましたが、この歌は「我見る故に我あり」という感じです。自分の行為の実感の中で自分の存在を確かめている。そこに若者特有のひりひりした自意識のようなものを感じることができます。

4、エポックとしての「巡礼行脚」

このように梨郷の歌は少しずつ変化してゆきます。そして、彼の歌がアララギ全体で絶賛される契機となった連作がこの頃、発表されます。それが明治四十三年十二月号と四十四年一月号に発表された「巡礼行脚」という六十数首からなる大連作です。この「巡礼行脚」という題名そのものが、ちょっと宗教的というか、明治四十二年に発表された北原白秋の詩集『邪宗門』などの「南蛮もの」のエキゾティズムを感じますね。

梨郷は、明治四十三年の夏休みの帰郷時に、依田秋圃とともに知多半島の八十八ヶ所を歩いて巡ります。この「巡礼行脚」はそのときの体験をもとにして作られています。少し読んでみましょう。

おぼろ月今宵の恋は天つ国のあまき泉に浸《シ》みもて行くべし

「アララギ」明44・1

旅を題材にしていますが写実的ではありません。ロマンチックな歌ですね。アララギの歌というのは写生が基本です。情景をしっかり見てそれをしっかり言葉に移しかえるという方法論が、大正中期以降アララギの根幹となってゆきます。しかしながら梨郷の歌は、必ずしもアララギらしくはありません。この歌は天国に「甘い泉」があって、その泉から出る甘い水が滲み出てゆく。そしてそれが、おぼろ月の照る空にじわじわと広がってゆく。自分の胸に恋心があると、ただのおぼろ月夜もそんな甘やかな雰囲気に彩られて見えてくる。そういう幻想というか、イメージを歌っている歌です。いかにもロマンチックで、どこか西洋の詩の影響のようなものを感じる歌です。

あ、言い忘れましたが、浅野梨郷は外語学校の英文科で学んでいます。そこで十九世紀の英詩、特にシェリーとかキーツとかいったロマン派の詩を学んでいますから、このようなちょっとバタ臭いロマンあふれる歌が出てくるのかも知れません。次の歌です。

月かげをくだく光はしのしまゆ伊良湖が崎にわたりてさやけし

「アララギ」明44・1

この第三句「しのしまゆ」は「篠島ゆ」でしょう。知多半島の沖に浮かぶ島ですね。梨郷は知多半島の先端に立って海を見ていたんでしょうね。「月かげをくだく光は」、月光が海を照らす。海には波がありますから、その光が細かい断片に砕かれているような感じがする。そのきらきらかがやく光の筋が篠島から伊良湖崎まで海の上をずっと渡ってゆく。そういう歌ですね。この歌もロマンチックでしょう。確かに海面を照らす月光というものを歌ってはいるのですが、その実景の見方が夢見がちでロマンチックです。

うなばらにまばゆき橋とかけわたす光のなかを小舟こぎゆく

「アララギ」明44・1

先ほどの歌と同じ状況です。海のなかに「まばゆき橋」が架けてある。さきほど言った月の光のことです。月の光が沖合いから自分の方にずっと伸びてくる。それが海面に映って光の架け橋のように見える。その光跡の上を自分の乗った小舟が進んでゆく。そんな情景を歌っています。

へさきにゐて垂れたる足にそばひよる波にたまたま光る稲妻

「アララギ」明44・1

舟の舳先に座っているのでしょう。舟の先端の船べりから脚を垂れて、梨郷は海を見ているのでしょうね。そうするとその梨郷の脚に波が寄ってくる。そういう歌です。第三句の「そばひよる」という言葉は名古屋の方言でしょうか。私は三重県の松阪出身ですが、小さい犬が自分の足元に近づいてくるときに「犬がそばよってくる」などと言います。自分の身に寄りそうように近づいてくる感じですね。そのとき、一瞬、遠いところで音もなく稲妻が光った。そういう瞬間を捉えた歌です。

この歌などはとても感覚的だと思います。舳先から垂れた脚に冷ややかな波が当たる。ひやりとした皮膚感覚と、ピカッと光る稲妻の鋭い光。その瞬間的な触覚と視覚が交錯した一瞬をこの歌は描いているのでしょう。若者の繊細な感覚が感じられます。

このような歌を収録したのが、明治四十三年十二月と四十四年一月に発表された連作「巡礼行脚」だったのです。明治四十三年の梨郷はアララギ内で徐々に注目される若手となっていましたが、彼の評判はこの「巡礼行脚」によってさらにグッと上がっていきます。当時の批評を読んでゆきましょう。

一つ目の文章は、直接「巡礼行脚」に触れている文章ではありません。梨郷は「巡礼行脚」を発表した十二月号に短い小説「郊外の秋」を書いているのですが、その原稿を受け取ったとき、伊藤左千夫はそれを読んで梨郷のセンスを改めて感じたらしい。彼は久保田俊彦（島木赤彦）に次のような手紙を書き送っています。

浅野利郷か小品文を作つた是れ又頗る前途を想見させる作物である快

（伊藤左千夫→久保田俊彦　明43・11・17書簡）

ここで「小品文」と言っているのは「郊外の秋」のことです。最後の「快」というのは「なんとも快いことだ」という意味でしょう。左千夫はこのとき小説家でもありました。彼はその実作者の嗅覚で、梨郷のなかに小説家になり得る才能を見出しているのでしょう。左千夫は、若い梨郷のなかに短歌だけに留まらない散文も含めた全体的な文学センスを認め、それを評価しているわけです。

次も左千夫の手紙の一節です。アララギには胡桃沢勘内《くるみざわかんない》という信州松本の歌人がいました。梨郷より四歳年上ですから当時二十四歳の若者です。梨郷と同世代のライバルですね。その若い門人である勘内に左千夫が書き送ったのが次の手紙です。消印は明治四十三年の十二月十六日です。

久保田君ハ挙けさりしも浅野君の歌目立たすして注意の価ありと存候貴兄や光君の作とは行方を異にして居る処御注意あり度し

（伊藤左千夫→胡桃沢勘内　明43・12・16書簡）

ここで「光君」といっているのは、これも信州の歌人だった望月光です。先にもいったように早世した堀内卓とともに左千夫が非常に将来を嘱望していた歌人ですね。

浅野梨郷の作品は一見地味だけど、君や望月光の作風とは異なる方向性がある。だから君も注意して読んだ方がいいよ。左千夫は、梨郷のライバルである勘内にわざわざそういうことを告げて、ちょっと嫉妬させて、勘内のやる気を駆り立てているのでしょう。こういうところ、左千夫はなかなか熱心な先生ですね。彼のもとには、梨郷、土屋文明、望月光、胡桃沢勘内といった二十代前半の一群の若手がいますが、望月光なんかには「おい、梨郷はいい歌作ってるぜ、君らもがんばれ」とハッパをかけている。同じようなことは文明や梨郷に対してもやっていたんでしょう。こうやってお互いのなかにあるライバル意識をくすぐって、励まして若手を育てようとしている感じが窺えます。

左千夫はおそらく同じような手紙を望月光にも送ったのでしょう。望月はその左千夫の言葉に促されてアララギの仲間の歌を月旦した「漏壺語」という批評文を書き、それをアララギに送ります。それが「アララギ」の明治四十四年二月号に掲載されます。かわいそうなことに望月光はこの「漏壺語」が「アララギ」に掲載される直前の一月二十五日に結核で死んでしまうのです。ですから、この文章はおそらく光の絶筆なのではないかと思われます。そのなかで、望月は同世代の梨郷のことを次のように書いています。

浅野君の歌は前から注意して居た、十二月左翁から殊更にこんな消息があつた、「浅野君の歌は平凡にして着眼あり摂理あり君などゝ別な行方をとつてる処御参考になると思ふ云々」とあつた（中略）新年号の浅野君の歌は面白かつた、君の歌にはどこか違つた節があつて愉快な気持を与へる、左翁が云はれた如く平淡であつてそれが皆活々として居る、このいき〳〵して居るといふことが力ある事件である

（望月光「漏壺語」「アララギ」明44・2）

「左翁」とは左千夫のことです。左千夫は胡桃沢だけでなく、望月にも梨郷の歌を褒めた手紙を送っていたんですね。ここに「新年号の浅野君の歌」とあるのは、先ほど紹介した「巡礼行脚」の一連の歌のことですね。この梨郷の連作を望月は「どこか違つた節があつて愉快な気持を与へる」「平淡であつてそれが皆活々として居る」と言っています。この「活々として居る」というところに望月は注目します。先ほど言いましたように若い感受性といったものがこの頃の梨郷の歌にはよく出ています。望月光は同じ若者であるだけあってその若くきらきらした感覚みたいなものに強く惹かれていることがよくわかります。

このように調べてゆくと、浅野梨郷という歌人はアララギのなかでなかなかしっかり注目され

ていた歌人だったのだなあ、ということがよく分かってきます。

5、作風の深化

このような輝かしい感覚の歌をひっさげて梨郷は外国語学校三年生になっていきます。この三年生というのが最終学年なんですね。三年生になると歌柄がちょっと変化してきます。「明治四十四年」と書いてあるところの歌がこのころの作品です。ちょっと変わってきたかな、と感じるのが次の二月号の歌ですね。

遠の森雨にこもりてうすくろく沈むを見るに心たぬしも

「アララギ」明44・2

冬の寒く暗い雨がそぼそぼと降っている頃なんでしょう。遠い森がまるで影のようになって、遠くにぼーっと沈むように見えている。その森の影を目にすると、なんとなく心が落ち着いて満たされてゆくような感じになる。そういう歌でしょう。歌ぶりが、感覚的なところから内省的になって、自分の心のなかに降りてゆくような感じになっている。

次の四月号の歌もそうですね。

冬晴れのひるのしづけさ時折の鶏なくこゑになぐさみにけり

「アララギ」明44・4

冬晴れの昼の静かな時に、ときどき思い出したように鶏が声をあげる。ほかの音は何も聞こえない。そういう静けさのなかで作者梨郷は、その鶏の鳴き声に慰められた気分になる。そういう場面を歌った歌です。これも静かな歌です。二年ほど前の子どもっぽい歌と比べると、調べが沈潜して、沈んだ抒情のようなものが歌から滲んできます。

この時期、こういう沈潜した抒情は、茂吉をはじめアララギの若い世代の歌人たちの心を捉えていました。斎藤茂吉はこの明治四十四年に源実朝の『金槐集』の歌の研究を始めるのですが、そこで彼が注目したのも実朝の沈潜した抒情の歌でした。茂吉はそれに触発されて「うちよどむちまたを過ぎてしら露のゆふ凝る原にわれは来にけり」（「アララギ」明44・9）というような歌を作っています。梨郷もまたしだいに大人になって落ち着いてくる。それに加えてこのようなアララギのなかの沈潜した内省的な抒情の流行がある。そういうところからこういう歌が出てきたのでしょう。

もう一首くらいこの時代の歌を見ておきましょう。七月号の歌です。

朝ぎりをあやしく過ぎてげんげ田の下野の野に入りにけるかも　「アララギ」明44・7

下野というのは今の群馬県ですね。今でしたら東京からすぐの所ですが、当時は夜行列車で一晩かけて行くところだったようです。夜行列車の中で目覚めて窓の外を見る。するとそこは一面の朝霧。その視界の利かないあやしげな朝霧のなかを通って、レンゲの花が咲き乱れる群馬県の野に入ったことだ。そういう歌ですね。情景は単純化されています。それでいて旅愁、旅の憂いのようなものがちょっと出ていますね。

このような歌が四十四年の歌です。少年らしさを残した二年前の歌と比べると変化があります。感覚的なところが抑制されて、静かな自分の内面に下りてゆくような沈潜した歌風というものが出てきているような気がします。

6、左千夫の添削

実はこの年明治四十四年の特に後半から、アララギの内紛が顕在化します。先生である伊藤左千夫と弟子の斎藤茂吉・島木赤彦・土屋文明・古泉千樫ら若手歌人の間で、作風をめぐる大喧嘩が始まるのです。先生を先生とも思わないような論争がここから始まってゆきます。その背後には、どうしようもない世代差がありました。

私自身は左千夫の重厚な歌が好きなのですが、左千夫の歌というのはやはり一世代前の歌なんですね。彼の歌は万葉調なのですが、万葉のなかでももっとも初期の言葉遣いを尊重します。いかにも古色蒼然とした古臭い言葉を万葉のなかから取り出してきて、それでもって歌を荘重に飾り立てる。それに対して、茂吉や文明は新しい西洋の文学、特に自然主義の文学を知っていますから新しい感覚で歌を作ろうとする。なにしろ左千夫は江戸時代の生まれですから、明治十年代二十年代生まれの若者とはおのずから文学観が違うんですね。

実際、当時のアララギを見ると左千夫と若者の対決はとても激しいです。全力で闘っています。茂吉などは、こういう歌がわからないなんて左千夫先生の感覚には障碍があるとしか思えないなどと放言していますし、左千夫は左千夫で最後は「もう知らん、勝手にしろ」という感じで匙を投げてしまっています。当時、茂吉がアララギの編集をしていましたが、茂吉がアララギの編集に嫌気がさしてしまうほど彼らの対決は激しいものになってゆくわけです。このように新しい世代の歌人たちが左千夫を乗り越えてゆこうとするとき、梨郷はその渦中で翻弄されてゆくのです。

先ほども言いましたように、梨郷は伊藤左千夫の愛弟子です。左千夫は初期から梨郷に深い愛情を注いでいます。左千夫は、梨郷と面会して何度も彼の歌を添削指導しています。おそらく今まで読んできた梨郷の歌には、どこかに左千夫の手が入っているに違いありません。

今回、二葉館の働きかけで、左千夫が梨郷の歌を添削して朱を入れた手紙が発見されました。そこでは、明治四十四年十月号の「海水浴」と題された梨郷の元原稿に、左千夫が朱を入れています。それを見ると、左千夫の梨郷への添削が実際どのようなものであったかがはっきりわかるのです。結論から先に言うと、その添削原稿には、新しい感覚をもった若い梨郷の歌と、古くさい感覚の持ち主であった左千夫の乖離のようなものが見出されるような気がします。

お手もとのレジュメの「浅野梨郷宛伊藤左千夫書簡・明44・9・18付」というところをご覧ください。浅野梨郷の原作と、伊藤左千夫の添削案を並べて書いてみました。

まず一首目の歌です。

たそがれの波穏やかにむらさきの伊勢の山々見えわたるかも　梨郷原作

これが梨郷の原作ですね。まあ、海水浴の歌ですね。明治四十四年に名古屋に帰ってきて、知多半島へ泳ぎに行ったときのことを題材にしているのでしょう。それを左千夫は次のように添削しています。

たそがれの海穏やかにたのしくも伊勢の山々見えわたるかも　左千夫添削

異同部分に傍線をつけてみました。左千夫は原作の「波」を「海」に、「むらさきの」を「たのしくも」に変えていますね。あまり大きくは違わない、と思われるかもしれませんが、やはり両者は違っているでしょう。

原作の「波穏やかに」でしたら、作者は足元の波の寄せ返しを見ているわけですから、視界はとてもミニマムです。小さなところに視点がきっちりと合っている感じがします。また原作の「むらさきの伊勢の山々」という表現はとても視覚的ですね。伊勢湾をはさんで向こう岸に、日没後の鈴鹿山脈のむらさきの山並が影として立っている、ということがよく分かります。全体に、くっきりした映像のようなものが立ち上がってくる歌だと思うのです。

ところが、左千夫はこれを良しとしないのです。初句と二句を「たそがれの海穏やかに」に変えるわけですね。「波」というような小さいミニマムなものを歌うのではなく、「海」という大景、ひろびろとした風景を歌わせようとする。そして「むらさきの」を「たのしくも」にする。客観的な色彩でなく、この第三句には作者の「楽しい」という気持ち・主観を入れた方がいい。おそらく左千夫はそう思ったのだと思います。原作と添削案にはそのような違いがある。さあ、みなさん、梨郷の原作と左千夫の添削案とどちらがいいんでしょうね。

もう一対の例を見てみましょう。まず梨郷の原作です。

釣しをる海夫が小舟は嶋かげに月を背向ひに動かずありけり　　梨郷原作

確かに少しごちゃごちゃした感のある歌ですね。釣りをする海人の小舟が、島の影の入り江のようなところで月をバックにして、月に背中をむけて竿を下ろしている。その影が全く動かない。そういう場面を歌っています。ちょっと初句あたりの言葉の斡旋に難はありますが情景はよく分かる歌ですね。視覚的な情報をそのまま歌にしています。

が、そういう部分が左千夫にはちょっと気に入らなかったようで、彼は次のように添削をしています。

嶋かげの海夫が小舟はてりのぼる月を背向ひに何つるらんか　　左千夫添削

原作の結句「動かずありけり」を「何つるらんか」に変えているところが注目されます。左千夫はこの歌の結句に「あの海人はいったいどんな魚を釣っているのだろうか」と考える作者の想像や疑問の心情を入れた方がいい、というアドバイスをしているのです。

これら二対の添削例には共通した傾向があります。梨郷の原作はいずれも視覚的な歌です。山並みが紫だとか、海人の影が動かないとか、客観的にクールに情景を描写している。視覚的な情景を、そのまま視覚的な形で切り取ろうとしている。そういう梨郷の歌に対して左千夫は「たのしくも」とか「何つるらんか」という自分の心、主観的な心情を入れる方がいい、という風に考えるわけですね。

もう一対の歌を見てみましょう。まず梨郷の原作です。

浪の音に目さめて見れば廿日月窓明かに冴えわたりたり　梨郷原作

これも海水浴の歌です。作者は知多半島の宿に泊まったのでしょう。

月齢二十日の月というのは夜遅くなってから出る半月です。その月が中天に懸かっているのですから、時刻はもう明け方近いのでしょうね。明け方に波音の激しさにふと目覚めた作者は、宵にはなかったその月が意外な角度に照っているのを見て、少し驚いたのでしょう。その明け方の思わぬ角度から入りこむ月光によって窓が冴え冴えとした冷たい光を放つように見える。この歌は、目覚めた時に誰もが感じるちょっと時間がワープしたような微妙な違和感を、月の冴え冴えとした光とともに描いています。非常に鋭く繊細な感性を感じるいい歌だなあ、と私なんかは思うのです。
ところが、左千夫はこの歌を次のように添削するのです。

旅枕目のさめやすく浪の音や廿日の月が窓に映れり　　左千夫添削

なんかずっこけてしまいますね。なにしろ初句は「旅枕」という古語から始めるわけですから。しかも、第二句第三句が「目のさめやすく浪の音や」です。この字余りの「や」も随分大仰な感じがします。また原作は「目さめて見れば」という一回性をもった出来事として場面が設定されているのに、左千夫の「さめやすく」はその一回性が感じられず、何か旅慣れた人が歌っているような感じがします。下句の表現も、梨郷の原作の方に若く鋭い感覚の冴えがある。私の個人的な感想を言えば、これなどは明らかに原作の方が優れているし、左千夫の添削は改悪だと思うんですね。
もう一対、見てみましょう。

海にいりてつかれたるらしをさなどち寝たるすがたは可愛ゆくあり　　梨郷原作

梨郷には、まだ幼い弟や妹がいました。この「をさなどち」は彼らのことなんでしょう。そういう幼い兄弟が、海に行って疲れて寝ている。そういう情景を描いた歌です。下句の「寝たるすがたは可愛ゆくあり」という表現は、結句が字足らずで、そのままと言えばそのまま、幼稚と言えば幼稚な表現だとは言えるでしょうが、素直な実感は籠っているような感じがします。

　これを左千夫は次のように添削しています。

海に入りし昼のつかれやをさなどちさらし小枕並めてめぐしも　　左千夫添削

　左千夫は原作の「海にいりてつかれたるらし」を「海に入りし昼のつかれや」に変えていますね。これは結構大きな違いです。原作の場合疲れているのは兄弟たちで、作者はそれをみて「つかれたんだろうな」と推量している。子どもたちの疲れた状態を歌っているわけです。しかし、左千夫の添削の「海に入りし昼のつかれや」だと疲れているのは自分だということになる。作者は自分の疲れと主観を上の句で述べていることになってしまいます。まずここが大きく違う。

　さらに下句も全く違いますね。左千夫は「をさなどちさらし小枕並めてめぐしも」と添削しています。何かよく分からない耳慣れない言葉が続きますね。「さらし小枕」って何なんでしょうかね。「並めて」というのは「並べて」という意味の古い万葉語です。「めぐし」（愛し）もそうですね。左千夫はここで荘重な古語を使って擬古的な表現に改めようとしているのです。

　どうでしょうかね。左千夫の添削案はいかにも万葉調で荘重になってはいますが、歌としては自分の実感を素直に歌った梨郷の原作の方が、私たちの胸にすっと入ってくるのではないでしょうか。今の私たちの眼からすると、やはり左千夫の添削は原作の改悪だと感じざるを得ません。

つまり、左千夫は梨郷を愛弟子として可愛がり、熱心に歌の指導をして、梨郷の歌に朱を入れている。また、梨郷の方も左千夫への信頼を失ってはいません。その証拠に、梨郷はこの左千夫の添削をすべて素直に受け取って、左千夫の指示どおりの形でこの連作を「アララギ」十月号に発表しているのです。左千夫に対して忠誠心を持ち、左千夫の指導に深い信頼を置いていたことがこの一事からもよく分かる気がします。

が、それはそうとして、やはりこの部分に現れているのは、当時二十二歳の若者であった梨郷の感覚と、江戸時代生まれの当時四十七歳になっている伊藤左千夫の感覚の違いです。その間にはどうしようもなく深いギャップがあるような気がしてなりません。左千夫の歌と感覚は古かったと言わざるを得ません。

7、アララギの新傾向

では、梨郷より少し上の茂吉や赤彦、あるいは同世代の文明は左千夫のことをどのように見ていたのでしょう。当時の彼らの歌を見ると、左千夫とは異なる新しい感覚が確かに顔を出しているような気がします。ちょっと紹介してみましょう。まず斎藤茂吉の明治四十四年六月の歌です。

いとまなき吾なればいま時の間の青葉の揺れも見むとしおもふ　「アララギ」明44・6

この歌の下句の「青葉の揺れも見むとしおもふ」というのは、非常に繊細な感覚的表現ですね。いかにも近代的な感じがします。明治四十五年の一月には次のような歌が登場してきます。

しろがねの雪ふる山に人かよふほそほそとして路見ゆるかな

「アララギ」明45・1

上の句では、とても単純化された情景が描かれていますが、その「ほそほそ」とした路はどこか茂吉の生というものと深く結びついているような気がします。どこか象徴性に足を踏み入れているような斬新さがある。

赤茄子の腐れてゐたるところより幾ほどもなき歩みなりけり

「アララギ」明45・1

同じ号の歌です。もう超有名な近代短歌の金字塔の一首です。この歌などは、かなりシュールリアリスティックな歌で、トマトが腐っているのを見た瞬間とその後の意識の流れのようなものに茂吉の意識は向かっている。さきほど自分は腐ったトマトを見た。目にした腐りかけたその赤茄子の鮮烈な赤色が、道をゆく茂吉の胸にずっと鮮烈な形で焼き付いている。そういう感じが実に鮮やかにシャープに描かれているような感じがします。このあたりの歌は随分新しい。

翌二月号には次のような相聞歌も出てきています。

水のべの花の小花の散りどころめしひになりて抱《いだ》かれて呉れよ
「アララギ」明45・2

盲目の状態になって俺の胸に抱かれてくれ、というダイレクトで大胆な表現がいかにも若々しい感じがします。あるいは、このような歌もあります。

萱草《くわんざう》をかなしと見つる眼《め》にいまは雨にぬれて行く兵隊が見ゆ
「アララギ」明45・4

これも高度な取り合わせの歌ですね。萱草というのはオレンジ色のユリみたいな花ですが、その花がいま雨に濡れて足元に咲いている。その花を近景にして、そのはるか後ろを雨に濡れてとぼとぼと行軍してゆく兵隊たちが見える。あざやかな近景とくすんだ遠景が一枚の絵のように構成された形で一首のなかに描きこまれています。この歌で茂吉は、ふたつのものを取り合わせて、そこに新たな詩情を見出そうとしている。茂吉は、明治四十五年の初頭の段階でもうここまで行っているのです。

それから島木赤彦も努力しています。彼は当時は柿乃村人と称していましたが、茂吉と比べると本質的には古い文学者だと思います。が、その赤彦も、当時新しい作品を作ろうと彼なりにがんばっています。短歌のなかにストーリー性のようなものを導入しようとしているのです。彼は明治四十五年の二月に次のような連作を発表しています。

あるものは草刈小屋の蚺月夜ねぶりて妻をぬすまれにけり
あるものは金ある家にとつぎ得て蚕がひやつれぬ病みてかへらず
「アララギ」明45・2

二首だけを引用しましたが、全四首のこの連作はこのようにすべて初句が「あるものは」で始まっているんですね。そうしてその「あるもの」が妻を奪われてしまうという物語が構成されている。ストーリー仕掛けになっているのです。そしてそのストーリーによって長野県の諏訪の農民の生活を、ちょっと寓話的な形で物語的に描こうとしている。そういう新しい手法を、赤彦は赤彦なりに模索しているのです。

また当時、最も若かった土屋文明は、やはり若者だけに西洋的なものを積極的に歌のなかに導入しています。同じ明治四十五年の二月号に発表された文明の歌に次のような歌があります。このとき文明はまだ二十一歳でした。

いたづらの此のエピソウドの鳥のやうにいたまし思《おも》ひの人のあるかや
「アララギ」明45・2

ちょっと難しい歌ですが、言いたいことは下句の「いたまし」ということなのでしょう。愛する人、「思ひ人」を心ひそかに抱いている自分を自傷するような気持ち、自ら痛むような感傷を歌っているのでしょう。その自分の心を喩えて「いたづらの此のエピソウドの鳥のやうに」と言っているんでしょうね。「エピソウド」というのは「挿話」ですね。小説の本筋とはかかわりない挿話。そういう無意味な挿話のなかに出てくる小鳥のような、無意味で憐れな自分を若い文明は感傷的に歌にしています。後年の土屋文明のゴツゴツしたリアリズムの詠風を知っている私たちからすれば、この歌のセンチメンタルな内容や「エピソウド」というおしゃれな外来語や、比喩などはとても意外な感じがします。文明は文明なりに西洋の文学からの影響をこのような形で消化しようとしていたのでしょう。

このように茂吉や赤彦や文明は、それぞれ未完成ではありますが、西洋の近代小説の影響を受けてさまざまな新しい試みを短歌のなかで行っているのです。このような新傾向の歌の作者たちが、古い体質をもった伊藤左千夫と壮絶な闘いを繰り広げる。それが明治四十四年の中盤から明治四十五年前半のアララギだったのです。

8、赤彦・茂吉の称賛

では、このようなアララギ内の壮絶な世代対決のなかで、われらが浅野梨郷はいったいどのような行動をし、どのような身の処し方をしたのでしょうか。

先ほども言いましたように、梨郷は師である伊藤左千夫の選歌や添削を心から信頼していました。左千夫の方でも梨郷を愛弟子として愛情を注いでいるのです。そういう麗しい師弟関係にありながら、梨郷の歌は、やはり茂吉や文明などから深い影響を受けてしまいます。レジュメの「新傾向の影響」というところをご覧ください。自分よりちょっと上の茂吉や、同世代の文明の新しい傾向の歌から、梨郷は梨郷なりに大きな影響を受けていたのだ、ということがよく分かる歌々です。

雨にうるむ障子の紙が時折の風にねむげの音を立つるも
薬のみてさえ〳〵しきをほそ〳〵と心よきほどにふる雨の音
黄に光る夕やけ雲は咲きつゞくコスモスの上に落ちんとするも
白きあひる群れ居る森の池のはたに年老ゆる杉は黒ずみ立てり
仏蘭西の尼らしき人独り来てあひるを小舎に追ひゆきにけり
小牛どものかろ〳〵歩む足どりのあまた動くに見とれけるかも
秋晴れをたどる坂道森のなかゆひゞくピアノに足ふみあはす
あかときをわづかに残る月かげのあは〳〵しきが壁に這ひ居り
たそがれは静かにせまる人にやる手紙のまへに黙し居るとき

「アララギ」明45・1

明治四十五年一月号の梨郷の歌をあげてみました。全体としてどこか瀟洒でバタ臭い、西洋的な詩情が流れているような感じがしませんか。
くわしく見てみましょう。たとえば二首目の歌などどうでしょうか。

薬のみてさえ〳〵しきをほそ〳〵と心よきほどにふる雨の音

この歌は調べが面白いですね。「さえ〳〵しき」「ほそ〳〵と」といったオノマトペが大胆に使われています。こういう言葉の響きによって雨だれの音を何となく想像させる。そういう修辞が使われている歌だと思います。それによって、しめやかな雨の音に心を傾けている繊細な若者像というものが一首の背後から匂い立ってくる。そんな感じがします。

三首目の歌も読んでみます。

黄に光る夕やけ雲は咲きつゞくコスモスの上に落ちんとするも

この歌も「コスモス」などという外来の花が出てくるところが、少し新しくてハイカラでしょう。そして、夕焼けに染まり黄色く光る秋の雲が、天上から地上にあるコスモスの花の近くまで、スーッと下りてくる。黄金の光が一面に咲いたコスモスの白い花の上に落ちてくる。この「落つ」などという動詞の選択にも現実の風景をどこか詩的に再構成して歌にしようとしている梨郷の表現意識が感じられます。感覚も発想も新しいですよね。

次の歌も見てみます。

白きあひる群れ居る森の池のはたに年老ゆる杉は黒ずみ立てり

白いアヒルが群れている森、などという風景はどこか日本離れしていますね。どこか西洋の絵画を見ているような風景です。なにかコローとか、バルビゾン派のフランスの農村を描いた絵のような感じです。このような歌はやっぱりバタ臭いですよね。ちょっと洋風で瀟洒です。先の赤彦なども西洋っぽい農村の風景を寓話的に描こうとしていましたが、梨郷は若いだけあって、赤彦なんかよりずっと上手にこういう西洋風の風景を歌のなかに持ち込んできている感じがします。

さらにこの歌に続く歌です。

仏蘭西の尼らしき人独り来てあひるを小舎に追ひゆきにけり

フランスの修道院の尼がでてきます。パルムの僧院、というか、そんなイメージですね。その尼が庭園にやってきて、そこに遊んでいる家鴨を小屋に追いやってゆく。そんな様子を歌っています。この歌も洋風ですね。絵画で言うと少し油絵のようなちょっとくすんだ情景が描かれています。

もう少し見てみましょう。

あかときをわづかに残る月かげのあはくしきが壁に這ひ居り
たそがれは静かにせまる人にやる手紙のまへに黙し居るとき

どちらも光に対する繊細な感受性が感じられます。一首目の歌は明け方、部屋の壁を照らしているかすかな月の光に目をやっている歌です。二首目の歌は、どこか相聞の匂いがあります。愛する人に向けて書いた手紙をポストに入れる前に眺めている。そこに黄昏という静かな時刻の到来を感じる。そんな繊細な時間感覚が感じられる歌です。

これらの歌は、左千夫の添削を経た「旅枕」などといった歌とだいぶ感じが違ってますね。ひとことでいえばすごくモダンです。この明治四十五年一月号の梨郷の歌は、今までの梨郷の歌から一皮むけた感じがする。これらの歌の背後には、茂吉とか文明とか赤彦といったアララギ若手の新傾向の歌の影響が感じられます。梨郷はこれらの新しい歌を自分なりに消化し瀟洒な抒情を作りだしています。しかも、彼の強みは専門が英文学だったところにあります。梨郷は、西洋の詩のエッセンスをこれらの歌のなかに上手に溶かし込んでいます。赤彦や文明の歌が、西洋文学の影響を咀嚼しようとして汲々としているのに対して、梨郷は非常にスマートに西洋の文学を消化している。このころのアララギのなかで、西洋の詩の影響をここまで消化した短歌はなかなかなかったのではないでしょうか。

このように新しい抒情を切り開きつつあった梨郷。そういう梨郷を茂吉や赤彦は絶賛します。「おっ、なかなか梨郷やるじゃないか」。彼らはそんな感じで、梨郷の歌を再認識・再評価してゆきます。

おそらくこの一月号の作品を見た後だと思うのですが、島木赤彦は梨郷の歌の良さを称賛して、斎藤茂吉に手紙を送っています。その書簡が「アララギ」明治四十五年二月号の「消息」欄に収録されています。関係する部分を読んでみましょう。

浅野君の歌は矢張特色あり取り立てゝ是がといふもの無けれど全体を通じて得る感じが浅野式なり。特長ある所以と存じ候。

（島木赤彦→斎藤茂吉　明45・1・1書簡）

当時三十五歳だった赤彦は、自分では消化できなかった瀟洒で洗練された都会的感性を若い梨郷のなかに見出したのでしょう。左千夫は、梨郷を「都人」（みやこびと）と言い、その都会的な感覚に注目していましたが、赤彦もまた自分にはない「全体を通じて得る感じ」を感じとっていたのでしょう。アララギという集団は基本的に田舎者の集団です。左千夫にしろ、節にしろ、茂吉にしろ、赤彦にしろ、文明にしろ、基本的にはみな地方出身者です。少し野暮ったい。だから、梨郷のようなさらっとした西洋風の瀟洒で都会的な作品世界というものに彼らは憧れるわけです。ですから、自分もなんとか瀟洒な作品世界を作ろうとしていた当時の赤彦などは、梨郷の作品全体から滲み出る或る「感じ」を評価し、その感想を茂吉に手紙で言い送っているのです。

　もうひとつ読んでみましょう。次の手紙は同時期に斎藤茂吉が浅野梨郷に送った手紙です。「島木赤彦が君のことを褒めていたよ」ということを梨郷に伝えようとした手紙なのでしょう。少し読んでみましょう。

久保田君の手紙は歌会の夜、古泉君に渡し候につき、何卒左様願上候、御読了の上は小生方に送り届け被下度願上げ候。歌会にては作歌せず、久保田の歌に就て先生と小生との間に話がありしのみ、要するに不満足の会に候へき、貴重な日曜の事ゆゑモツト実のあるやうに歌会を致し度く候。（中略）大兄の作一月号は勿ろん二月号も佳作に候。この二ケ月の作のやうに願ひたい。但しこれは僕一人の感じである。

（斎藤茂吉→浅野梨郷　明45・2・28ハガキ）

久保田君というのは赤彦のことですね。文面からすると、赤彦が自分を褒めてくれているということを耳にした梨郷が、茂吉にその赤彦の手紙を見せてくれ、と頼んだのでしょう。茂吉は、先の赤彦の手紙を古泉千樫に託して梨郷の許に届けたことが窺えます。だから、茂吉は「読み終わったら、私のところへ返してくれ」（「御読了の上は小生方に送り届け被下度願上げ候」）と梨郷に言っています。

実は、この手紙は、短歌史的にも重要な意味を持っています。日付が明治四十五年二月二十八日になっていますね。この三日前の二月二十五日の日曜日に木村秀枝の家で歌会があり、伊藤左千夫と斎藤茂吉たちが集まります。その席上で、伊藤左千夫と斎藤茂吉が大喧嘩をするのです。その原因となったのは、先ほど紹介しました「あるものは草刈小屋の艸月夜ねぶりて妻をぬすまれにけり」といった「アララギ」二月号の島木赤彦の歌の評価の違いでした。この歌を茂吉は非常に褒め、左千夫は完全否定をしたのです。そこでは、もう師弟関係が壊れてしまうほどの論争があった。

その三日後に書かれたのがこの手紙なのです。「歌会にては作歌せず、久保田の歌に就て先生と小生との間に話がありしのみ、要するに不満足の会に候へき」という茂吉の言葉は、その三日前の歌会の愚痴を梨郷にもらしている、ということになるでしょう。

先ほどからずっと見てきたように、浅野梨郷は伊藤左千夫の愛弟子です。この時点においてもっとも愛されていた弟子だといえるかも知れません。その愛弟子・梨郷に対して茂吉は、この手紙の中で先生である伊藤左千夫の悪口を言っているわけです。いわばアララギの中で左千夫閥に属する梨郷に、茂吉は「左千夫先生は古臭くて話にならない」という悪のささやきを伝えている。そういう手紙です。そこには、左千夫サイドにいる梨郷を自分たちのグループの方へ引き込もうとする茂吉の意図が感じられます。

茂吉は、さらに次のように言っています。「大兄の作一月号は勿ろん二月号も佳作に候。この二ケ月の作のやうに願ひたい」。茂吉は先に見た一月号の梨郷の歌を高く評価しています。さらに二月号の歌も良かったよ、と梨郷を励ましているのです。

先に紹介した一月号の歌に並んで茂吉が高く評価した「アララギ」明治四十五年二月号の梨郷の歌は次のようなものです。

あわたゞしき枯葉のさわぎ武蔵野の夕日は焼けて山の遠かり
日落ちてなほやけのこる空のいろに鴉らさわぎ火の海の如し
やけながら入る日のさびし櫟原をつらぬける道に鴉下《お》りたつ

「アララギ」明45・2

こんな歌ですね。一読、さきほど読んだ一月号の瀟洒な感じではなく、いかにも茂吉が好みそうな原色の濃厚な作品世界が広がっています。一首目の歌。

あわたゞしき枯葉のさわぎ武蔵野の夕日は焼けて山の遠かり

枯れわたった武蔵野の広大な野原に一条の風が走り、赤々とした夕日が遠い山に沈んでゆく。ちょっと荘重な感じの歌ですね。いかにも茂吉の第一歌集『赤光』の世界を思わせる歌だといえますね。二首目三首目の歌も見てみましょう。

日落ちてなほやけのこる空のいろに鴉らさわぎ火の海の如し
やけながら入る日のさびし櫟原をつらぬける道に鴉下《お》りたつ

この「火の海」などという濃厚な色彩感が茂吉っぽいですね。その風景のなかから鴉という猛々しい鳥を描出しているところも、どこか凄みを感じます。

これが梨郷の二月号の歌です。茂吉は自分とよく似た美意識をこれらの歌のなかに感じたのでしょう。一月号で見せた瀟洒な世界もいいが、こちらの濃厚な世界もいいのではないか。と茂吉はこれらの歌を褒める。そしてさらに「但しこれは僕一人の感じである」といっています。左千夫先生がどう言おうが、俺だけは君の歌を買っているよ。茂吉はそんな風に梨郷に一生懸命言っているのです。

こういう手紙をもらって嬉しくないはずはありません。こういう手紙を尊敬する先輩・茂吉からもらったら、梨郷としてはちょっと心がグラッとしてしまうでしょうね。

9、引き裂かれる梨郷

一方、伊藤左千夫はどう言っていたでしょうか。この明治四十五年二月二十五日の茂吉との論争は、左千夫にとっても非常に腹立たしかったようで、左千夫は歌会の翌日二月二十六日に愛弟子の胡桃沢勘内に次のように書簡を送っています。

昨夜木村秀枝宅ニて歌会歌は作らす歌論頗る烈しく有之候

（伊藤左千夫→胡桃沢勘内　明45・2・26書簡）

「歌論頗る烈しく有之候」と書いています。やっぱり激論を交わして大喧嘩したということなんでしょう。

このように左千夫は茂吉や赤彦らに対して憤懣やるかたない気持ちでいる。かつて弟子であった茂吉や赤彦は、今や忘恩の徒として自分に牙を剝く。彼らはすでに明治四十四年には、左千夫に選歌されることを拒否して、自分たちの判断で歌を「アララギ」に載せるようになっていました。左千夫は結果として、茂吉や赤彦たちの裏切りに遭う。彼らに対して深い遺恨を抱く。その遺恨が強くなればなるほど、左千夫は自分の若い愛弟子たち、浅野梨郷や胡桃沢勘内に愛情を注いでゆくわけです。

このとき梨郷や勘内とともに頭角を現してきた新人がいました。左千夫の寵愛を受けていた山梨在住の岡千里という歌人です。まあ、文学史的にはほとんど名前は残ってはいませんが、左千夫はこのときこの岡の歌に随分、入れ込んでゆきます。「アララギ」誌上でも岡の歌を絶賛し、三十首くらいの歌を自分の独断で誌上に載せたりしました。それを見た茂吉が、なぜこんな歌を左千夫先生は褒めるのか、という文句を言ったこともあります。岡千里は、梨郷・勘内と並んで、あきらかに左千夫の子飼いの弟子なのです。

その岡に対して、この時期、左千夫は次のようなハガキを送っています。そこにはこう書かれています。

浅野君と君のたけハ僕も暫く重い責任を以て選をして見る早々／二月号の浅野君の歌は選外である

（伊藤左千夫→岡千里　明45・2・19ハガキ）

浅野君と君のだけは自分が責任を持って選歌をし指導をする。責任を持って指導する。左千夫はこのハガキでそう言っています。君と浅野梨郷は、自分の愛弟子であって、これからの指導は自分が全責任を負う。左千夫は岡にそのように宣言しているのです。

おもしろいのは、このハガキの最後の一文です。「二月号の浅野君の歌は選外である」。梨郷の二月号の歌は、先に見た「あわたゞしき枯葉のさわぎ武蔵野の夕日は焼けて山の遠かり」といった茂吉の影響が濃い荘重な歌ですね。茂吉が高く評価した歌々です。この二月号の歌に対して左千夫は「選外である」と言っているのです。僕の選は経ていない、ということなんでしょう。浅野梨郷は、いつも左千夫に歌を送って添削をしてもらい、それを「アララギ」に発表するわけですが、この二月号の歌は、伊藤左千夫の選歌を受けていない。それは意図的なものだったか、時間的に余裕がなかったのか、そこはわかりませんが、梨郷は左千夫の手を通さずに「アララギ」編集をしている茂吉のところに直接歌稿を持っていったんでしょう。そして、その二月号の歌を茂吉は褒め称えている。

左千夫にすれば、面白いはずはありません。愛弟子の梨郷が、自分の添削を拒否し、茂吉に歌を持って行った。そして、その歌が「アララギ」の同人間で評判になっている。それは左千夫にとっては梨郷の裏切り行為として感じられても不思議ではありません。ですから、左千夫はもう一人の自分の愛弟子・岡千里に「梨郷君の二月号の歌が評判になっているようだが、あれは俺が選んだのと違うからね。あれは勝手に茂吉たちがやっていることであって、俺はそれとは無関係だから。君はよく弁えて呉れたまえ」と言っているわけです。

なにか醜い争いだと思いませんか。茂吉たちは自分たちの側・新傾向の側に梨郷を引き入れたいし、左千夫は自分が初期から眼をつけて、自分が丹精こめて育てあげた子飼い弟子として梨郷を自分の手もとに置いて育てあげたいと思っている。その両者の狭間で梨郷は揺れ動いている。その両サイドに梨郷は引き裂かれている。明治四十四年後半から始まった左千夫と若い弟子たちの対立。その対立のなかに、梨郷はいやおうなく巻き込まれていってしまうのです。

おそらく梨郷自身には、不純な政治的意図はなかったのだと思います。梨郷は、以前と変わらない思いで左千夫を尊敬し、一方、茂吉たちの新しい歌の方向にも共感している。その両者の良好な関係のなかで自分の歌を磨いていきたい、梨郷はおそらくそう純粋に思っていただけなのでしょう。が、外部の状況がそれを許さない。左千夫と弟子たちの板挟みとなって困っている。そういう感じが、このあたりの資料から見えてきます。

左千夫はおそらくこのとき梨郷自身にも苦言を呈したのでしょう。「最近、君は私を通さず、斎藤君のところへ歌を送っているようだね。けしからん」というようなことをおそらく言ったのだろうと思います。梨郷はそれを聞いて「申し訳ありません。先生、また歌を見てください」というように、すぐに反省したようです。次の明治四十五年三月号から、梨郷は今まで通り左千夫の選や添削を経て、アララギに歌を発表するようになります。

その証拠が、三月号の次のような記述です。三月号には次のような梨郷の歌が四首掲載されています。

くれかゝるくれなゐの空にまさやかに二もと立てり榛の冬枯
前の森うすくらくなりてくれあひの雨の寒きにひとりかなしも

「アララギ」明45・3

そして、これらの歌の後ろにわざわざ左千夫の次のような選歌評が掲載されているのです。こういうことは稀有なことです。

左千夫いふ。梨郷君も千里君同様切に厳選を望み来たれば其心して選べり。即ち二十首の内より四首を録す。
（伊藤左千夫選歌評「アララギ」明45・3）

先も言いましたように、この時にはもう、茂吉・赤彦・千樫・文明らは、みんな左千夫の選を離れています。もう伊藤先生には自分の歌を選んでほしくない、彼らはそう思っているわけです。しかし、左千夫は彼らに対して言います。「君らは君らで好きなようにやってゆくがいい。でも浅野梨郷君と岡千里君だけは俺が選をする、俺が責任をもって彼らの歌を指導しているし、これからも指導してゆく」と。左千夫は、おそらく茂吉や赤彦の眼を意識してこのような異例の選歌評を書いているのでしょう。「茂吉君、赤彦君、きみたちは梨郷君や千里君を自分の陣営に引き込もうとしているけれど、この二人だけは私が育てるのだから手を出さないで貰いたい」。この短い一文には、茂吉たちに対する左千夫のそういう主張が書かれているのではないでしょうか。なかなか醜い争奪戦です。梨郷という有望な新人の去就をめぐってふたつの陣営が対峙している、そういう感じがします。背後には、アララギの主導権を巡るドロドロとした師と弟子の闘争が感じられるのです。

10、アララギとの別れ

浅野梨郷は、こういう複雑な人間関係のなかへ放り込まれます。そしてそういう騒動の最中に、彼には卒業の時期がやってきます。彼は、明治四十五年二月に東京外国語学校を卒業します。そして鉄道院、昔の国鉄、今のＪＲに就職するのです。当時梨郷は二十二歳になっていました。

学生時代に一生懸命歌を作っていた若者が就職を機に歌から離れてゆく、という現象は今でも見られます。結論から言うと、浅野梨郷もその例に漏れなかったのです。ひょっとしたら、先ほどから縷々述べてきたアララギ内の複雑な人間関係に嫌気が差したのかもしれません。が、おそらくはそれ以上に、仕事が忙しくなって歌を作る余裕がなくなったというのが実際のところだったのでしょう。ですから、この卒業を境として、これ以降、浅野梨郷の歌はアララギにほとんど載らなくなってしまいます。

ただし、梨郷は近況報告のような短文（短い小説めかした文章）を四つほどアララギに寄稿しています。たとえば、就職してから三ヶ月後の明治四十五年六月には梨郷の「ものゝ影」という小品がアララギ誌上に発表されています。最後の部分を読んでみましょう。


ものゝ影だと思ふ。あるときは気ちがひだと思ふ。やたらに業のわくときと、むやみにうれしい時と、馬鹿に金が欲しい時とある。茂吉さんは小説を書きたいなあと云ふし、木村君は東京に居りたい〳〵と云ふし、私は歌が作りたいし、先生は矢つ張り金がよいとつく〴〵云はれる。そのくせお互にはどうも思ふ通り云ふとほりになつたためしがない。茂吉さんは小説が出来ず、木村君は東京に居れず、先生には金がなく、私は歌が詠めない。

（浅野梨郷「ものゝ影」「アララギ」明45・6）

アララギの歌人たちが集まっているところを描写した文章なのでしょう。茂吉は小説を書きたいと願う。木村君というのは先にも出てきた木村秀枝ですが、彼は東京に居たいと願う。「先生」はもちろん左千夫です。このころ左千夫は度重なる水害や、牛乳の値下がりなどで経済的に困窮していました。だから金が欲しかったんですね。そして梨郷は「歌が作りたい」と思う。でも、それらの願いはみんな実現しない。そして、自分も「歌が詠めない」。そういう嘆きがここには記されています。

就職直後というのはだれでも慣れない仕事に追われて、繊細な歌心みたいなものがなくなってしまいますよね。多忙のなかで歌に心を割けない。心がさついて歌心が湧いてこない。そういうなかでこのころ梨郷は焦りを感じていたのだと思います。

この明治四十五年の七月三十日に明治天皇が亡くなって元号が大正に変わります。アララギの中の内紛はこのころ一層激しくなって、編集を担当していた茂吉はもうアララギを出すのが嫌になってしまうのですね。左千夫からは、締め切りに遅れた左千夫の原稿を待たずにアララギを発行してしまって、逆切れされて怒られてしまう。左千夫との対立がにっちもさっちも行かなくなってしまった状態のなかで、茂吉は次の大正元年九月号をもってアララギをやめてしまおう、廃刊してしまおうと決意するのです。

そこで最後に一念発起して、終刊号の代わりに記念号を出そう、と思った茂吉はこの九月号を「正岡子規没後満十年記念号」と銘打って、厚い記念号にしようと思います。茂吉の心の中では終刊号のつもりだったのです。まあ、結果的には、周囲から説得され、気持ちを持ち直して、茂吉はそれ以後もアララギを編集するのですが、当時の茂吉は相当思いつめていたようです。茂吉は、九月号の「編輯所便」に次のように書いて当時の心情を吐露しています。

何も彼も小生の腑甲斐なきために候へども、アララギは本月限り廃刊しようとの議も有之候へき。

（斎藤茂吉「編輯所便」「アララギ」大元・9）

こんな風に思いつめていたわけですね。茂吉は、自分のなかでは最終号として考えていたその雑誌に、友であり有力同人であった梨郷の歌か文章をぜひとも載せたかったのでしょう。しばらくアララギに歌を出していない梨郷に、とにかく何か書いてくれ、と頼んだのではないかと思われます。その意に動かされて梨郷は「その次は」という二つ目の小説めいた文章をその号に寄せるのです。その文章のなかには、役人生活半年の頃の梨郷の心境が次のように綴られています。

学校生活と言ふものを離れてから丁度半年になる。桂公が露西亜へ行つて、世が諒闇になつて大正と年号が変つたのは総てこの間の事である。何となく落付のない騒々しいこの六ヶ月が馬鹿に永くて永くて、私はもう二十年も官吏をして来たやうな気がする。私は頭で年を取つてゐる。も少し若い気分で、シエリーのやうに「我恋人よ〳〵」とでも歌つてみたい。

（浅野梨郷「その次は」「アララギ」大元・9）

ここで「桂公」というのは桂太郎のことです。彼は七月初めにロシアを訪問します。「諒闇」というのは、天皇の喪のことですね。これが七月末。梨郷が鉄道院の役人として働き始めたその最初の六ヶ月は、時代が明治から大正へ大きく変わった激動の半年だったのです。

梨郷はその半年間を振り返って「馬鹿に永くて永くて、私はもう二十年も官吏をして来たやうな気がする」と言っています。これ、分かりますね。大学を出て、就職をしたときの初めの半年というのは、やっぱり長く感じますね。梨郷はもう二十年も役人をやっているような徒労感や空しさに襲われてしまう。疲れ果てた気分がよく出ています。身体は二十二歳の若者ですが、感性はもう老人のように干からびてしまっている。だから「も少し若い気分で、シエリーのやうに『我恋人よ〱』とでも歌つてみたい」という切実な願いにとらわれてしまう。そんな切ない気分がよく出ていますね。

先に述べたように、梨郷はこの年の三月以降、アララギに歌を出していません。が、梨郷はお金持ちでしたから、アララギに対して何度か金銭的な援助をしていたようです。この前年にも学生の梨郷が当時のお金で一円をアララギに寄付していたという事実があります。また、書店に売りに出したアララギを梨郷が買い占めて知人に送っていたということもあったようです。この「正岡子規没後満十年記念号」は、厚い一冊ですので経費も随分かかったのでしょう。多分、このとき梨郷は「歌は寄稿できないけれど、アララギは大切だから、せめて金銭面でバックアップしよう」と思ったのでしょう。いくばくかのお金をアララギに寄付したのだと思います。

その寄付に対する御礼を述べた茂吉のハガキがあります。レジュメに挙げた大正元年の十月七日付の梨郷に宛てた茂吉のハガキがそれです。十月七日ですから、「アララギ」九月号が出た直後のハガキだということになります。読んでみます。

この間は留守して大にすまなかつた。御寄附身にしみてありがたし。君、一つ大に歌を呉れませんか。特に来年の一月からウント活動して呉れませんか。アララギもちつとは世間でも注意して来たし、信州にはドン〳〵売れるやうになつた、一つ大に助けてくれ給へ。

（斎藤茂吉→浅野梨郷　大元・10・7ハガキ）

今日、展示してありますのでぜひ見ていただきたいのですが、この「歌」という字は他の字の三倍くらいの大きさで、しかも太い墨で大きな四角のなかに囲んであります。寄付は当然ありがたいのだけれど、やはり梨郷の歌をアララギに載せたい。茂吉はそう思っていたことがよく伝わってきます。茂吉はやはり梨郷の短歌を高く買っていたのです。お金よりも君の歌がほしいのだ。苦しいアララギを支えるために自分も力を尽くす。だから、明治四十五年の一月号の歌のようなみずみずしい歌をぜひ送ってほしい。アララギは僕らが支え、発展させていこうではないか。そんな気持ちがこのハガキから覗えます。「一つ大に助けてくれ給へ」という結語には、茂吉の梨郷に対する掛け値なしの信頼が滲み出ているように思うのです。

歌から遠ざかりつつあった梨郷にとって、このハガキは心に沁みたに違いありません。が、先ほど述べたように梨郷の歌心は枯渇していました。さらにこの年の十二月には、梨郷は兵役に就くことが決まっていたのです。

当時は徴兵制度がありました。成年男子には兵役に就くことが義務づけられていました。普通は三年間の兵役義務が課せられたのですが、大正時代には自分から志願すれば兵役が一年間に短縮されるという特例措置があったのです。そこで梨郷も、あえてその制度を利用して自ら志願して、この年の十二月、陸軍の千葉鉄道第一連隊へ入営するのです。鉄道連隊というのは、軍用鉄道の敷設などを担当した連隊のようです。役人生活を一時中断して軍隊に入ったわけです。

この直前に梨郷は久しぶりに歌を作ります。多分、茂吉のハガキを読んで、仕方なく、なんとか歌を絞りだしたのでしょう。梨郷は、翌大正二年の一月号のアララギに次のような歌を載せます。私が確認したところでは、これが梨郷がアララギに載せた最後の歌だと思います。

かの塀のうちらの家に一年をしばられてゆくわが身なりけり
「アララギ」大2・1

「かの塀のうちらの家」というのは、連隊の建物です。たとえ自分から志願したとはいえ、これからの一年間、私は自由を束縛されたそこで軍隊生活を送らねばならない。そういう暗澹とした心情が、ちょっとストレート過ぎるくらいに吐露されている歌ですね。

一連の最後の歌は次のような歌です。

サガレンのあの淋しきにゆくばかりもの悲しかる日が続くかな
「アララギ」大2・1

「サガレン」というのは今のサハリンです。当時、南樺太が日本の最北端の領土でした。その地の果ての寂しいサガレンに流れてゆくような、そんなもの悲しさがここ数日私の心を支配しているよ。そういう心情を歌った歌でしょう。これも入営前の絶望的な気持ちがよく出ている歌だと思います。

こういう歌を最後に、梨郷はアララギを去ります。ですから、梨郷がアララギで活動したのは明治四十二年の四月から大正二年の初頭までの四年弱だと言えます。実質的には東京外語学校在籍中の三年間、十九歳から二十二歳までの三年間が、梨郷のアララギ時代だったということになります。

11、オルタナティブな可能性

皮肉なことに、アララギという結社が飛躍的な発展を遂げるのが、梨郷が去ったその年、大正二年です。七月に伊藤左千夫が死ぬ。その七月には「アララギ叢書」の第一巻として島木赤彦と中村憲吉の共著の歌集『馬鈴薯の花』が出る。そして十月には斎藤茂吉の『赤光』が出て、ものすごい評判を得る。大正二年は、弱小結社に過ぎなかったアララギが大正期の隆盛・歌壇制覇に乗り出すきっかけとなった一年でした。

その一年を梨郷は軍隊生活のなかで過ごすのです。愛する先生であった恩人・伊藤左千夫の訃報も、梨郷は兵営のなかで聞くことになります。その伊藤左千夫の死によって、梨郷の心のなかにかすかに残っていた歌への志も折れてしまう。ここから梨郷は大正九年までの長い休詠期に入ってしまうのです。梨郷にとって青春期が終わり、それとともに「歌の別れ」がやってきたのです。

浅野梨郷がアララギで活躍した時代というのは、アララギが大正の隆盛を極める直前の時期でした。左千夫と若手たちが、自分たちの文学理念を賭けて相争っていた熱気溢れる時代に、梨郷は若いなりに必死になって歌を作っていた。それが浅野梨郷の青春時代だったということです。

実は梨郷とアララギの関係は、これで途切れたわけではありませんでした。七年後の大正九年、大阪で勤務していた梨郷は、その頃発行された伊藤左千夫の遺歌集『左千夫歌集』を読んで、感銘を受け再び歌を作り始めます。梨郷は、自分を高く買っていてくれた茂吉を頼って、同人としてアララギに復帰するための運動をするのです。が、そのとき、アララギはもう島木赤彦が編集の実権を握っていました。梨郷の瀟洒でロマンチックな詠風は、大正九年のアララギの歌風とは齟齬を来していたのでしょう。結局、この梨郷のアララギへの復帰運動はうまく行きませんでした。一般会員としてアララギに復帰することはできたでしょうが、同人としての復帰を願う梨郷のプライドがそれを許さなかったのです。

アララギへの復帰を諦めた梨郷は、翌大正十年、僚友・依田秋圃とともに故郷・名古屋を基盤とした歌誌「歌集日本」を創刊します。その背景には、アララギへの復帰が拒否された悔しさと反骨心があったのではないか、と私は思っています。彼は、そののち反アララギの拠点である「日光」に参加し、アララギに対して批判的な発言をしてゆきます。その背後にも、アララギに対する愛憎半ばする感情があったのではないでしょうか。その後、梨郷は昭和六年に自分の歌誌「武都紀《むつき》」を発行し、中部地方の歌壇をリードしたことはみなさんご存知のとおりです。

一般にアララギの歌というと「写生」「写実」一本槍で、現実べったりな歌だと思われがちです。が、今まで見てきたアララギの初期・胎動期というのは、そのようなゴリゴリに凝り固まったリゴリズムには陥っていませんでした。左千夫と茂吉・赤彦・千樫らのぶつかり合いの中で、さまざまな歌の可能性が渦巻いていたのです。そのなかで、最も若い梨郷の歌は、ほかの歌人にはない都会的な瀟洒さと、さわやかなロマンティシズムを持っていたといえます。茂吉はその梨郷の歌を高く評価し、彼を自分の同行者として期待していた節があります。もし、梨郷がアララギに残って、茂吉と行動をともにしていたら、ひょっとしたらアララギは、赤彦主導のリゴリズムとは異なった方向に進んでいたのかもしれない、という気もします。そういう意味では、浅野梨郷は初期アララギのなかで選び落とされた可能性の一つだった。オルタナティブな可能性だった、ということができます。浅野梨郷という歌人を一地方歌壇のドンとしてではなく、マイナー・ポエットかもしれませんが、初期アララギのなかの多様な可能性の一つを担っていた歌人として、評価しなおすことが必要だと思います。

ながながとしゃべってまいりました。ご清聴、ありがとうございました。

（平成二十七年六月二十七日「名古屋歌壇の礎、浅野梨郷」展・名古屋市文化のみち二葉館）

斎藤茂吉の作歌法

1、昭和一桁台の茂吉

今日は大好きな斎藤茂吉について話す機会を与えて頂きありがとうございます。

お話を頂いたときに、何について語ろうか考えました。私が短歌を始めたのは大学院生のときでしたが、そのとき、岩波文庫の『斎藤茂吉歌集』を買ってきまして、そこに載っている歌を全部二回ずつ声に出して読みました。それが私の最初の短歌体験です。

ですから、斎藤茂吉の歌というのは、私の短歌の原体験のなかにしっかり存在しています。が、私は今まで斎藤茂吉についてはあまり纏まった文章を書いていません。なぜ書かなかったかというと書きにくいのです。茂吉の魅力というのは分かるんですが、非常に語りにくいという感じがあったからなのです。

それともう一つは、茂吉の歌は暑苦しい感じがするんですね。たとえば「あかあかと一本《いっぽん》の道《みち》とほりたりたまきはる我《わ》が命《いのち》なりけり」（『あらたま』）などという歌を目の前で示されると、ひれ伏さなければならないような気持ちになる。「最上川逆白波《さかしらなみ》のたつまでにふぶくゆふべとなりにけるかも」（『白き山』）という歌を読んでも、そうです。強力な個性があるので読む側がちょっと引いてしまうといったところがあると思うのですね。

斎藤茂吉の歌集のどれがベストか、ということがよく話題になります。すると、大体『赤光』とか『あらたま』が上がってきます。たしかにどちらもすばらしい歌集なんですけど、私の好みからすると、彼の初期の二冊は暑苦しいなという感じがしてしまうんですね。それは昔も今も変わりません。

今日、講演をすることになって、久しぶりに学生時代に読んでいた古い岩波文庫の『斎藤茂吉歌集』を引き出してみたのですが、『赤光』『あらたま』の歌にはあまり丸がついていないのです。どの歌に丸がついているかというと、『ともしび』の歌に多く丸がついているんですね。ちょっと意外に思いました。初心の頃、私には『ともしび』の歌が心に沁みたんですね。

斎藤茂吉が大正十三年の暮れにドイツ留学から日本に帰ってきて『ともしび』の時代が始まります。『ともしび』『たかはら』、それから『連山』という満州に行ったときの歌集がひとつ入るのですが、『石泉』、それから『白桃』。茂吉の歌はこのような歌集にまとめられています。ざっと言うと昭和の一桁台ですね。茂吉の年齢でいいますと四十二歳から五十二歳くらいまでの年齢の時期なのですが、このあたりの茂吉の歌の評価というのは、あまり高くないと思います。亡くなった上田三四二などは、昭和一桁台の茂吉を「作歌の上ではとりたてて見るべきものがなかった」（『斎藤茂吉』昭39）と言っています。ちょっとひどいですね。

今回、せっかくいい機会ですから、私が一番最初に魅かれた昭和一桁台の歌集をもう一度、読み直してみようと思いました。それでこの二ヶ月くらい一生懸命、このあたりの歌集をじっくり読み直してみました。読み直したら実に面白い。こんなに面白かったのか、と思って夢中になってしまったんですね。

なぜそんなに面白いのか。大雑把に印象を言いますと、このあたりの茂吉の歌というのは森羅万象が生き生きと動いている、という感じがする。それにともなって、歌の背後に立っている斎藤茂吉という人間も生き生きと動いている。何かすべてが「生き生きと動いている」という感じがしたんですね。

それはいったい何に拠るのか。結論を先に言ってしまいますと、そのひとつの原因は助詞「てにをは」にあるのだと思います。この頃の茂吉の歌は「てにをは」が非常に豊かだと思いました。斎藤茂吉の「てにをは」はちょっと特殊なのですが、それがとても豊かなものを齎していると思ったのです。今日はまずそんなことからお話ししたいと思います。

2、長いスパンの「て」

具体的に読んでゆきましょう。

時のまの心あやしもむくむくと畳《たたみ》うごきて地震《なゐ》しづまりぬ　『ともしび』昭3

どうでしょうか、この歌、少し変だと思いませんか。「むくむくと畳うごきて」。畳が地震が起こることによって動く。ここは分かりますね。でもそれが直接「地震しづまりぬ」に続くのです。普通だったらどうでしょう。たとえば「畳がむくむくと動き初めて、地震が始まった」というのならよく分かります。下句が「むくむくと畳うごきて地震はじまりぬ」なら普通の短歌です。ところがこの歌は「むくむくと畳うごきて地震しづまりぬ」なのですね。

結論的にいうなら、これは「て」という助詞の働きのせいだと思います。茂吉の「て」はわれわれが普通使う「て」とちょっと違う「て」なのだと思うのです。

普通われわれは「て」という助詞を、たとえば「笑って許す」などと使います。これは「笑いながら許す」ということです。「笑う」という動作と「許す」という動作はほぼ同時に行なわれます。また「新幹線に乗って東京に来た」なら「新幹線に乗る」という動作と「東京に来た」という動作が間断なく接続されています。つまり「て」という助詞は、きわめて時間的に近いものを結びつけるときに使う助詞だと思うのです。

でも、斎藤茂吉が使う「て」というのは普通の「て」とは少し違う。時間が離れている。滞空時間が長いのです。「AてB」という表現があるとき、そのAとBの間は私たちが考えている以上に長い。そういう癖があるのだと思います。

ですから、この歌も事実関係から言えば「畳が動いて地震が始まったと思ったら、いつのまにか地震が静まっていた」ということなのでしょう。むくむくと畳が動いて地震が始まったのが一時五十四分だとしたら、一分くらい揺れが続いて一時五十五分くらいに揺れがおさまった、ということです。ところが、茂吉はその長いスパンの時間を平然と「て」という助詞で繋いでしまう。そこが非常に面白いと思います。

このような歌を読むとき私たちはどのような感想を抱くのか。畳がむくむくと動き始めて「ああ、地震だ」と思うか思わないかのうちに、それがいつの間にか静まっていった。このような歌を読むとき私たちが感受するのはそういう地震の始めから終わりまでの時間の総体です。また、それを慌てふためいておろおろと見つめている人間の生き生きした心の状態です。その生き生きとした感じが、茂吉の歌の躍動感に繋がっているのではないでしょうか。それを根底で支えているのが、この長いスパンを表す「て」なのですね。

このような例は多くあります。次の歌もそうです。

たえまなくみづうみの浪よするとき浪をかぶりて雪消《ゆきけ》のこれり　『白桃』昭8

昭和八年に茂吉は群馬県の伊香保温泉に行きます。そして榛名湖を見ます。そのときに作られた歌です。

この歌の下句「浪をかぶりて雪消《ゆきけ》のこれり」もおかしいと思いませんか。まずもって「浪」が変ですね。湖の波がよせる。その波を、茂吉は「浪」という字を使って表しています。湖岸に寄せるさざ波なのですから、大きな波のはずはないんですけれど、何か、津波のような巨大な波を思ってしまいます。それで、その波が岸に寄せるときに「波をかぶって、岸の雪が消え残った」と茂吉は言うのです。

普通はこうでしょう。「浪をかぶりて雪消えゆけり」。あるいは「浪をかぶりて雪は消えゆく」なのではないですか。岸に積もっていた雪が湖の波の水によって濡れる。その濡れた部分が溶けて侵食される。物理現象からいえば「浪をかぶりて雪消えゆけり」でないとおかしいのです。ところが、茂吉は平然と「浪をかぶりて雪消のこれり」と言うのですね。

この「て」も、さっき言った茂吉特有の「て」なのでしょう。つまり事実は、雪が波をかぶって、波をかぶった部分の雪は溶けてゆくのだけれど、たまたま波が当っていない部分の雪は消え残っている、ということなのですね。が、この歌の場合でも茂吉は、そういう込み入った事情を全部省略して「浪をかぶりて雪消のこれり」と言う。「浪をかぶる」ということと「雪が消え残る」ということを強引に「て」という助詞で結びつけてしまうのです。

でもこのような「て」の使い方によって、何か、茂吉の驚きのようなものが私たちの胸に伝わってきます。岸辺の雪に波がかかる。あ、雪が全部溶けてしまう、と思っていたら、意外にも雪は消えずに残った。「浪をかぶっても、雪の溶けない部分が残ってるよなあ」というそのとき茂吉が感じた心の動きが、読者である私たちの胸に生き生きと伝わってくるような気がします。

3、動きを作る「て」

次のような歌なども非常に生き生きとしていると思います。

奥谷《おくだに》よりながれていでし谷がはの太《ふと》りゆけるを諸共《もろとも》に見む　『たかはら』昭4

これは有名な「虚空小吟」のなかの一首です。昭和四年に茂吉や前田夕暮や北原白秋がコメット号という飛行機に乗って空を飛んで歌を作ります。この歌は、多分、奥多摩あたりの情景を上空から見て歌った歌だと思われます。この歌は「奥谷よりながれていでし谷がはの」という部分が変わっていますね。川が蛇かなにかの生き物のように、動物のように谷から出てきた、という感じがしませんか。

この部分、普通、私たちだったらどう歌うでしょう。飛行機で飛んでいて上空から下を見る。すると、川の白い流れが見える。そしてそれが谷から下流まで続いている。下流に行くに従って太くなっている。こういう情景を私たちはたとえば次のような歌にしてしまうのではないでしょうか。

奥谷より流れ出でたる谷がはの太りゆけるを諸共に見む　（改作）

上句を「奥谷より流れ出でたる谷がはの」としてみる。これだったら、私たちでも作れそうな気がします。でも、茂吉はここで「奥谷よりながれていでし谷がはの」というのです。「流れ出でたる」と「ながれていでし」。どう感じが違うでしょうか。この「て」を入れることによって、動作が二つになります。「流れ出る」という一つの動作が「流れる」と「出る」という二つの動作に分割されます。谷があって、そこから「流れる」という動作がまず一つある。そして流れることによって谷間から「出る」という動作がその次に来る。そういう感じになります。

川というものを上空から見下ろすと、本当は動きのない白い筋が見えるだけです。が、このように表現されると、まるでその川が蛇のように谷間から鎌首を出し、顔を出して、それが地面をのた打ち回って、それがだんだん太くなっていって海の方に泳ぎ去ってゆく。そういう感じが出ます。改作の「流れ出でたる谷がはの」ではこの感じは全く出ません。川は眼下に静止しています。

私が冒頭に申し上げた茂吉の歌の「生き生きした感じ」や「躍動感」。それは、ちょっとしたことなのですがこんなところに秘密があるのではないか、と思います。

次の歌を見てください。これも面白い。

眉《まゆ》しろき老人《おいびと》をりて歩《ある》きけりひとよのことを終《をは》るがごとく 『石泉』昭6

これも何気ない歌ですね。年を取ってくると眉が白くなってきます。眉が白毛化した老人が公園かどこかを歩いている。それを見た当時四十九歳の茂吉は「ああ、一生のことはこんな風に終ってゆくんだなあ」と感じた、という歌です。この歌も「老人をりて歩きけり」が少し変に感じます。私たちだったら「老人ひとり歩きをり」などといった形で歌にするのではないでしょうか。この歌でも「て」が働いています。まず老人がいる。そこに存在する。そういう事実があって、その上で、その存在している老人がおもむろに歩きだす。そういう動作が読者である私たちに刻々と伝わってくる感じがする。「眉しろき老人ひとり歩きをり」ではこの感じは出ません。

4、AてB

茂吉の「て」には、さらにちょっと変な使い方があります。

普通「て」という助詞は同じ人物が二つの動作をするときに使います。たとえば「私は笑って許すよ」という表現でしたら「笑う」という動作の主語も「私」ですし、「許す」という動作の主語も「私」です。「て」の上と下は同じ主語です。「て」を挟んでも主語は変わりません。

私は高校の国語教師ですので古典の授業をしますが、その中で受験テクニックを教えることがあります。そのなかに「AてA」「AばB」という法則があります。「AてA」というのは「て」という助詞を挟んでも主語はどちらも「A」で変わらない。逆に「AばB」というのは「ば」を挟むと主語が「A」から「B」に変わる、ということなのです。

普通の「て」の場合は「AてA」です。ところが茂吉の「て」はそうではない。「AてB」というように「て」を挟んで主語が変わることがあるのです。
例えば次の歌がそうです。

まぢかくに吾《われ》にせまりて聞くときは心は痛《いた》しものぐるひのこゑ　『白桃』昭8

茂吉は精神科の医師でしたから「ものぐるひのこゑ」というのは患者の声ですね。この歌の初句と第二句には、「まぢかくに吾にせまりて」と書いてあります。「まぢかくに吾にせまる」というこの動作の主語は患者です。とすれば、本当なら「AてA」なのですから「吾にせまりて」の「て」のあとには患者を主語とした動作を持って来た方が歌としては落ち着きがよくなります。たとえば「まぢかくに吾《われ》にせまりて叫ぶとき」だったら素直に繋がりますね。

まぢかくに吾《われ》にせまりて叫ぶとき心は痛《いた》しものぐるひのこゑ　（改作）

これだったらすんなり分かります。心に病を持った患者が自分に近づいてきて「バカ野郎！」などと叫ぶ。その罵声を聞くと医者である私の心は痛むよ。そういう感じの歌になるでしょう。この改作の歌はすんなり分かる普通の歌なのです。
でも、茂吉の原作の場合は「AてA」にはなっていません。「AてB」になっているのです。まぢかくに吾にせまってくるのは患者でしょう。ここまでの主語は患者です。が、「て」の下の

「聞くときは」の主語は茂吉です。ですからここでは「患者」という主語が「て」を挟んで「茂吉」という主語に変わっている。Aという主語が「て」を挟んでBという主語に変わってしまっています。だからこの歌を読むとき、ちょっとした違和感が残ってしまうわけです。

でも、このような「AてB」という変則的な語法で歌うことによって、患者に迫られたときの茂吉の切迫感のようなものは確実に読者に伝わりやすくなります。患者に罵倒されてドキッとしている茂吉の気持ちがよく伝わってくる感じがします。患者が間近に私に迫ってきた。あ、やばい、と思う。でも、患者の言葉を聞いてみるとその言葉が胸に迫ってきて心が痛む。そんな感じが出てきます。

これを「AてA」という普通の語法を使って「まぢかくに吾《われ》にせまりて叫ぶとき心は痛《いた》しものぐるひのこゑ」と改作してしまうと、何か傍観者的というか、精神病の患者の病状を医師である茂吉が客観的に冷静に観察しているような感じになってしまいます。「AてB」という普通とは異なった語法を使うことによって、茂吉は、患者に迫って来られた瞬間のちょっとした危機感を表現したかったのではないでしょうか。

次の歌も奇妙な歌です。どう思われますか。

煖房して等身大《とうしんだい》の人形《にんぎやう》は朱色《しゆいろ》のコオト今日ぞ著てゐる

『白桃』昭9

変な歌でしょう。私は一読して笑ってしまいました。「等身大の人形」というんですから今の言葉で言えばマネキンなのでしょう。私が初めて読んだときのイメージは、マネキンがトコトコと自分で歩いていって、壁にあるエアコンのスイッチをピッと押す。押し終わったマネキンはおもむろに自分の定位置に戻って朱色のコートを着る。そんなシュールなイメージが立ち上がってきました。

もちろん誤読です。でもなぜこのような誤読が生まれるのか。「て」という助詞は普通主語を変えません。ですから、私たちは初句の「煖房して」の主語は「て」の下に出てくる主語と同じだと予想するのですね。下に出てくる主語は「等身大の人形」です。私たちは「煖房して」の主語は「等身大の人形」なのではないかと予想してしまいがちなのです。だからマネキンがトコトコ歩いてスイッチを押しに行ったようなイメージが出てきてしまう。

でも、もちろんこれは誤読ですね。これはデパートの情景を歌った歌ですから「煖房して」の主語はデパートの店員です。当時はスチーム暖房でしょうか、寒くなってきたので店員が暖房を入れたのでしょう。でも茂吉は、その状況を「煖房して等身大の人形は」と言う。異なる主語を「て」で繋げてしまう。それによって、とんでもないシュールな世界が目の前に浮かんでくるような感じがする。無生物のマネキンが歩くという生き生きした不思議な情景が一首のなかから浮かんでくるのですね。

5、「through」としての「を」

助詞ということでもう一つ話をしますと、茂吉が使う「を」という助詞も「て」と同じようにちょっと変なのです。次の歌は『ともしび』のなかでも名歌中の名歌と言われている歌です。読んでみましょう。

さむざむと時雨《しぐれ》は晴れて妙高《めうかう》の裾野をとほく紅葉《もみぢ》うつろふ　『ともしび』昭2

昭和二年の晩秋に妙高高原で作られた歌ですね。柴生田稔などはこの歌を茂吉の自然詠の画期的な作品だと評価しています。

この歌は初句第二句もいい。でもやはり第三句以下の「妙高の裾野をとほく紅葉うつろふ」が断然魅力的です。私はこの歌を読んだとき頭の中に流れる映像が見えました。私の頭のなかに浮かんだのは「長時間微速度撮影」の映像です。「長時間微速度撮影」というのは、長い時間の物事の変化をごく短い間に凝縮して見せる特殊撮影の方法です。ほら、テレビの自然番組などで一年の草原の変化を三十秒くらいに凝縮して見せるシーンがありますね。私はこの歌を読んであの映像を思い浮かべました。

紅葉は気温の低いところから色づきます。妙高の山なら山の頂上がまず色づくのでしょう。頂上だけを染めていた紅葉が、空気が冷えることによって次第に妙高高原の広い裾野を平野の方に向って広がりながら下っていって、やがて全山が紅の一色に染まってゆく。山が色づいてゆく動きをごく短時間の間に見せられている。そんな「長時間微速度撮影」の映像を見ているような気がしたのです。

なぜそのようなことが起こるのか。それはこの歌の「を」という助詞の働きだと思うのです。私たちは普通「を」という助詞を目的語を提示するときに使います。「私はマイクを摑む」という文があるとすると「を」は「マイク」という目的語を明示する働きをしている。これが、もっとも平均的な「を」の使用法です。でもこの歌の「妙高の裾野を」の「を」という助詞はそうではありません。この「を」は、英語でいうと「through」に近い「を」です。「through」というのは「を通って」という意味を持つ言葉ですね。

時雨が降る。しばらく降って止む。寒冷前線が通過した後ですから、気温がずんずんと下がってゆく。その冷気に触れることによって紅葉の色がより深いものに変化する。そしてその紅色は、裾野の斜面に沿いながら、面積を広げつつ麓に向って降りてゆく。裾野を通って平野まで降りてゆく。この「を」にはそういう「を通って」というニュアンスがあると思います。

これによって風景に動きが出ます。本当のことを言えば、紅葉の色が移動する速度などといったものはきわめて遅く、人間の肉眼で捉えられるはずはありません。しかしながら茂吉は、その変化が動きとして見えているかのように歌う。まるで生命をもった動物か何かのように紅葉の色が麓に向って駆け下ってゆく。そんな風に歌う。「を」という助詞や「うつろふ」という継続性を表す動詞によって、静止している自然が時間的な動きを伴って、私たちの目の前に立ち現れてくる気がします。そこがこの歌の名歌たる所以なのでしょう。

同じような歌が次の歌です。

夏山《なつやま》の繁みがくれを来《こ》しみづは砂地《すなぢ》がなかに見えなくなりつ　『ともしび』大14

この歌の「繁みがくれを」の「を」もまた「through」でしょう。夏山の暗い樹木の日陰を通ってここに流れてきた水が砂地のなかに吸い込まれ消えていった。そんな歌ですね。動きを作る「を」によって、川自身が蛇のように草の茂みを通ってここに出現し、砂の中に消えてゆくというイメージが出てきます。川という無生物を生物のように描く。それによって、とても生き生きとした感じが生まれています。

次の歌にも「を」が出てきます。

たちまちにいきどほりたる穉児《をさなご》の投げし茶碗は畳を飛びぬ　『ともしび』昭3

この歌も笑ってしまいますね。この「穉児《をさなご》」というのは誰かな。北杜夫（次男・宗吉）はこの時まだ一歳ですから、茶碗は投げません。すると、三歳だった長女の百子さんではないかと思います。急に腹を立てた子どもが茶碗を投げる。その茶碗が畳の上を通って飛んでいった。そんな面白い情景を歌った歌です。

この歌の結句もちょっと変でしょう。「畳を飛びぬ」。この「を」は「上を通って」ということでしょう。英語でいえば「above」（の上を）と「through」（を通って）がいっしょになった感じですね。畳の上空を、スーッと滑るように速いスピードで空飛ぶ円盤のように飛んでゆく、という感じ。その円盤のようなイメージや幼子の爆発的な怒りが「を」という助詞によってビビッドに読者に伝わってくる歌です。

ついでにもうひとついえば、この歌の初句「たちまちに」も生き生きしてます。この「たちまちに」はどこに掛かるのかちょっと分かりにくいでしょう。「たちまちにいきどほる」のか、「たちまちに投げる」のか、はたまた「たちまちに飛ぶ」のか。この「たちまちに」という副詞はどこにかかるのか文法的に解析せよ、と言われるとちょっと難しいです。

でも、茂吉にはこういう初句が多いのです。思ったことを、とっさに口に出してしまうような初句が。なぜか知らないけれど、子どもが急に怒りだして「お父さんのバカ！」といって茶碗を投げる。その一連の動作がいかにも瞬間的で突然だった。「たちまち」だった。怒るとか、投げるとか、飛ぶとか、どれかひとつの動作が「たちまち」なのではなく、その一連の動きすべてが急に自分の目の前に立ち現れてきた感じ。その唐突な感じを見た瞬間、茂吉は思わず「たちまちに！」と口走ってしまった。そんな感じがします。この「たちまちに」はそういう切迫感のある「たちまちに」なんですね。「たちまちに」と感じた茂吉の驚きが、この初句によって暴力的に読者の鼻先に突きつけられる。こんな風に口を衝いたような感じの歌を茂吉は作ることがあります。

あと詳しくは言いませんが、こんな歌もあります。

草むらに蛍のしづむ宵《よひ》やみを時《とき》のま吾は歩みとどめつ　『白桃』昭8

この「宵やみを」の「を」も、「を通って」という意味の「を」ですね。宵闇を通って私は歩いていた、ということなのでしょう。ここでも茂吉は「通って」などといった動詞を省略して、立ちどまったよ、ということだけを言葉にしています。

6、「にて」と「に」

次の「にて」という項目を見てください。こんな歌があります。

夕食《ゆふしよく》を楽しみて食ふ音きこゆわが沿ひてゆく壁のなかにて

『白桃』昭8

茂吉は昭和八年に関西に旅行をして滋賀県の大津を訪れます。夕方、大津の街角を歩いていたら家の中から家族が楽しそうに夕食を食べている声が聞こえてきた。そのとき作ったのがこの歌です。

もちろん、この家族が本当に楽しんでいたかどうかは分かりません。家族というものは、結構複雑でそれぞれ他人には言えない悩みを抱いている。でも、茂吉はそんな複雑な事情は斟酌せずに、そのときこの声を聞いて直感的に「この家族は団欒を楽しんでいるんだな」「幸せなんだな」とひとり決めしているわけです。

この歌が作られたのは、いわゆる「ダンスホール事件」が起こる前ですが、輝子夫人と茂吉の仲はすでに冷え切ってます。ですから、茂吉には他人の家の団欒の声が普通の人以上に家庭の幸福を象徴するものとして感じられたのでしょう。

でも、この歌も私は変だと思うのです。それは結句の「壁のなかにて」という表現です。普通私たちがこのような情景を歌うのなら「壁のうちより」「塀のなかから」とか言うのではないでしょうか。「壁のなかにて」というと、何か、コンクリートの壁が一メートルくらいの厚さをもっていて、そのコンクリートの中心部分に声が埋もれているような感じがする。厚い壁の中心に声が埋められていて、その声がかすかに外部に滲み出している。そんな感じがするんです。

おそらくそれは、この「にて」という助詞の働きのせいなのでしょう。普通の歌人なら家の敷地内から、声というものが敷地の外へ流れ出てくるように描写するでしょう。「より」とか「から」といった声の起点を表す助詞を使って、そこから声がここへ流れ出てくるように描写する。「わが沿ひてゆく壁のなかより」などと書くことでしょう。動きを使って描写するはずです。

ところがこの茂吉の歌は、そういった動きを使った描写をせずに、場所の定点を表す「にて」を使う。そうすることによって、非常に冷え冷えした感じが伝わってくるように思います。厚い壁のなかに凍った声が埋まっている。茂吉はその声から永久に呼びかけられることはない。拒絶感を抱いてその壁の前にたたずんでいる。幸せそうな声と自分とが完全に遮断されていて、茂吉はその幸せに永久に触れることができない。そういう断絶感が出てくるように思います。「壁のうちより」「塀のなかから」なら平凡な表現でしょう。でも「壁のなかにて」とすることによって、茂吉は家庭の幸福に対する絶対的な断絶感をおのずから表現してしまった。この「にて」は、そんな冷え冷えする感じがある「にて」だと思うのです。

次は「に」という助詞についてです。これも例歌を見てみましょう。


隣間《となりま》にここのいでゆにひとよ寝《ね》むをみならほそくわらふがきこゆ　『石泉』昭6

昭和六年、茂吉は信州の葛温泉に行って旅館に泊まった。その隣の部屋から若い女の人の笑う声が聞こえた。「いやん」とか「うふふ」とか、なまめかしい声なのでしょう。

先ほどの「壁のなかにて」の歌でもそうですが、茂吉は、隣の家とか隣の部屋が大好きです。彼には「のぞき趣味」みたいなものがあります。隣の部屋に対して並みはずれた興味を示すのです。隣の部屋で、行商人と女中とが仲良くしている声を聞いて興奮する、というような場面は茂吉の散文にも歌にもよく出てきます。隣室の声に聞き耳を立てていたら「彼らは声も立てずに事に及んだ」といった描写をした文章もあります。

この歌には「に」という助詞が二つ出てきます。「隣間に」と「ここのいでゆに」というところです。初心者向けの短歌教室なら「に」の重複はダメだ、などと言われます。もし初心者向けの短歌教室にこの歌が提出されたら「『に』が続けて二つも出てくるのはよくありませんね」と言って、添削されてしまうかもしれません。

でも、この歌の「に」の重複にはとても実感がこもってませんか。ひとつ襖を挟んで、隣の部屋に若い女性が泊まっている。そこからなまめかしい声が聞こえてくる。その瞬間、茂吉は「おっ！隣間に！」と思う。「隣間に女性がいる」と思う。そんな風に心がガッと動く感じがこの初句の「隣間に」にはよく出ています。心が動いて「隣間に！」という声が、つい口をついて出てしまった感じがします。この初句には茂吉の心おどりが刻印されています。

茂吉の歌は、たまに自分が感じた瞬間の心情を初句に据えてしまうことがある。先に紹介した「たちまちにいきどほりたる穉児《をさなご》の投げし茶碗は畳を飛びぬ」の初句「たちまちに」もそうだったでしょう。何が「たちまち」なのか判然としないけれど、茂吉はまず咄嗟に「たちまちに」という第一印象を口走ってしまう。この「隣間に」もそれと同じです。

でも落ち着いて考えてみると、その女性たちはこの温泉で一晩泊まってゆく人々です。茂吉はそれに気づく。で、もう一度、最初から言い直して「ここのいでゆにひとよ寝む」と思い直す。「待てよ、落ち着いて考えるとこの宿の女性は今晩ここに泊まるんだろうな、なら、そう慌てることもないか」といった自省の気持ちが「ここのいでゆに」の二回目の「に」にこめられているような感じがします。

つまり、この歌の一つ目の「に」と二つ目の「に」の間には「衝動」から「自省」に移る茂吉の心の動きが刻印されています。一回目の「に」には心おどりが、二回目の「に」には改めて落ち着いて状況を整理した茂吉の認識が、刻印されているのだと思います。「に」の重複は決して無意味ではなく、そういった茂吉の気持の変化に対応しているのです。

短歌の定石からいえば「に」の重複はよくない。でも、茂吉はそんなことはさらさら気にせずに、自分の心の動きに従って「に」を連発してしまう。そんなところが、茂吉の歌の生き生きした感じに繋がっているのだろうと思います。

7、純粋継続の「つつ」

次に「つつ」を使った歌を見てみましょう。この「つつ」も、ちょっと特異だと思います。私たちは「つつあり」「つつをり」という言葉を、未了の状態を表現するものだと考えています。「僕は今、勉強しつつある」というと、今までテレビを見ていたけれど、今この瞬間、勉強机に向って鉛筆を手に持って教科書を開こうとしている。勉強タイムに入ろうとしている。そんな情景を想像します。勉強タイムに入る直前、という感じが「勉強しつつあり」だと思うのです。しかし茂吉の「つつ」は、そういう未了の「つつ」ではなさそうです。茂吉において「つつ」という助詞は、純粋に時間の継続を表すのです。「ずっと〜している」ということを表す助詞なのです。たとえば次の歌の「つつ」がその例です。

早昼《はやひる》の弁当を食ふ工夫らは川浪《かはなみ》ちかくまで並《なら》びつつ居り　『白桃』昭8

この歌の「並びつつ居り」という部分は「今まさに並ぼうとしている」という意味ではなくて「ずっと並んだ状態で座っている」ということです。この「居り」は「存在する」という意味ではなく「座る」という意味でしょう。このように茂吉の「つつ」は「ずっと〜する」という継続の状態を表すのです。

そういう「つつ」の持ち味がうまく生かされている歌が次の歌です。

くれなゐの濃染《こぞめ》のもみぢ遠《とほ》くより見つつ来りていま近づきぬ　『白桃』昭8

昭和八年の秋に茂吉は信州の上高地に向います。そのときの歌です。遠くには真っ盛りの上高地の紅葉が見える。茂吉は上高地の麓の松本の町あたりから、バスに乗ってその上高地へ向かう。車中、窓から見える上高地あたりの紅葉をずっと眺め続けてきたのでしょう。この「つつ」は「一時間ずっと見続けてきた」という時間の継続を表しています。

面白いのは、次の「いま近づきぬ」のところです。「今この瞬間から、急に上高地の山が近づいてきた」と茂吉は言うんですね。物理的に言えば明らかに変です。茂吉は一時間ずっとバスに揺られてきた。バスの速度はほぼ一定ですから茂吉の目に見える上高地の山は同じペースで徐々に大きくなってくるはずです。グラフに書けば、一次関数のグラフのようにある一定の増加率をもって直線的に大きくなってくるはずです。

が、茂吉はそうは捉えません。まるで数学の二次関数のグラフのように、いままで小さく遠く見えていた山が、ある時点から急に二倍、四倍、八倍という風に等比級数的に加速度をつけて大きく近づいてくる。この「いま近づきぬ」という表現はそんな不思議な感覚を表現しています。

でも、この感覚、私にはよく分かるのです。私は昨日、名古屋から新幹線に乗って東京に来ました。新幹線の窓から富士山が見えます。富士山はけっこう遠くから見えるのです。静岡あたりからもうすでに小さく見えてくる。静岡を出て清水あたりを走っているときも富士山はまだ小さい。大きさの変化はそれほど感じません。遠いところに長い間、ずっと小さい富士山が見え続けているのですね。でも、富士川を越えたある地点から、今まで小さかった富士山が急に、ムクムクと大きくなってくるように見える。そんな臨界点みたいな場所があります。一定のところまでは同じ大きさに見えるのだけれど、ある一点から急に山が大きくなるように見える。あれ、人間の不思議な感覚ですね。

多分、茂吉が言っているのはそういうことだと思うのです。茂吉は、バスに揺られながらずっと上高地の紅葉の山を見続けてきた。「遠いな」「遠いな」「まだ、かなり遠くにあるな」などと感じながら、小さく見える上高地をずっと見続けてきた。「見つつ」の「つつ」はそういう長い時間の継続を表しています。ところが、ある一点から上高地の紅葉の山がまさに「いま近づきぬ」という感じで自分に近づいて大きく見えてくる。この歌は、継続を現す「つつ」と「いま近づきぬ」という破格の結句が組み合わされることによって、人間がひとつのものに近づいてゆくときのちょっとシュールな距離感覚や時間感覚を見事に表現している歌だと思うのです。

8、茂吉の手帳

こんな風に助詞に注目しながら茂吉の歌を「変だなあ」と感じたり、「何で変なのかな」などと考えながら読んでゆくとすこぶる面白い。一首一首、細かい助詞の使い方を味わってゆくと本当に面白いんですね。そして、茂吉って変な人だなあ、と思う。やっぱり茂吉って「変人」なんだと思います。

このような捉え方はある意味、自然ですね。それはそれで、楽しい茂吉享受法だとは思います。ただ、ここに読み手である私たちの一つの問題や落とし穴があるのではないか、とも思うのです。私たちは、茂吉のこういう歌の面白さを、ともすれば、茂吉個人の性格に帰してしまいがちです。「斎藤茂吉という人は面白い人です。変な人です。変人です。だからこんな面白い感覚を持っていたんです」というように茂吉の歌の特異性を茂吉個人のキャラクターに拠るものだと考えてしまう。あるいは、それを逆から裏返して言うと「茂吉は天才だ」といって分かった気になってしまう。「茂吉は常人には及びもつかない感覚や発想を持っている天才なんだ」という形で敬して遠ざけて終ってしまう。そんな傾向があるように思います。

たしかに、茂吉は特異な感性を持った「変人」であり「天才」であるのかも知れません。彼は、我々とはちょっと違った感覚、特に時間に関わる感覚だと思いますが、常人とは異なる特異な感覚を持っていた人間だったとは思います。でも、そのこととそれが作品化されて一首の歌になるということは違う次元のことです。「感じること」と「表現すること」は別な次元にあることだと思うのです。

ひょっとしたら、茂吉のような変わった感覚を持った歌人は茂吉以外にもいたかも知れない。が、その人間はそれを茂吉のようには言語化できなかった。表現できなかった。それが決定的なことだ、と思うのです。

つまり、茂吉は自分の特異な感覚を何とか言葉に表そうと四苦八苦したわけです。茂吉は茂吉なりに、非常に精緻な言語操作でもって自分が感じたものを工夫して、努力して、苦労して言語化している。そのプロセスをしっかり見ることが大事なことなのだと思います。それを見ていかない限り「人間・斎藤茂吉」は語ったことになるかもしれないけれど、「歌人・斎藤茂吉」を語ったことにはならない。そう思います。

では、私たちはその言語化のプロセスを何から探ってゆけばいいのか。

実は、そういうことを研究しようと思ったら茂吉ほど研究しやすい対象はありません。茂吉の書いたもので主要なものは、全五十六巻の全集（のち全三十六巻に統合）にほとんど網羅されています。全集を編集した柴生田稔や佐藤佐太郎や山口茂吉は偉かったと思いますね。特に手帳です。彼らは斎藤茂吉の手帳を、発見できた限り全部、全集に入れています。この手帳がとても貴重です。斎藤茂吉は自分が感じたことをどのように言語化し、短歌にしているか、その手帳を見ると手に取るように分かるからです。

皆さんもご存知のように茂吉は恐しいほどのメモ魔で、自分が思ったこと調べたこと聞いたことをいつも携帯した手帳に書き込んでいます。そのとき感じたありとあらゆることを書き記している。その手帳を見れば、茂吉がその瞬間に現場でリアルタイムに何を感じていたかが手に取るように分かります。

斎藤茂吉という人は不思議な人で、自分がずっと以前に書いた手帳のメモを見て歌を作るんですね。たとえば『連山』という歌集などは、十年前のメモを用いて作られた歌集です。茂吉は満州鉄道の招きで昭和五年の初冬に満州に行きますが、その歌を纏めるのは昭和十五年です。十年後に彼は十年前の歌を纏めるのです。手帳にいっぱいメモが書いてあって、それを見て茂吉はあたかも自分が現地に立って、現地で歌ったかのように歌にしてゆく。ヨーロッパ遊学中の歌をまとめた『遠遊』『遍歴』などという歌集もそうです。茂吉は大正時代の後半にドイツに行ったときの手帳をもとにして昭和十五年の夏にこれら二冊の歌集の歌を「編集」します。ドイツへ行ってから二十年近く経ているにもかかわらずです。茂吉はそういうことを平気でするのですね。

話をもどすと、茂吉の手帳というのはその現場でその瞬間に感じた彼の感覚や感じというものがよく出ています。それを出来上がった歌と突き合わせると、茂吉がどのように手帳の記述を言語化しているかがよく分かる。茂吉が作歌するときにどんな工夫をしているかがとてもよく分かるのです。

9、実感の捏造

具体的に歌と手帳のメモを検証してゆきましょう。次の歌を見てください。

釣橋のまへの立札《たてふだ》人ならば五人づつ馬ならば一頭づつといましめてあり

『たかはら』昭5

昭和五年の七月、長男の茂太が十五歳になったことを記念して斎藤茂吉は出羽三山に登ります。その時の歌です。月山の麓に梵字川という川があります。その梵字川という川に釣橋が架けてあった。そのことを取材した歌です。

この歌は明らかに破調の歌です。字数を数えてみると「釣橋の」が五音、「まへの立札」が七音、「人ならば」が五音、「五人づつ」が五音、「馬ならば」が五音、「一頭づつと」が七音、「いましめてあり」が七音。つまり、五・七・五・五・五・七・七、計四十一音で出来上がっています。大幅な字余りの歌です。

こういう字余りの歌を私たちが読むとき、私たちは一読、変だと思います。そして「作者はなぜ、わざわざ定型を破ってこんな字余りにしたのだろう」ということを考えます。例えば、斎藤茂吉の「虚空小吟」（昭4）という連作に収められている大幅な字余りの歌を読むとき、私たちは「生れて初めて空を飛んだ茂吉はこの時、強く感動したのだろう。だから字余りにせざるを得なかったのだろう」と考える。「定型を破ってまでその感動を歌にしたかったんだろう」と考えてしまいます。

この歌も、この一首だけを読んでいるとそういう感じがするんです。なぜなら、茂吉ほどの歌人だったら定型に纏めようと思えば定型に纏めることは出来たはずでしょう。たとえば、この歌なら「人ならば」の五音と「五人づつ」の五音を省いて、

釣橋のまへの立札馬ならば一頭づつといましめてあり　（改作）

とすれば、やすやすと普通の五七五七七の定型に収まってしまう。が、茂吉はわざわざそこに十音をオーバーさせてまで「人ならば五人づつ」という言葉を入れたかった。そこには、茂吉の強い感動があったはずだ。その感動をリアルに伝えるために茂吉はあえて定型をはみ出すことを自分に許したのだ。私たちは、この字余りをそんな風に解釈して読むのが普通でしょう。

では、そこまでして茂吉がこの歌に込めたかった感動とは何だったのか。私はそれを以下のように考えていました。

多分、茂吉は梵字川の橋のたもとに「人ナラバ五人ヅツ、馬ナラバ一頭ヅツ」と書いた立札をその場で見たのだろう。茂吉はその野趣溢れる立札の文字に感動して、どうしてもその立札の文字をすべて歌に入れたかったのだろう。大幅な字余りになってしまうが、それでも構わない。この立札の文字をそのまま歌に入れたい。茂吉はそう強く思ってこういう字余りの歌を作ったのだろう。私はそう解釈していたわけです。

これ、ちょっと情景を想像してみてください。いい雰囲気ではないですか。梵字川という鄙びた山あいの渓流に釣橋がかけてある。多分、鉄線で吊られた橋ではなく葡萄の蔓か何かで編んだ綱で吊ってある橋なんでしょう。足もとは薄い踏板が何枚か連ねられているだけです。その踏板の下に川の流れが見える。恐る恐る一歩ずつその上を歩いてゆくと、ブルブルとその釣橋が揺れる。そんな橋を想像します。

葡萄の蔓で吊られた橋ですから、あまり重い重量は支えきれません。ですから村人が「人ナラバ五人ヅツ、馬ナラバ一頭ヅツ」という立札を立てて、通行人や旅人に注意を促している。それも立派な看板ではありません。白木の板が棒で立ててあって、拙いカタカナで「ヒトナラハ」とか書かれている。板も苔むしていて、墨の文字も何度も雨に濡れてボトボトと流れて薄れてしまっている。そういう鄙びた素朴な山里の風景。

私は、この歌を読んでそういう野趣あふれる釣橋の情景を想像していました。茂吉はあえて字余りにしてまでこの立札の拙い文字をすべて歌に入れた。それによって、この歌は実に野趣溢れる歌になった。そう思っていたのです。

すっかり騙されてました。私は。この時に茂吉が書いた手帳を見てみると歌は全く書かれていません。この歌は、昭和五年七月というリアルタイムに作られた歌ではないんですね。ではこのときの手帳には何が書いてあったかというと、手帳には看板の文字を書き写したこういうメモが記載されているだけです。七月二十三日の日付がついています。

釣橋、注意、鉄線腐朽のため危険に付一時ニ五人以上通行ヲ禁ズ亦駄馬ハ一頭宛除行《ママ》スベシ大字上下名川

『手帳十七』昭5・7・23

実はこういう看板だったんですね。私は葡萄の蔓で吊ってある橋を想像していたのですが、現実は、ちゃんと鉄線で吊られた橋だったのです。鉄製ですから、おそらく歩道もコンクリートで舗装された近代的な橋だったのでしょう。また、立札も白木ではありません。鉄板で作られたしっかりした標識だったのでしょう。文面も高飛車です。「危険に付」「通行ヲ禁ズ」「除行スベ

シ」。いかにも地方の役人が上から目線のお役所言葉で書いたような警告文です。実に味気ない行政的な看板だったのです。

しかし、茂吉はこの味気ない情景を歌に仕立て上げる。そして歌にする時は、野趣溢れる立札がいかにもそこにあったかのように歌にする。そして「俺はその野趣あふれる文字に感動した。その文字を一字もらさず写したかった。だから、俺はあえて字余りにしたのだよ」とでも言うように平気な顔でこういう字余りの歌を作っているのです。それで、私たちはコロッと騙されてしまう。

この歌は字余りだから茂吉は深い感動を感じていたんだろう。その感動を字余りにしてまで表現したかったのだろう。そんな風に普通の人間は解釈する。茂吉はそういう読者の「読み」を予想し、先回りをしてわざと定型に纏めずに、後日こんな字余りの歌を作っているのです。大したものではありませんか。

私たちはこんな風に茂吉にうまいこと騙されているのでしょう。皆さんは、先ほど私が茂吉の「隣間《となりま》にここのいでゆにひとよ寝《ね》むをみならほそくわらふがきこゆ」の歌を読み上げたとき声をあげて笑われましたね。茂吉には「のぞき趣味」があって女好きだと。でも案外、茂吉は計算づくで「のぞき趣味」や「女好き」の自分の姿を造形しているのかも知れません。いかにも心が躍ったように「隣間にここのいでゆに」などと「に」を重複させた不完全な文体を使ってね。

もう一首だけ、具体例を見ておきましょう。

杉のあぶら垂《た》りて紅《あか》きをかなしみしみちのく山《やま》をわれはくだりぬ　『石泉』昭6

「杉のあぶら」というのは恐らく杉の脂《やに》でしょう。松ほど大量ではありませんが、杉の幹にもわずかですが赤い脂が出ますから。道に垂れたその脂を悲しく思って私は故郷の東北の山を下ってきた。そんな心情を歌った歌です。とてもいい歌だと思います。

この歌では「杉のあぶら」という表現がいいです。すごく感覚的です。ドロッとしたあの杉の「あぶら」が悲しみに繋がってゆく。茂吉には高名な「オリーヴのあぶらの如き悲しみを彼の使《し》徒《と》もつねに持ちてゐたりや」（『白き山』）という歌がありますが、あの歌に似た崇高な雰囲気さえ感じられるような気がします。

が、手帳を見てみると、この歌も当初はこういう歌だったんですね。

杉やにの垂りて赤きもめづらしく都にすみてわれ老いにけり　『手帳二十六』昭6・9・20

故郷の上ノ山から東京へ帰る途上、茂吉は久しぶりに杉の脂を見たのでしょう。ああ、杉の脂だ。珍しいな、東京では見ないな。考えてみると東京に出てから随分長い年月が経過して、その間、杉脂を見ないまま年老いてしまったな。茂吉はそれを見てそう思う。そんな感慨を歌った歌だったのです。

この歌が収められた『石泉』という歌集は、非常に複雑な過程を経て作られています。茂吉は昭和十五年に、昭和五年と六年の歌を手帳から起こして、一旦、歌集稿としての「石泉」を纏めます。手帳にメモを書いてから十年も後です。さらにややこしいことには、この『石泉』が歌集として世の中に出たのは、さらにそれから十年以上経った戦後の昭和二十六年です。茂吉の最晩年ですね。

そういう過程を追跡してゆくとこの「杉のあぶら」の歌は、昭和十五年に歌集稿をまとめたときに一度改作されて、さらに戦後歌集を出版するときに再度手を加えられて出来上がった歌だと考えられます。五味保義などは、この「杉やに」を「杉のあぶら」にしたのは、昭和二十六年の歌集の最終校正の時だったのではないか、ということを示唆しています。

それはともかく、手帳に記された「杉やにの」と歌集に収録された「杉のあぶら」は随分印象が違います。「杉やに」だと少し汚い感じがします。それが「杉のあぶら」になると、あの「使徒の悲しみ」に通ずるような、悲しみを象徴する液体として読者の胸に伝わってきます。

第二句以降の内容も歌集の歌の方がいいですね。手帳の歌では「都にすみてわれ老いにけり」ということが感動の中心になってくる。都に長く住んでしまったという抽象的な感慨です。が、『石泉』の歌では「みちのく山をわれはくだりぬ」という端的な表現で今まさに故郷の山を下って帰京する、という具体的な場面に焦点が当てられている。それによってこの歌はとてもいい歌になっていると思います。

昭和六年の手帳のメモを、昭和十五年に歌に「編集」し、それを昭和二十六年に再度手直しする。茂吉は、そういう長い年月をかけた歌つくりをします。初めて杉の脂を見てから二十年後です。その表現に対する執着。しつこさ。とにかく、大した執念だと思います。

10、北海道旅行詠の推敲

茂吉は手帳の記述をどのように歌にしていったのか。それを考える格好のケーススタディーがあります。それは昭和七年の北海道旅行の手帳とそれを後日まとめた『石泉』所収の北海道旅行詠です。

昭和七年の八月から九月にかけて、満五十歳だった茂吉は北海道から樺太をめぐる一ヶ月以上に渡る大旅行を敢行します。当時、茂吉のすぐ上の兄である守屋富太郎が志文内という旭川の奥地で医者をしていました。その兄に十数年ぶりに会うために茂吉は弟の高橋四郎兵衛をともなって、こんな長大な旅行に出たのです。旅程は以下のようになります。

8月10日　出発　12日　函館　13日　旭川
14日　志文内（守屋富太郎宅着三泊）　18日　稚内
19日　樺太・豊原　20日　樺太・真岡
21日　稚内　22日　旭川　23日　層雲峡
25日　狩勝峠→釧路　26日　釧路（阿寒湖往復）
28日　根室　29日　札幌　31日　登別

9月1日　苫小牧→支笏湖　2日　苫小牧
3日　登別→函館　5日　青森　6日　十和田湖
10日　那須　11日　帰京

函館から北上して旭川の奥地の兄の家に行き、そこから最北端の稚内へ行く。さらに日本領だった南樺太を往復する。その後、旭川から十勝平野に向い、道東の阿寒湖や根室にまで足を延ばす。そこから札幌に取って返し、登別を経て支笏湖を見物し、内浦湾ぞいに苫小牧・長万部を通り函館まで帰ってくる。本州に戻ってからは、ご丁寧に十和田湖や那須に立ちよって寄り道をしてゆく。全三十一泊という大旅行です。いったい、どれだけのお金がかかったのか、こちらが心配になってきます。

この長い旅の途中、茂吉はずっと手帳にメモを記しています。幸いにそのときの手帳が全集のなかに収録されているのです。

そして茂吉は、いつもどおり、そのメモから後日、歌を起こしてゆきます。彼の日記で確かめますと、それは旅行から帰って約半年後、昭和八年三月四日ごろから始まって三月末まで断続的に続いています。

『石泉』には、このときの旅行詠が三百六十二首収録されています。『石泉』は約五分の二が北海道旅行詠なのですね。これらの大量の歌は、北海道旅行が終ってから半年経った昭和八年三月の約一ヶ月間にほぼ出来上ったのではないかと想像されます。

この時の手帳のメモと、出来上った歌を比べてゆくと、面白いことがいろいろ発見できます。茂吉が、過去の体験をどのようなやり方でもって歌にしているか、ということが非常にはっきり分かるのです。

11、手帳と歌の違い

一首一首見てゆきましょう。まず最初の歌。昭和七年八月十九日に茂吉は稚内港から船に乗って樺太へ渡る。その船の中から初めて樺太島を見たときの歌です。

樺太が雲の上よりあらはれぬ何かかたまりしもののごとくに　『石泉』昭7

「雲の上より」というところが上手です。樺太が海の向こうに見える。すごく大きな島で山も高い。すると、雲の下に見えて来るのではなくて雲を突き破って雲の上から現れてくる感じがする。しかもそれは「何かかたまりしもののごとく」なのですね。何か、名状しがたい巨大なマッスとして、塊としてこちらに迫ってくる。巨大な陸地としての樺太と最初に出会ったときの感動。そんなものが伝わる実感のこもった歌だと思うんですね。

ところが、この日の手帳にはどう書かれているかというと、次のように書かれているだけなのです。

樺太は雲の上よりはつかばかり見えをりつつ　『手帳二十七』昭7・8・19

「樺太は雲の上より」まではほぼ同じですが、完成された歌と比べると随分感じが違いますね。「はつかばかり」というのは「ほんの少し、かすかに」ということです。かすかに遠くに見えているというだけのメモだったのです。それを茂吉は、翌年の三月に「何かかたまりしもののごとく」という形に変えて歌にする。それによって、樺太の圧倒的な迫力が歌から立ちのぼってくる。でもその実感というのは、茂吉が昭和七年八月十九日に船上で感じた実感ではない。それは、言葉の上で作られたカッコつきの「実感」です。

次の歌は、樺太に上陸してからの歌です。茂吉は上陸してから樺太庁の庁舎があった豊原を通って西海岸の真岡で一泊します。八月二十日にはそこから引き返し、豊原近くの小沼の養狐場を訪ねます。狐を養殖する農場ですね。その時の歌に次のような一首があります。

食物を与ふるときに狐等は実に驚くばかり吠えける　『石泉』昭7

第四句の「実に驚くばかり」がいいですね。まさに実に驚くばかり、実感がこもってます。養狐場で茂吉が餌を差し出すとその餌に向って多数の狐が突進してくる。狐はギャーッと鳴きます。飢えてギャーギャー鳴き叫んでいる狐を眼の前で見ているような感じがする。それがよく出ているのが「実に驚くばかり」という言葉です。

が、実は、この歌も手帳には書いてありません。このように簡単にメモが書いてあるだけです。

午前十一時著。乗合自動車（二人六十銭）ニテ小沼ニ至リ、金高養狐場ヲ見ル。カナタ《ママ》産銀黒狐。児ハ一頭

『手帳二十七』昭7・8・20

これだけです。「金高養狐場ヲ見ル」だけなのですね。しかし、茂吉はこの手帳のこの無味乾燥な記述から、半年後に狐が吠えていたことを思い出す。そして、いかにも昭和七年八月二十日にその場所に立って「実に驚くばかり」と感嘆をもらしているかのように歌を作っているのです。この歌の魅力はなんといっても「実に驚くばかり」という口語的なフレーズにあります。なぜこのような実感の籠もった口語的な表現が唐突な形で歌に出てくるのでしょうか。私はそれに興味を持って少し調べてみました。すると、次のような事実が分かってきました。

先ほども言いましたが、茂吉が手帳を見て歌を整理していたのは昭和八年の三月です。その三月の十九日の日曜日に、茂吉は千葉県の我孫子にある柴崎沼に行って、雁を見て吟行をしています。山口茂吉と佐藤佐太郎がその吟行に同行しました。もともとは、山口茂吉が「雁の歌を作るのにいいスポットがありますよ」と言って師の茂吉をそそのかしたんですね。

そのときに作られたのが、「アララギ」の昭和八年五月号に掲載されのちに『白桃』に収録される「残雁行」という八首の連作です。この連作は傑作として有名です。その中の二首をあげます。

むらがりて落ちかかりたるかりがねは柴崎沼《しばさきぬま》のむかうになりつ
春の雲かたよりゆきし昼《ひる》つかたとほき真菰《まこも》に雁《がん》しづまりぬ
『白桃』昭8

二首目の歌は特に『白桃』を代表する名歌として有名です。おもしろいのは、この連作「残雁行」のなかに次のような一首が入っているということです。

下総《しもふさ》をあゆみ居《を》るときあはれあはれおどろくばかり低く雁《かり》なきわたる
『白桃』昭8

この「あはれあはれおどろくばかり」の表現に注目してください。先の「実に驚くばかり」ととても似ていますね。

当時の茂吉の日記を見ると、この頃の茂吉の作歌の状況が分かります。実は、この年の三月下旬、茂吉は三月十九日に取材した雁の歌と、前年に行った北海道の歌を平行しながら作り続けています。関係がありそうなところを彼の日記から抜き出してみます。

三月二十三日　午前中、雁ノ歌ヲツクル。
三月二十四日　午睡ス。北海道ノ歌ヲツクラントス。
三月二十五日　午前中北海道ノ歌ヲツクル。ナカナカ成ラズ。
三月三十日　　十和田湖ノ歌ヲ作ラントシテナラズ。

これらの記述から分かるのは、茂吉はこの時期、三月十九日に取材した「残雁行」の歌を作り、それと相前後して北海道旅行後半の歌を作っているということです。

私の推測を言えば、狐の歌の「実に驚くばかり吠えける」という表現には、数日前の三月十九日に見た柴崎沼の雁の印象が混入しているのだと思います。茂吉は十九日の吟行において柴崎沼の雁が大きな声で鳴いていたのを見た。そして「ああ、びっくりするほど雁が鳴いているなあ」と思った。そして吟行中、手にしていた手帳に「あはれあはれおどろくばかり」「雁鳴きわたる」と記した。その吟行の四日後の三月二十三日。茂吉は吟行中のメモをもとに八首の歌を作り「アララギ」五月号用の歌稿としてまとめた。それが最終的には『白桃』に収められる「残雁行」八首です。

そして、その翌日の三月二十四日。茂吉は北海道旅行の歌の整理をする。志文内で兄・守屋富太郎に会った八月十七日の旅程までは、すでに連作に仕立て上げて昭和八年二月号の「アララギ」から四月号までの連載用に発行所に送付済みでした。したがってこの日は茂吉はそれ以後の北海道旅行の歌を手帳のメモから起こそうとしていたのでしょう。先の旅程表でいえば、八月十八日からの稚内・樺太紀行の部分です。

手帳の記述を材料にして樺太の歌を次々に作っていった茂吉は、八月二十日の金高養狐場のメモのところまで来る。そして、「金高養狐場ヲ見ル」という無味乾燥な手帳のメモを見て、それをヒントに狐の歌を作ろうとする。なかなか歌は出来ません。が、そのとき五日前の吟行で見た雁の鳴き声がふと頭に浮かんだ。そして、前日の三月二十三日に原稿用紙に書いた「あはれあはれおどろくばかり」というフレーズが茂吉の脳裏をふとよぎった。私はこの歌の背景をそのように想像します。

茂吉の頭のなかには、ガーガー鳴いていた柴崎沼の雁を見たときの実感がまだ生々しく生きている。その騒がしい声の印象が、眠っていた半年前の狐の記憶を呼びさまします。茂吉は「そういえば、樺太の狐もギャーギャー鳴いて餌をあさっていたなあ」などと思う。そうして茂吉は原稿用紙に「実に驚くばかり吠えける」というフレーズを書いてしまったのではないか。つまり、昭和八年三月十九日の柴崎沼の吟行で思いついた「あはれあはれおどろくばかり」というフレーズを、茂吉は五日後に作った狐の歌に流用してしまったのではないか、というのが私の仮説です。

もしも、私の推察が正しいのならば、「食物を与ふるときに狐等は実に驚くばかり吠えける」(『石泉』)といういかにも狐の生態を眼の前で見て驚いているようなこの歌の実感もまた、茂吉が昭和七年八月二十日に感じた実感ではない、ということになります。やはり、これも言葉で作りあげられたカッコつきの「実感」なのです。茂吉は五日前に自分が書いた「おどろくばかり」という言葉に触発されて、半年前の「実感」をみずからの心のなかに捏造してしまっているのです。

12、リアルタイムで作った歌

以上のような例ばかり挙げていると、茂吉は大嘘つきだと思われるかもしれません。が、それは違います。茂吉の名誉のためにいうなら、彼は、すべての歌において「実感」を捏造しているわけではありません。この北海道詠のなかには、その現場でリアルタイムに作られて、そのまま『石泉』に収録されている歌ももちろんあります。次の歌はその一例です。

よるの汽車名寄《なよろ》をすぎてひむがしの空黄《そらき》になるはあはれなりけり　『石泉』昭7

八月二十一日に稚内に再上陸した茂吉は、夜行列車でそこから宗谷本線を南に下り、旭川に向います。その夜行列車が名寄を過ぎるころ夜が白みはじめる。その時の歌です。

この歌は私の好きな歌で以前から愛唱してます。「よるの汽車名寄をすぎて」というところの「よる」と「なよろ」の音の響き合いがいいのでしょうね。夏の終りのさいはての地を、夜汽車で旅をする。窓ガラスがしんと冷えてくる。外を見ると漆黒の闇。汽車のけだるい振動だけが身体に伝わってくる。眠れたか眠れなかったか分かりませんが、ウトウトと夜を過ごした茂吉の眼に、明けはじめた暁の空が見える。その暁光はかすかに黄色を帯びている。そういう夜汽車の旅の寂しさというか、旅愁というか、侘しさがよく出た、いい歌ですね。

この歌はそのままの形で手帳に書かれています。字句の修正は全くありません。だから、この歌は昭和七年八月二十二日の明け方に茂吉がリアルタイムで感じたまさしく実感なんでしょう。半年後、手帳から歌を起こしていた茂吉もこの歌にこめられた実感をそのままよしとして、手を加えることなく、そのまま原稿用紙に写し取ったのだと思います。

旭川に着いた茂吉は、そこから道東の方に向います。八月二十五日には、狩勝峠を越えて十勝から根室の方に向うのですね。狩勝峠というのは当時、交通の難所で、いまはもう廃線になっていますが、巨大なS字カーブがあったところです。その大きなカーブを汽車で登っていったときに茂吉は次のような歌を作っています。

のぼり来し汽車のけむりは高原《たかはら》の木々にまつはり消ゆるまのあり

『石泉』昭7

狩勝峠には大きなカーブがありますから、茂吉は自分が乗った汽車の煙を窓から見ることができたのでしょう。すると、その汽車の煙は高原の木々にまとわりついてしばらく消えずに漂っている。そしてしばらくして、ようやくその煙は薄くなって見えなくなってゆく。漂っていた煙が消えるまでの時間をうまく描いた歌で、この歌も、旅の寂しさや北海道の高原の広さを感じさせるいい歌です。

が、この歌も、手帳には次のような形で書かれています。

のぼりこし汽車のけむりは高原の木々にまつはる。

『手帳二十七』昭7・8・25

書かれているのはここまでです。五七五七の第四句までは出来ていますが、結句はありません。未完成のまま手帳に書かれているわけです。しかし、その「まつはる」の「る」のすぐ右横に、これは現場で書いたのか、その日の宿で加筆したのかわかりませんが、「り消ゆるまのあり」という別案が記されています。黒板に再現して書くとこんな感じです。

り消ゆるまのあり

……高原の木々にまつはる。

『手帳二十七』昭7・8・25

この右側の追記は、おそらく当日の八月二十五日に書かれたものでしょう。半年後の茂吉がわざわざ原稿用紙ではない手帳に追記をするはずはありませんから。この右の追記はおそらくほぼリアルタイムで書かれたものにちがいありません。

しかし、私にはこの追記から現場の雰囲気が、かえってリアルに見えてくるような気がするのです。

まず最初に、茂吉は汽車の窓から、自分の汽車の煙を見て「煙が木々にまとわりついているな」と感じた。そしてその時点で「のぼりこし汽車のけむりは高原の木々にまつはる」というフレーズを思いついてその五七五七を手帳に記した。が、茂吉はこの時点では、まだ結句を思いついてはいません。

汽車はそのまま巨大なS字カーブを登っていきます。茂吉はしばらくの間、窓に寄ってその煙を眺めています。が、煙はなかなか消えない。ずっと木々にまとわりついたままです。八月の終りの北海道の高原の空気はもう冷たいですから、煙はあんまり拡散しないのかも知れませんね。気温が低いと煙はそのまま低いところに棚引いてなかなか消えません。消えるまで五分くらいかかる。五分ぐらいして、やっと煙が拡散して見えなくなった。

おそらく、茂吉はそこまで煙の変化を見つめ続ける。そしてそこまで見終えた後に、やっと「消ゆるまのあり」という結句を思いつく。そして一端手帳に記述した「木々にまつはる」の「る」を訂正して、右の行に「り消ゆるまのあり」と添え書きをしたのではないでしょうか。

この手帳の記述を見ていると、そんな作歌の現場までリアルに想像できる気がします。臨場感溢れるこの歌も、先の名寄の歌同様、現場で作られた歌だということができるでしょう。北海道旅行の半年後、昭和八年の三月に手帳の歌を整理していた茂吉は、この第四句までのフレーズと現場で書き加えた添え書きを合体させて一首を完成し、それを原稿用紙に清書します。茂吉は、手帳に書かれたその当時の記録をほぼそのまま歌として採用したわけですね。

以上のことを纏めるとこうなります。茂吉は、「何かかたまりしもののごとくに」「実に驚くばかり吠えける」などと、手帳にはない「実感」を言葉で捏造することもある。だけど、その一方で、「よるの汽車名寄をすぎて」とか「のぼり来し汽車のけむりは」の歌では、手帳の記述をほぼ忠実に歌にしている。その場で感じたリアルタイムの実感を尊重している。そのあたりの使いわけは、実に柔軟でフレキシブルです。手帳と歌集を照らし合わせて読んでゆくと作歌時における茂吉の柔軟な言語操作の実態が、こんな風によく分かってきます。

13、細部への顧慮

もうすこし、北海道旅行の手帳と完成された歌の違いを追ってゆきましょう。

昭和七年八月二十五日、狩勝峠から十勝平野に入った茂吉は釧路まで列車で行って、そこで一泊します。翌二十六日、茂吉はそこから北上して阿寒湖を見に行きます。その途上の歌です。


釧路路《くしろぢ》の秋野のあひに畑《はたけ》ありみじかき蕎麦《そば》は花さきにけり　『石泉』昭7

さりげない歌ですね。釧路平野を阿寒湖に向って汽車で走ってゆく。当時、ここには雄別鉄道という汽車が走っていたそうです。茂吉はそれに乗って原野を北上する。車窓の畑に一面、白い花が見える。茂吉は「ああ、この花はなんだろう」と思う。で、次の瞬間「あ、蕎麦か」と気づく。北海道は寒いですから、本州の蕎麦より成長が遅くて丈が短かったのでしょう。本州なら秋に咲く蕎麦の花がもう八月終りに咲いているのです。茂吉は当初、それが蕎麦だとは気づかなかったようですね。

そういう感じがこの下句にはよく出ています。「何の花だろう。あ、この花は蕎麦か。蕎麦の花が咲いているんだ……」。この歌の下句「みじかき蕎麦は花さきにけり」には、北海道の蕎麦の花を初めて見た茂吉の、そんなちょっとした驚きのようなものが籠もっている感じがします。

この部分を手帳で確認しますと、次のようなメモが見つかります。

短き蕎麦の花さきにけり　『手帳二十七』昭7・8・26

これだけなんですね。上句はありません。下句だけのメモです。が、注意してください。手帳では「短き蕎麦の花さきにけり」と書いてあります。それが歌集では「みじかき蕎麦は花さきにけり」になっています。

「短き蕎麦の」（メモ）と「みじかき蕎麦は」（『石泉』）。「の」と「は」、たった一字の違いです。でもどうですか。歌集の歌の「は」の方が断然いいのではないでしょうか。

なぜなら、手帳の「短き蕎麦の花さきにけり」では、茂吉は初めから「これは蕎麦の花だ」という予備知識を持って花を見ているような感じがします。そこに驚きはありません。が、「みじかき蕎麦は花さきにけり」というと、この「は」には驚きが籠もりますよ。「この白い花はなんだろう、あ、蕎麦か。この北の地で、夏の終りにけなげに花を咲かせているんだな」。この「は」という助詞によって、蕎麦に気づいたときのそんなちょっとした感動や発見の感じが出てきます。「短き蕎麦の」ではその感じが出ません。

たった一字の修正ですが、茂吉はこんな細かい字句修正を半年後にやっているわけです。それによって歌がぐんと良くなっている。茂吉は大雑把に歌を作っているように見られがちですが、彼の言語感覚は、実はとても繊細なんですね。

さて、道東をめぐり終えた茂吉は、昭和七年八月二十九日に札幌に帰ってきます。そこで歌会をした茂吉は八月三十一日に石狩川を船で下ります。その時の歌に次の一首があります。

たひらなる陸《くが》をながるる大河《おほかは》はほしいままなるものにし似たり　『石泉』昭7

この「ほしいままなるものにし似たり」というところが、いかにも茂吉らしいですね。太い声調と言いますか、いかにも堂々としています。

石狩川というのは、何度も蛇行して流れています。あのあたりには、蛇行した跡の三日月湖がいっぱい残っています。石狩川は石狩平野を凌辱するように、ほしいままに、思うがままに流れている。その北の大河の堂々とした姿とこの歌の堂々たる声調が見事に合致していますね。でも、この歌も手帳に書かれているのはこれだけでした。

汽船にのる／川うねる　馬ゐる　『手帳二十七』昭7・8・31

「川うねる」だけなのですね。それを茂吉は、こんな堂々とした歌にしているのですね。もう、これは単純に言葉の力です。言葉の力だけで作られたカッコつきの「実感」なのですけれど、私たちは石狩川をいかにも「ほしいままなるもの」なのだろうと感じとってしまう。

同じ時の歌に次の一首があります。

船のなかに臥《ふ》しつつ居れば石狩《いしかり》の濁れる浪は天《あめ》の中《なか》より来《きた》る　『石泉』昭7

これも「濁れる浪は天の中より来る」に実感がこもっています。結句を「天の中より来る」という十音の字余りにしているところも、大河の浪の大きさみたいなものを表現しているでしょう。

でもこの歌も手帳ではこれだけでした。

石狩川のにごれる浪は空より来る　『手帳二十七』昭7・8・31

手帳では「空より来る」という定型に収っていた表現を、茂吉はわざと字余りにして「天《あめ》の中《なか》より来《きた》る」という深々とした表現にして実感を高めている。こんなところにも茂吉の細かな配慮・繊細な言語操作がうかがえると思います。

14、認識の構図

それから茂吉は石狩平野を南に下って支笏湖へ行きます。樽前山が見える湖畔です。八月が終って九月に入ります。この頃から茂吉は体調を崩して下痢をして、ちょっと旅の疲れが見えてきます。

九月一日、支笏湖についたときには激しい雨が降っていました。そこでの歌です。

ふる雨を見つつし居ればみづうみの汀《なぎさ》の砂《すな》のはねあがるまで　『石泉』昭7

これも生き生きしたいい歌ですね。特に「汀の砂のはねあがるまで」のところが。こういう歌を読むと、私たちは「ああやっぱり茂吉はすばらしい観察眼をもっているな」と思ってしまいます。初秋の雨が激しく降っている。その雨の粒が、湖の水際の砂に当る。雨の勢いがあまりにも激しいために、その水際の砂の細かい粒が雨に打たれて、パッパッと跳ね上がる。「さすがに茂吉は物をしっかり見つめて歌を作っているな」と感服してしまいます。

しかし、この歌も手帳ではこれだけのメモでした。

雨しぶきふる。みだれて降れる。／つめたき雨はみづうみに降る。　『手帳二十七』昭7・9・1

砂のことは全く出てきません。それにもかかわらず茂吉は、いかにも今、眼の前で見ているかのように「汀の砂のはねあがるまで」と書いているのです。

結論を先に言えば、この歌も茂吉は頭の中で作ったのだと思います。実は、雨によって砂が動く場面は、このとき初めて歌ったのではありません。この歌が作られる以前に次のような歌が茂吉にはあるのです。

みなみより音たてて来し疾《はや》きあめ大門外《だいもんぐわい》の砂をながせり　『ともしび』大14

われの居《ゐ》るみ寺《てら》の庭《には》に山の雨みだれてぞ降る砂《すな》を飛ばして　『たかはら』昭5

どちらも雨と砂の組み合わせですね。激しい雨によって砂が跳ね上がる。激しい雨が砂を動かしてゆく。どちらも支笏湖の歌と同じ構図です。

つまり、茂吉は「激しい雨」を想像すると、オートマチックに「砂が飛び上がる」情景が目の前に浮かんでくる。以前自分の眼で見て歌にした記憶の集積から同じような情景を思い浮かべてしまう。そういう心のメカニズムがあるのだと思います。

だから、茂吉は、昭和七年九月一日に支笏湖で、リアルタイムで飛び上がる砂を実際に見たか、というと私は怪しいと思います。おそらく見てはいなかったのでしょう。半年前の手帳のメモに書かれた「雨しぶきふる」という文字を見て、何度も何度も心のなかでそれを反芻しているうちに、茂吉の胸にはいつ見たか判然としない「雨によって砂が飛び上がる情景」が立ち上がってきた。そのいつのものか分からない記憶の映像を茂吉は原稿用紙に書きとめ、歌に纏めたのではないか、と私は推察しています。

茂吉は歌を作るときに、こうやって、いままで自分が体験してきた過去の記憶を総動員しているのです。

15、記憶の捨象作用

茂吉の歌の「整理」というのは、このように手帳のメモを見てその当時のことを思い出し、細部を歌に書き込み、いかにもそれがリアルタイムの「実感」であるかのように具体化して一首に纏める、というのが基本パターンです。

しかし、たまには違った方法で歌を纏める場合もあります。むしろあまり細部を書き込まず、具体化を拒否して歌う場合もあるのですね。その実例が次の歌です。

木材より紙になるまでのありさまがただ目の前にあらはるるなり
『石泉』昭7

なにか不思議な歌で、シュールなイメージが立ち上がってくる歌です。目の前に置かれた木材が液状化して、平たくビローンと延びてひろがって、それが白くなって、やがて一枚の紙になる。塚本邦雄の「液化してゆくピアノ」の歌ではありませんが、なにか、目の前で木材自身がメタモルフォーゼして形が変っていって紙になる。固体が液化するプロセスが目の前で展開されている。そんな超現実的な風景が立ち上がってきます。どこか、サルバドール・ダリの絵を見るような、ドロッとした、ナマッとした手ざわりを感じます。

実はこの歌、茂吉が製紙工場を見学したときの歌なのです。茂吉は九月二日に支笏湖を出発し、その日の午後、苫小牧にあった王子製紙の工場を見学しました。その時の歌がこれなのです。では、この時の事を手帳にはどう書いてあるか、というと、これだけです。

北海道勇払郡苫小牧王子製紙株式会社岡崎和一／竹内小太郎、神山慶三郎、山下正、原敏夫
『手帳二十七』昭7・9・2

これだけなのですね。羅列してある名前は、多分、このときに世話になった工場長や部長の名前なんでしょう。このメモも全く味気のない名詞の羅列です。

茂吉はこの歌をどんな風に作ったのでしょうか。先ほども言いましたように茂吉は、手帳の記述を見て、細部を作り上げて、いかにもリアルタイムで作られたような具体性を歌のなかに偽装するというのが、基本パターンです。が、この歌ではその手法が取られていません。むしろ、一首のイメージはひどく抽象的です。

でも、これは人間の記憶のメカニズムを考えればむしろ当然のことだと思います。茂吉が製紙工場を見学したのはもう半年前のことです。半年もたてば、工場の紙の生産過程の細部などはほとんど忘れてしまうはずです。どんな機械を使ってどのように木の皮を剝いていたか。どんな機械を使って木材を粉砕しパルプにしていたか。そのパルプをどんな方法で漂白していたか。どんな機械を使って延伸していたか。そういう工場の生産ラインの細部の様子は、記憶から飛んでしまっています。

その反面、半年後の今、茂吉の記憶に残っているのは何か。それは、その生産ラインのなかでも、茂吉にとって最も印象的だったひとつかふたつの映像だけでしょう。工場の隅に置かれた木材や、機械から吐き出された真っ白な紙。そういう印象的な場面が頭のなかに残っているだけです。半年後の茂吉の頭のなかに今もなお残っている二つか三つの映像。その映像を羅列して原稿用紙に書き連ねると、こんなシュールな歌になる。木材がメタモルフォーゼするような不思議なイメージが立ち上がってくる。この一首はおそらくそんな形で作られた歌なのでしょう。

この歌において茂吉は、現場に立ちもどって「実感」を捏造しようとしてはいません。いつもの手法は採用していないのです。六ヶ月間の時間の流れのなかで、自然と捨象され、抽象化されたイメージ。そのイメージだけを歌の上に並べている。細部を捨象してしまうという人間の記憶のメカニズムに、むしろ積極的に従うことによって、茂吉はシュールな世界を作り出しています。そんな抽象化の手法を、この歌に限って、茂吉は使っているわけです。

このような歌を見ると、やはり茂吉は一筋縄ではいかないしたたかな歌人だな、と思います。一方で、現在の体験・過去の記憶を総動員し、言語操作で「実感」を捏造する。が、その一方で、人間の記憶の抽象化作用にあえて忠実にしたがって、それを積極的に利用する。茂吉は一首一首、そのつどそのつど、TPOに合わせてフレキシブルに手法を変えています。彼の作歌の方法は実に柔軟で多彩です。そういうことを思い知らされる一首です。

16、歌人・茂吉の偉大さの中心

長々と論じてきましたが、次の歌が最後の歌になります。

昭和七年九月三日、茂吉は登別を発って函館に向います。内浦湾をグルッと反時計回りに廻って函館に着く。その翌日、九月四日の歌です。この頃、茂吉はずっと下痢をしているんですね。

牛の乳《ちち》のきよきを盛《も》りし玻瓈《はり》あれど腹《はら》いたはりて飲むこともなし

『石泉』昭7

牛の乳のきよきを盛りし玻瓈あれど。何と言いますか、もう、実に荘厳です。何か、宗教的な崇高さといったものさえ感じます。

ここらあたりが茂吉のすごいところなのですが、とにかく、すごく調べが荘重です。重々しくて荘厳。こういう歌を読むといかにも茂吉らしいなあ、と思います。ほら、彼の歌には、些細なことを大げさに荘重に歌った歌が多くありますね。例えば「乳《ちち》の中になかば沈みしくれなゐの苺を見つつ食はむとぞする」（『寒雲』）などがそうです。この『寒雲』の歌なども要は苺ミルクのことでしょう。それを歌の調べの力でもって、荘厳に歌い上げる。それが茂吉の茂吉たる所以です。この九月四日の牛乳の歌もそういう茂吉らしさが十全に発揮された歌だといえるでしょう。が、この歌は手帳にどう書いてあったか、ということこれだけなのです。

朝の牛乳を持つて来ても下痢するから飲まぬ　『手帳二十七』昭7・9・4

もう、何かずっこけてしまいます。歌のネタは、こんな日常的で卑近な短文なのです。これを茂吉は「牛の乳のきよきを盛りし玻瓈あれど」という歌にする。もう、常人では及びもつかない、とんでもない言語能力の所産としか言いようがありません。

以上、いろいろ申してきましたが、言いたいことを纏めると、主に二つのことを申しあげたことになります。

まずひとつは、茂吉の歌における助詞「てにをは」の重要性についてです。茂吉の歌の感覚の面白さや特異性、そして、私が指摘したとおり昭和一桁台の茂吉の歌が非常に生き生きしていること。それらは、助詞とか「てにをは」とかいった、非常に細かい措辞に支えられている。茂吉を読むときには、そういう表現の細部にも注目しなければならないのではないか、ということが一点です。

そして、もうひとつは、茂吉の作歌法についてです。

私たちは往々にして茂吉の歌の特異性を「変人」とか「天才」という彼のキャラクターに帰して考えてしまいがちですが、実はそうではない。茂吉の歌を「人間・茂吉」の側面からのみ語ってはいけない。茂吉は、作歌の現場において、ひとりの歌人として、非常に粘り強く、真剣に、過去の記憶と現在の感覚、自分の精緻な言語能力を総動員して言語化しています。そして、いかにもその場にリアルタイムでいたという「実感」を作りあげている。その過程の粘り強さ、したたかさ。また、あえて人間の忘却メカニズムに従ってシュールな歌を作る大胆さ。それこそが「歌人・茂吉」の偉大さの中心である、ということです。

今回、こういう機会を与えていただき、茂吉の手帳を検証することによって、私は「歌人・茂吉」の偉大さや凄さを再確認することができました。とても楽しかったです。こんな風にして、これからもまた、昭和十年代の歌や手帳を読んで、茂吉の歌の秘密や、歌の作り方の秘密を明らかにしてゆきたいと思っています。

以上で私の講演を終ります。ご清聴ありがとうございました。

（平成二十三年三月六日「斎藤茂吉を語る会」三月大会・江戸東京博物館）

柴生田稔の戦争

1、戦争を挟む世代差

今日は「戦後アララギ」という漠然とした講演テーマにしたのですが、特に最近私がこだわっています柴生田稔《しぼうたみのる》を中心にしてお話ししようと思います。

柴生田稔という歌人、ひょっとしたらご存知のない方々が多いかと思います。資料にあるのは晩年の昭和五十三年くらいの写真ですけど、柴生田の顔は終生あまり変わらないんですね。三十代のときからスキンヘッドで晩年までこういう感じです。歌壇的な評価はどうかわかりませんが、アララギでは非常に尊敬された昭和の歌人ではないかなと思います。ざっと略歴を紹介しておきます。

一九〇四年、明治三十七年に三重県の鈴鹿に生まれています。ただし、ほとんど生まれただけです。父親が陸軍の法務官をしていました。陸軍の軍事裁判を司る裁判官なんですね。ですから幼い時から転校を繰り返します。一九一五年、大正四年には、中国の遼東半島の青島《チンタオ》に移ります。青島はドイツの領地だったのですが、第一次世界大戦で日本が占領して日本の領土となる。そこへ父親が赴任するんですね。それで四年間中国で暮らします。中国が日本に侵略されて、国を失った中国の人々が日本人の圧政の下で喘ぐ姿を幼い柴生田は四年間にわたって見ているんです。

大正八年には帰国して日本の生活に入ります。幼い時から肺がちょっと悪かったんですが、健康を回復して東京府立一中、一高、そして東京帝国大学というエリートコースを歩んで最後は東京帝国大学の国文科を卒業しています。そして明治大学の予科教授になります。予科というのは明治大学に入るための、今で言ったら高校みたいなところですが、そこの教授をずっとしていました。

短歌の面では昭和二年にアララギに入会して斎藤茂吉門下に入ります。頭角を現すのは昭和十年代です。新進の若手として注目を浴びていくわけです。昭和十年代のアララギには、さまざまなスターがおりました。綺羅星のごとく才能のある若い人たちが集まっているアララギで彼は活躍してゆきます。彼の第一歌集の『春山』（昭16）は、師の斎藤茂吉から「膚理細膩《ふりさいじ》」「声調和穆《せいちょうわぼく》」と評されます。難しい言葉ですけど、肌理がこまやかで調べがおだやかであるということなんでしょう。

この『春山』は当時のアララギの若手に大きな影響を与えます。その後、陸軍予科士官学校に勤め終戦を迎える。戦後は病状が悪化してずっと病床に臥せってしまいます。『春山』出版から十八年後、昭和三十四年になってやっと第二歌集『麦の庭』が出ます。後に歌集『入野』（昭

40）で読売文学賞を取り、『斎藤茂吉伝』『続斎藤茂吉伝』という評伝で二度目の読売文学賞を授与されています。

アララギで、柴生田稔と同じ世代に属しているのが、五味保義、吉田正俊、佐藤佐太郎、山口茂吉、落合京太郎といった人々です。大体、明治三十年代生まれ、一九〇一年から一九一〇年くらいまでに生まれた人々になります。これが昭和一桁台から昭和十年代のアララギの新人たちです。その約十五年下に、もうひとつ才能のある人々が集まっている世代があります。近藤芳美、小暮政次、高安国世、杉浦明平、扇畑忠雄、ここらへんは大正生まれが中心になってきます。西暦でいうと一九一〇年代生まれ。この二つの世代が戦前・戦中の昭和アララギを引っ張ってゆくのです。

十年とか十五年という世代差はなかなか微妙です。私は、昭和三十五年生まれですけど、私より十年上は、藤原龍一郎さんとか、小池光さんの世代になります。全共闘とか、団塊の世代ですから、けっこうガンガン批判される。ちょっとした反感があったり、複雑な感情があったり、微妙な年齢差なんですね。

私の十歳下は、誰かと言うと、吉川宏志さんが九歳下で、あと松村正直さん、大松達知さん、斉藤斎藤さんといった世代です。新しい才能が出てくると、この野郎とか思ったりします。柴生田稔の世代と近藤芳美の世代も戦後、事あるごとにぶつかるのです。

もうひとつ大切なことは、太平洋戦争をいつ迎えたかという問題です。この柴生田の世代は、太平洋戦争が終ったときには、もう四十代になっていました。昭和十年代中盤に、新人として第一歌集を出したアララギの歌人たちには、太平洋戦争時原稿依頼が多く寄せられます。歌壇の実力新人として名前が大きく知れわたっていくのですね。『歩道』を出した佐藤佐太郎、『天沼』の吉田正俊、『春山』の柴生田といった人々です。人気歌人は今も昔も同じで出版社から次々と原稿依頼が来ます。当時は戦争の時代ですから、戦争を礼賛するような戦争協力歌をこの世代はたくさん作らざるを得なかった。佐藤佐太郎もそうですし吉田正俊もそうです。柴生田も数は少ないですが作っています。そういう世代なんですね。

それに対して近藤芳美などの戦後に出てきた世代は、戦前はアララギの無名の新人でした。無名ですから戦争協力歌の注文がなかったわけです。注文がなかったので、彼らはほとんどそれを作っていない。戦後はそれが幸いします。近藤芳美たちが戦後歌壇に登場してきたときには「われわれは戦争に手を染めてない」という形で売り出してきた。だからこそ、この上の世代は非常にむっとするわけです。佐藤佐太郎などは「近藤芳美みたいな人間は、戦後になって、今度は僕らの時代だと言って、肩で風を切って登場したやつらだ」というようなことを言って批判をしていますけど、そういう戦争との関わりでもこの柴生田と近藤の十年の世代差は複雑です。今日は後で、近藤芳美と柴生田稔の論争について触れたいと思いますが、その背景にはこのようなアララギの中での世代間抗争があったということをまず知ってもらいたいと思います。

2、戦争に向う時代のなかで

柴生田稔が注目を浴びるのは昭和十年代です。日本の国全体がどんどん戦争に流れていくのですが、それを最も早い段階でキャッチして、批判的な社会詠を歌いだしたのが彼でした。昭和十年に天皇機関説問題が起りました。東大の美濃部達吉が軍部から目をつけられて衆議院で証人喚問されるということが起ります。戦時の思想弾圧が始まる端緒となった事件ですが、その年に柴生田はこんな歌を歌っています。

年老いし教授は喚ばれぬ一生《ひとよ》かけし学説に忠良を糺されむため　「アララギ」昭10・5

「年老いし教授」とは美濃部達吉です。一生かけて天皇機関説という近代的な天皇観を作り上げた美濃部ですが、証人喚問にあったとき、その学説が天皇に対して忠良であるかどうかを問い糺されたというのです。思想弾圧が始まりつつあることを柴生田はすでにこの時点で歌っているわけです。次の歌もそうです。

国こぞり力のもとに靡くとは過ぎし歴史のことにはあらず　「アララギ」昭10・5

国全体がひとつの権力のもとに靡いていく、そういうことは過去のことではない。今まさにこの昭和十年にも起っている。そう歌っています。このような主張を歌にするのはかなり勇気が要っただろうと思うんですが、柴生田は美濃部達吉に対する思想弾圧をこのようにはっきりと批判しているのです。
時代が昭和十一年、十二年と進んで、日中戦争、当時の言葉で言うと「支那事変」が始まります。そのなかで、ファシズム的な考え方に転向していく日和見主義者が次々に出てくるわけですね。自分の説をどんどん変えていく変節漢が現れてくる。そういう変節漢に対して彼は、非常に厳しい批判をしています。それが次の歌です。

大きく写真出でたるこれもまたオポチュニストの一人《ひとり》なるべし
「アララギ」昭12・7

「オポチュニスト」とは、その都度都合に合わせて自分の意見を変えていく変節漢のことです。ファシズムの方に世論が流れていく。その時流に合わせて、今までの思想信条を捨ててしまうような人がいる。そういう人々に対して、柴生田は鋭い批判をしているのです。
こういう歌は、時流に対して疑問を抱いている知性的な若者たちに大きな影響を与えます。一番大きな影響を受けたのが近藤芳美です。近藤芳美は、柴生田のこういう歌を読んでしびれるわけです。近藤は、柴生田の影響を受けて当時こんな歌を作っています。

国論の統制されて行くさまが水際立てりと語り合ふのみ
近藤芳美「アララギ」昭12・9

軍歌集をかこみて歌ひ居るそばを大学の転落かと呟きて過ぎにし一人
同 昭13・4

国の世論がどんどんファシズムに統制されていく。だけど、人々は「水際立ってファシズムに流れていくなあ」などと語り合うだけであって、抵抗はしない。それをよいことに国論はさらに統制されていく。一首目の歌はそんな歌ですね。二首目には「軍歌集」が出てくる。軍国主義が大学の中で流行っている。その風潮に対して「大学の転落か」と一人で呟いて去って行った人がいた。近藤はそれを描いているのです。時局に対する知性的な批判。近藤芳美はそれを柴生田の歌から学んでいったのだと思います。

こんな風に、この当時、アララギの若手の中では柴生田の人気は高かった。若い歌人たちは、彼の歌を愛読して、そこからインテリゲンチャの生き方を学んでゆくのです。

このように柴生田の歌は当初ファシズムに対して批判的な視点を持っていました。しかしながら皮肉なことに、時代が転換していくに連れて彼の歌のトーンも、少しずつ変わってゆくのです。昭和十二年十月、すでに日中戦争が始まっている時期ですが、東中野の陸橋に柴生田が立っていたら、中央線を兵隊が八王子の方に向って無蓋車で運ばれて行くんですね。それを見た彼が胸を打たれて作った歌が次の歌です。

いたく静かに兵載《へい》せし汽車は過ぎ行けりこの思ひわが何と言はむかも　「アララギ」昭12・10

野外演習か何かでしょうか、ぎゅうぎゅう詰めの無蓋車に載せられた兵士たちが黙って静かに運ばれてゆく。それを見ながら柴生田の胸には熱い思いがこみあげる。それが「この思ひわが何と言はむかも」という下句の言葉に出ています。

この感情は複雑だと思います。頭の中では、いま日本の国が行おうとしているのは理不尽な戦争であり、中国大陸に対する侵略戦争だ、そう思っているのかもしれません。柴生田はそういう冷静な社会認識を持っていたと思うのです。が、兵士たちは国の総意に対して文句を言うでもなく、無言で従容として運ばれていく。彼らは国の決定に対して何も言わずに従って、国の運命を背負いながら貨車に載せられている。その姿を見て、柴生田は理性ではなくて感情の面でぐっと来たのでしょう。そういう思いがこの歌には籠っていますね。

頭の中ではファシズムを批判している。しかし、実際に国の運命を背負って戦おうとしている人を見ると違う感情が湧いてくる。傍観しているだけではいけない。同じ運命を担う者としてのそんな感動が彼を襲うのですね。

日中戦争が厳しくなってくると周りの人たちの中にも戦死者が出てきます。そういう身近かな戦死者に対して柴生田は挽歌を作って哀悼の意を表すようになっていきます。たとえば、彼は明治大学予科に軍事教官として勤めていた配属将校飯塚國五郎に対する挽歌を詠んでいます。また、山口窿一という人がいます。この人は斎藤茂吉の家にずっと住みこみをしていた書生です。斎藤茂吉の生涯の先生となったのは佐原窿応という僧ですが、その窿応が滋賀県で蓮華寺を開いていまして、そこにいる若い僧の中にきわめて優秀な人がいた。それが山口窿一です。彼は、斎藤茂吉の家の書生でした。その山口が中国戦線で戦死します。昭和十三年です。彼の戦死は茂吉にとってもすごくショックだったみたいで、茂吉はこのときに「あやしくも動悸《どうき》してくる暗黒《あんこく》を救はむとして燈《あかり》をともす」（『寒雲』）と歌っています。柴生田も同じです。彼は、懇意の若者が戦死したという事実に痛切な思いを抱くわけです。

年わかき僧侶の君も召されゆきて遠き山西に弾《たま》に死にたり
戦ひの補充に出でむ齢《よはひ》さへいつか過ぎゐし我とぞ思ふ
「アララギ」昭13・12

柴生田はこのときすでに三十四歳でしたから、当時の常識では徴兵されません。補充兵としてもちょっと年がいきすぎている。自分は戦場に行けない。でも自分の関わっている若者たち、自分の身近かにいる人々が戦場で命を落とす。そういう状況を、痛みを持って見つめているわけです。傍観者としてファシズムに反対するのは簡単だ。けれど、国の運命が今まさに戦争に向かおうとしている中で、戦死する人もいる中で、口先だけでファシズムを批判しているだけでいいのか。そういう思いが柴生田の胸に湧き上がってくるのです。

3、苦渋の選択

昭和十四年、第二次世界大戦が欧州で始まります。ドイツ軍がポーランドに侵入する。ポーランドは十八世紀に一度国の滅亡を経験しています。二十世紀に入ってポーランドは復活したけれどドイツに侵攻されて再び滅亡してしまいます。柴生田はその報に接してこんな歌を作っています。

十八世紀のポーランド滅亡をかなしみし少年の日の心わが去りがたし　「短歌研究」昭14・11

柴生田は第一次大戦後の青島《チンタオ》に居ましたから、中国が滅んでいく姿をしっかり自分の目で見ているのですね。今まで友達だった中国人が苦力《クーリー》としてこき使われている。そういう場面を数多く見て来ている。彼には、当時の日本人たちよりはるかにリアルに国が滅ぶ惨めさというものがよくわかっていた。ポーランドの国が滅んだときの痛みは、かつての青島の状況から容易に類推できたのでしょう。第二次世界大戦に入ってゆく中で、ひょっとしたら日本もポーランド同様滅亡するかもしれない。そういう国家存亡の危機を感じるわけです。こういう危機感から柴生田は、だんだん自分の考え方を変えていきます。むしろ時代に積極的にコミットしなければいけないんじゃないか、という焦りを感じていく。

つらなめて街《まち》行く兵《へい》の足音の遠ざかる時わが涙うかぶ　「日本短歌」昭15・5

これも先ほどの「いたく静かに」の歌とよく似ています。兵隊がずっと街を歩いていく、その足音が遠ざかっていく。「わが涙うかぶ」という表現もなかなか痛切ですね。自分から意識的に涙を流したというより、自分の目に自然と涙がじわっと浮かんで来たという感じです。国の運命を背負いながら、行進をしていく無名の兵士たちの姿を見て涙を浮かべる。もう傍観者の立場では居られない、傍観者的立場で国を批判するだけではダメなんだ、という決心を固めていく。

このような柴生田の逡巡は最終的に次のような決心に繋ってゆきます。

つきつめて今し思へば学《がく》と芸《げい》と国に殉《したが》はむ時は至りぬ

「アララギ」昭15・11

『春山』の代表歌ですね。柴生田はつきつめて自分が何をなすべきかを考える。そして「学」と「芸」を捨ててでも今、国に尽くすべきなんだという結論に至りつく。「学」は学問ですね。柴生田の学問は万葉集の研究ですから万葉学です。「芸」は芸術ですから、柴生田にとっては短歌だと思います。「殉ふ」というのは命を捨てて従うことです。万葉学という学問と、短歌という芸術は、いまは存亡の危機にあるこの国のために殉じなければいけない。そういうときが今まさにやって来た。このように柴生田は悲壮な決意を持って戦時体制にコミットしていこうと思いを定めるのです。

では、具体的にどうしたかというと、このとき彼は陸軍の予科士官学校教官の職を得てそこに就職します。そうやって軍との関わりを深めていきます。このとき、彼はこうも歌っています。

三年《みとせ》のうちに移り来れる考へをすでにみづからあやしむとせず

「アララギ」昭15・11

三年前の昭和十二年の時点では、ファシズムに対して批判的な態度を取っていた自分。それが今は打って変わって、国家に協力したいと思うようになった。確かにそれは思想的変節ではある。けれど、自分の心の中ではそれに対するしっかりした必然性と固い決意がある。だから怪しむ必要はない。柴生田はそう言いたかったのでしょう。のち昭和三十四年に第二歌集『麦の庭』を出したとき、柴生田は、そのときの心情というものを「あとがき」に次のように書いています。

戦争が支那事変の段階にあつた時期には、私はかなり懐疑的でもあり反省的でもあつたつもりである。しかしあの十二月八日を境として、私はあへてすべてを国家のために、戦争のためにといふ気持に切り替へようとしたのであつた。そしてこれはたれに言はれたのでもない、自分自身の意志に出たことであつた

（『麦の庭』後記・昭34）

この後記で柴生田は、太平洋戦争開戦時の自分の思想的変節について自解しています。戦争に協力したことをどうやって言い訳するか。戦後、歌人の言い訳はさまざまありました。一番多いのは戦争賛歌を歌集から削ってしまうという作戦です。斎藤茂吉がそういうことをやりました。また改作をするという作戦もあります。戦争賛歌であっても、いかにもそれが戦争賛歌でないかのような形に改作して歌集に収める。斎藤史がこういうことをやっているんですが、そういう隠蔽工作もあったのです。

が、柴生田は隠蔽も改作もしませんでした。わずかに「御戦《みいくさ》」という単語を変えるということ

はしていますが、戦中の歌をほぼそのまま『麦の庭』に収めているのです。柴生田は「俺は何にも逃げ隠れしない」と言いたかったのでしょう。「私はたしかに戦争賛歌を作ったけれど、それはだれに言われたことでもない。自分の意志に従って戦争に参画し、国策に協力したんだ」と言うのですね。戦争に参画した人のなかにはいろいろ弁解をする人がいます。時流に流されて仕方なく制服短歌を作ったという人も居る。が、柴生田は「自分の意志で戦争に参画したんだ」という。そういう開き直った言い訳の仕方なんですね。

まわりに流されて戦争に参画した人と、自分の意志で戦争に参画することを決意した人。どっちが罪深いでしょうね。流されて戦争協力をして戦争賛歌を作った人。自ら決意して戦争賛歌を作った人。普通に見れば、五十歩百歩でしょう。どちらも戦争に参画した同じ穴のムジナです。むしろ後者の方が、確信犯だけにタチが悪いかもしれない。なのに、何でここまで柴生田は自分の意志でもって戦争に参画したことを強調するのか。第三者にはちょっとわかりにくい。でも、おそらく柴生田の心の中では両者の間には歴然とした違いがあったのです。

主体性を持たずに何にも考えないでだらだらと戦争に流されていく。そういう戦争協力の仕方がある。が、私はそれとは違う。私は確かにファシズムに対して当初は疑いを持っていた。でもある時点で決意して自分の自由意志でもって戦争に協力することを選んだ。それは無思想に流れていくあなたたちとは違う、と柴生田は言う。柴生田は外から強制されて戦争協力をするということには、きわめて批判的です。自分の決断のもとでもって戦争協力を選ぶ。そういうところに意味を見出しているわけです。どちらも戦争に協力したわけですから結果的には戦争協力者なんですが、柴生田にとっては結果が問題ではなくて、最初の動機が問題なのです。そこに倫理的な一貫性を求める。自分は流されて戦争をしたのではなく、自分の意志で戦争を選んだのだ。この考え方が、柴生田の人生を考える大事なカギになってくると思うんですね。

柴生田は恐らくこう考えるのです。まず自分のなかには「内心の自由」があって、二つの選択肢のなかからひとつを選ぶことができる。自分は何にもまどわされずその「内心の自由」のみに従って戦争協力を選んだ。そういうところに自分の行動の意義を見出してくる。カント的に言えば、他律ではなく自律によって戦争参加を選んだ。柴生田はそのことを何より大切にしているのです。このような柴生田の論理はきわめて興味深いと思います。これが後に近藤芳美との論争を起こす原因になってくると思うのです。

柴生田は昭和十五年に、陸軍の教官になります。当初は結構、美味しい話だったみたいですね。明治大学予科だと週二十時間、授業を持たなければならない。それに対して、陸軍の予科士官学校は週十時間くらいだったそうです。給料もちょっと良かったらしい。そういう下世話なメリットもあって、柴生田は陸軍の予科士官学校の先生になります。

ところが、実際入ってみると非常に嫌な仕事だったらしいです。自分の自由な学問、万葉集の学問を論じる場所ではなくて、どうやって死ぬか、という死の美学を教えなくてはいけない。そこで柴生田はすぐに限界を感じてゆく。そんななかで柴生田は昭和十六年末の太平洋戦争の開戦を迎えることになります。「しづかにて電車の中に向ひゐる面今《おもて》なべてしたしくたのもし」（「短歌研究」昭17・1）というのが彼の開戦時の歌です。が、彼の本音はむしろ次の歌などによく出ています。予科士官学校の仕事で苦しんでいるときの歌です。

去年《こぞ》の十二月より何か機械の狂ひし如き日常の感じが未だに去らず　「アララギ」昭16・6

「去年《こぞ》の十二月」というのは、陸軍の教官になった昭和十五年の十二月ですが、そこから何か機械が狂ったような自分の体にそぐわないような日常がずっと続いているよ、という歌ですね。でもそのなかで、次のようにも歌っています。

出《い》で征《ゆ》かむ若き命をともしめど我は我が任《にん》に心凝るべし　「アララギ」昭17・1

出征する若者を羨ましく思うけれど、私は自分の教官としての責任を果たすんだ、という歌ですね。そうやって一生懸命、陸軍の教官としての役割を果たそうとするのだけれど、柴生田は肺結核にかかっていますから体も弱い。身体が激務でどんどん蝕まれていく。日本の戦況が悪くなっていく昭和十八年ごろになると、ずいぶんと後ろ向きの歌が多くなってきます。この時には精神的な苦痛に耐えかねて職を辞することも考えていたようです。その時一番大切に思ったのが、家族だったと彼は言ってます。

柴生田稔は昭和十四年に長男俊一を得ます。次いで昭和十八年に男の子の双子が生まれるのです。男の子ばかり三人の父親になり、生活は大変だった。でも、その子どもの歌がとても良いんですね。今まで挙げてきたのは、理屈っぽい歌ばかりですけど、柴生田の本当の良さは、しみじみと家族を歌った次のような歌に出ていると思います。

動物園の獅子虎の処置も終れりとこの現実を今日は伝ふる

「知性」昭18・10

昭和十八年、来たるべき空襲に備えて、上野動物園で虎とかライオンといった猛獣が殺処分されていく。そういったことがニュースになります。おそらく長男である俊一を連れて、柴生田は動物園に何度もライオンや虎を見に行ったことがあったのでしょう。その動物園のライオンや虎が殺される。動物が殺されることによって自分と息子とが動物園で過ごしたあの平和な時間が無くなってしまう。そんな感慨を述べた歌です。

戦況が悪化した昭和十九年二月以降、彼は歌が作れなくなります。歌を作れないほど、精神的に追い詰められていく。昭和二十年の十月まで一年八ヶ月の休詠期に入るのですね。次の歌は休詠期に入る直前の歌です。

をさなごと我と二つの防毒面部屋《へや》の柱にかけられてあり

「アララギ」昭19・2

ぎょっとする歌ですね。防毒面は防毒マスクです。いろいろ資料を調べてみると、この時期ずいぶん頻繁に防空訓練が行われています。敵がやってきて毒ガス攻撃をするかも知れない。そのために一人一個ずつ防毒マスクを用意しましょう、ということで、マスクの購買が奨励されるのです。この時は下の双子はまだ小さいですので奥さんはそちらにかかりっきりになる。いきおい四歳の長男俊一は柴生田が面倒を見ることになる。柴生田と長男が寝ている部屋の柱に、大きい防毒面と子ども用の小さい防毒面がかけられている。そんな情景を歌った歌ですね。

こわい歌です。防毒マスクが必要な日常が昭和十九年にはあったということです。柴生田稔の家族詠は、家族のことを歌っていながら、背後に時代の危機が覗く歌が多いですね。

をさなごは我と寝ぬれど夜半《よは》時に母を呼びつつ覚《さ》むることあり　「アララギ」昭19・2

これもさっきのような状況を知れば理解しやすい歌でしょう。俊一が夜中に目を覚まして、お母さんのところへ行きたいと言うわけです。そんな戦時下での肩を寄せ合っている家族との交流を柴生田は歌います。そして、これらの歌が柴生田稔の戦中最後の歌になるのです。

4、戦後の苦悩

昭和二十年、戦争が激しくなって、陸軍予科士官学校は千葉県に移転されます。柴生田は単身赴任で千葉に行きます。そこで体を悪くしてしまう。肺結核を再発して入院してしまうのです。彼は終戦を埼玉県の振武台陸軍病院で迎えることになります。陸軍病院というのは不思議な病院で、戦争が終って軍の施設が全部撤去された後も存続していた。その陸軍病院で柴生田は玉音放送を聞きます。その時の歌が次の歌です。

点呼《てんこ》のあと軍人勅諭唱《とな》ふる声なほきこゆるは涙をさそふ　『麦の庭』昭34

戦争は終ったんですけれど、まだ病院には傷痍軍人たちが数多くいます。戦争が終ったのに、彼らはいつもの習慣で軍人勅諭を就寝時に暗誦するんですね。その声が柴生田の病室まで聞こえてくる。そんな場面を歌った歌です。

病院になほ日本の兵をればわが幼児は敬礼をせり　『麦の庭』昭34

子どもには戦争が終ったということはわかりませんから、お父さんの入院している病院に来て以前と同じように兵隊さんに敬礼をする。そんな場面を歌っています。「なほ日本の兵をれば」というところがなんとも切ないですね。本当はもう大日本帝国の兵隊はいない。でも病院の中だけにはまだ「日本の兵」が居る。それを信じて子が敬礼をする。そんな歌です。

柴生田は日本の敗戦を複雑な思いで受け止めます。一つには自分が命をかけて学生を教育し、戦争に尽力したにもかかわらず国は敗れてしまったというショックがあります。そのうえ彼には結核という病気があります。彼は当時四十一歳でしたが、ひょっとしたらこのまま死ぬかも知れないという恐怖があったに違いありません。さらに陸軍予科士官学校が閉校になりますから失職するんですね。今後どうやって食べていったらよいかも分からない。さらにもう一つ言うなら彼は軍属です。ひょっとしたら公職追放になるかも知れない。そういう諸々の不安が彼を苛みます。戦後の柴生田の歌にはそういう複雑な思いが滲み出ています。

戦ひのさ中に我に何一つ悔みはなしと誰にかつげむ　「アララギ」昭21・12

「悔み」は「くやしみ」と読むのでしょうか。戦中の自分の行動に対して何ひとつとして後悔はないのだと言っているわけですね。自分の決意で戦争に参加をしたのだから、たとえ敗戦という結果に終わっても後悔はしない。結句の「誰にかつげむ」はなかなか複雑です。反語なのでしょうね。俺には後悔がないんだという気持ちを一体誰に向かって口に出して告げようか。いや、告げるべき人などいない。そういう思いがこの結句によく出ています。

戦後かつての軍国主義者たちが、手のひらを返したように、民主主義や共産主義を主張しはじめます。そういう新しい思潮に対する反感が出ているのが次の歌です。

戦ひにかかはりもなくありたりと我遅れじとほざき出づるよ　「にぎたま」昭22・10

柴生田の歌にしてはどぎつい歌です。自分は戦争には関わらなかった。自分は戦争に手を染めてない。そんな風に自分が戦争に関わらなかったことをことさらに「我遅れじ」と誇示する輩がいる。新しい時代の思想の流れに遅れまいとして、血眼になったオポチュニストたちがのさばってくる。そんな時代だよ、と歌っているわけですね。

こんな屈折した思いのなかで、柴生田が大切にしたのは家族です。病弱ですから、家族の生活に愛着を持ってそれを大切にしています。

いぢめられに学校にゆく幼児《をさなご》を起こしやるべき時間になりぬ　「アララギ」昭21・9

柴生田は体が弱いので、夜早く寝て早く起きて夜明け前に原稿を書く。午前七時ころになると、子どもを起こしてやるのが彼の役目です。長男の俊一は当時小学一年生ですが、何度も転校していますので、他の子どもからいじめられるんですね。時間が来たから起こすのだけど、何のために起こすのかというと、いじめられに学校に行くために起こすのです。私が起こして学校に送り出したら、おそらく息子は学校でいじめられるだろう。だけど私はそれを知っていながら起こさざるを得ない、という歌ですね。

一見すると、冷たく感じるかも知れません。今の親だったら、そんなにいじめられているんだったら学校に抗議したらいいのにと思うかも知れません。けれど、柴生田の愛情の注ぎ方は違う。自分は直接手を下さない。息子がいじめられて泣いて帰ってくる。今の親だったら、学校へ怒鳴りこむかもしれませんが、そうではない。自分自身の問題は、最終的には自分自身で解決しなければいけない、それしかないと思っている。柴生田自身も何度も幼いときに転校していますから、いじめられた体験がある。その体験は最終的には一人の人間として、その子が全部背負って生きていかざるを得ない。親ができることは何かというと、それをじっと見つめていることだけなんだ。それが柴生田稔の愛情の注ぎ方です。だけど、決して見捨てない。ずっと息子を見つめるという姿勢で接するんですね。この歌と同じ号に載った歌に「校庭に仲間外れにゐるわが子木陰より見下ろして我は立ち去る」という歌があるんですが、じっと遠くから見つめるという柴生田の愛情の注ぎ方が出ていて、これもいい歌です。

人間はそもそも孤独なんだ。親子であっても死ぬときは一人で死ななくてはならない。それは厳然たる事実である。柴生田はそれをよく知っているわけです。だけど「孤独である」という一点において心が触れ合う瞬間がある。柴生田はそんな人生観を持っているのです。

兎の皮の子供のグローブ選び買ひわが年末の買物終へぬ

「アララギ」昭24・3

この歌もいい歌ですね。柴生田稔は野球が好きで、明治大学で学生たちと一緒に野球チームを作ったりしているんですね。戦後、野球がブームになって、当時小学生だった俊一も皮のグローブが欲しいと言っていたんでしょう。でも、当時のグローブはみんな布製。牛革のグローブはとても高くて買えない。うさぎ皮のグローブだって高嶺の花だったんでしょう。おそらく俊一少年は、お年玉の替わりにグローブをねだったんでしょうね。柴生田は年末の買物の最後に運動具店へ行って、うさぎ皮のグローブを買ってやった。終戦直後の貧しい時期には、そんな贅沢品にお金を使えなかった。でも三年が経って少しだけ余裕が出て、グローブを買ってやれるほどには豊かになった。そこに柴生田は、少しだけ幸福を感じたに違いありません。グローブを子どもに買ってやって、ああ今年がこれで終るな、子どもにプレゼントを与えられるような年末になったな、とちょっと安心したんでしょう。

でも悲しいですよね。買ってきたのはうさぎ皮のグローブです。戦争のとき手袋を作るためにうさぎの皮がいっぱい生産され、その余りでうさぎ皮のグローブが出回っていた。でもそれはしょせん牛革の代用品です。そんなまがい物を子に与えて喜んでいる自分に柴生田は複雑な感情を抱く。占領下にある貧しい国の国民である惨めさ。幸福感に浸る一方で、柴生田は敗戦国の惨めさを嚙みしめるのです。

夏時間まだはじまらぬ日本の夕べひとときをわれは愛せり　『麦の庭』昭34

昭和二十五年初夏に作られた歌です。進駐軍の指導でサマータイムが昭和二十三年に始まります。夏に一時間、時刻を早めるのですけれど、柴生田はこのサマータイムが大嫌いだったようです。彼は早朝に原稿を執筆します。春までは、早朝から出勤まで執筆をする時間があったのです。ところが、サマータイムになってその時間が短くなってしまう。朝、仕事ができなくって、それを夜に回さなくてはいけないので寝不足になって疲れてしまう。柴生田はそれを嫌ったのです。

この歌、「日本の夕べひとときを」という語が複雑です。「日本の」に意味がある。占領国によって日本の時間さえも支配されている。でも、夏時間が始まるまではまだ日本の美しい夕暮れの長い時間がある。その時間を私は愛するんだということですね。柴生田が進駐軍の政策に対して忸怩たる思いを抱いていることが分かる歌です。ちなみに、柴生田は決して「進駐軍」とは言いません。必ず「占領軍」と言います。「進駐」という言葉はあくまでも懐柔であって本当は「占領」であることを彼は知っている。彼は青島《チンタオ》を占領した軍人の息子でしたから「占領」の過酷な本質を熟知していた。柴生田は冷静な国際感覚で占領下の日本を見ていたのです。

柴生田稔の父は昭和二十一年に貧困の中で死にます。戦争をしている間はよかったのですが、戦争が終って闇商売に手を出して失敗し、柴生田の家で死んでしまう。柴生田も昭和二十五年にとうとう肺結核が悪化して、学校を休職して自宅での療養生活に入ります。結論からいうと、彼は昭和二十七年に幸運にもストレプトマイシンを闇値で手に入れる。それが奇跡的に効くんですね。それで命を取り止めるのです。が、昭和二十五年は、かなり病状が悪化していた時代です。小さな家ですから、父が死んだ空部屋に自分の病室を作らざるを得ない。そのときの歌がこれです。

亡父《なきちち》の死《しに》ゆきし部屋に父の死にし位置をさけつつわれは病伏《やみふ》す　「アララギ」昭25・11

父の臨終の部屋がある。柴生田はその部屋に枕を敷いて病臥する。ひょっとしたら死ぬかも知れない柴生田は、父が布団を敷いていた位置と少し違うところに布団を敷いて寝た、と言うのです。

気持ちとしてはわかります。父が死んだところに布団を敷いたら自分も死ぬのではないかという不吉な気持ちがよぎりますから、ちょっと位置を変えた。これは私たちでもやりますね。でも、こういうことあまり普通の人は歌にしないでしょう。まず、父が死んだ部屋に布団を敷くという、そういうこまごまとした身内の事情は歌にしたくない。それから、自分が病気になっているときに、不吉だから自分の布団を変える。それを自分で認めて告白する。それって、ちょっと惨めじゃないですか。自分が気弱になって死を恐れている。それは病人にとってあまり認めたくない感情だと思うのです。でも柴生田はそれをきちっと捉えて歌っている。そこが偉いと思います。

5、近藤芳美の「作品の問題性」

こんなふうに柴生田は忸怩たる思いで、戦後の時期を過ごしていくのですが、一度だけ自分の怒りを爆発させた事件がありました。それが昭和二十四年の、近藤芳美との「政治論争」と呼ばれる論争です。これは戦後のアララギの中ではかなり大きな意味を持った論争でした。ここからは、そのことについてお話ししたいと思います。

いよいよ近藤芳美の登場です。近藤芳美は戦後ものすごい人気歌人になりました。『埃吹く街』(昭23)『早春歌』(同)は、瞬く間に人々の心を摑んでスターとして歌壇に登場して来ます。

先ほど言ったように、近藤は柴生田の影響を強く受けています。柴生田の昭和十年代の知性的なものの見方は近藤が歌を作る際の見本だったのです。ところがその近藤が昭和二十四年、柴生田を含むアララギの主要同人を徹底的に批判する文章を「アララギ」に載せるのです。それが「作品の問題性」という「アララギ」の昭和二十四年二月に載った文章です。ここで近藤は以下のように非常に厳しいことを書いてます。

数名の作者の作品を例外として、アララギ其一欄の歌はほとんど愚劣と云つてよいのではなからうか。さう云ひ切つて悪ければ、之ら大半の作品から、作品としての巧拙は別として、ほとんど何らの問題を引き出し得ないとは云へるのではなからうか。

（近藤芳美「作品の問題性――アララギ其一欄に関して」「アララギ」昭24・2）

アララギの「其一欄」というのは主要同人の欄で、柴生田を含め斎藤茂吉や土屋文明以下錚々たる名前が並んでいる欄です。その「其一欄」の歌が「愚劣」だと言うんですね。「其一欄」の歌は、花が庭に咲いたとか、桜が散ったとか、そんな日常茶飯事ばかり歌っている。だから愚劣だ、と近藤は言い切るのです。

さらに彼は次のように言います。

吾々の一番云ひたい事、一番大事な事が何であるかと云へば、それは吾々の今日生きて行く事実、生きて行くいとなみだと云ひ切つてよい筈だ。しかも、吾々は結局、一人の人間として生きて居ると同時に、社会の連係の中、多数の中に時代を同じくして生きて居るのだと云ふ事を考へれば、我と他と、個人と民衆と、個人と社会と更に云へば個人と政治との問題は、常にめぐつて吾々の作歌の切実な問題とならなければならぬ筈だ。（同右）

私たちは社会的存在である。社会機構の中にいる。社会の内実を決めるのは政治だから、政治と私事とは密接に関わっている。だからその政治こそが現代社会の人間にとって一番切実な問題である。その切実な問題を我々は歌わなければいけない。桜が散った、槿の花が咲いた、そういう花鳥風月、日常茶飯のことが、作歌の切実な問題とはなり得ない。アララギ其一欄の主要同人たちは、そのことを忘れているのではないか、と言うのですね。

実は近藤は、終戦直後にはこんなことをあまり言っていません。終戦直後は、まるでスナップ写真のように戦後の風景を写し出すような手法でどんどん歌を作っていた。が、このころ近藤の歌はやや行き詰ってきてました。何か自分の作歌の足場になるものが欲しい。そこで近藤芳美が飛びついたのが政治というテーマだった、と私は思ってます。このころから近藤芳美は、より積極的に政治を歌うようになります。第四歌集『歴史』（昭26）などは政治主義の立場がはっきりと出た歌集になります。政治のなかの人間を描くのが文学だ、という考えになっていくのです。

でも、もし政治が大事と思うなら、普通は政治に積極的にコミットして参画していくでしょう。政治そのものにコミットして政治を変えていき、ひいては自分自身も変え文学を変えていく、という風になるのが普通の考え方です。近藤芳美の面白いところは、政治こそが大事、政治こそが切実な問題だと言いながら、自分は政治にコミットしようとはしないんですね。

では、「其一欄」を批判した近藤が期待を寄せるのは何か。それは「其二欄」です。土屋文明は戦後「労働者の叫びの交換」を主張しました。一般会員が集まっている「其二欄」には労働者や庶民が多く歌を寄せていました。近藤はそこに可能性を見出すわけです。ですから「僕はこの欄の庶民性を高く考へたい」(同右)と彼は言います。でも、庶民性だけじゃダメだ、と近藤は言う。そして「或る場合庶民性よりも、孤絶した、孤高な、自分だけの立場を持つ事」が必要だと言うのです。

整理すると、政治は大事なんだけれど、政治にダイレクトに関わるのではなくて、孤絶した孤高な自分だけの立場を守らなければいけないのだと近藤は言うわけです。これは第三者には、よく分からない論理ですね。政治が大事だったら、例えば共産党に入るなり、デモをするなりしてコミットしていけば、スムーズに関わり合えるはずです。が、近藤は政治が大事と言いながら、自分は高みに立って孤高の立場に立とうとするのです。ここがすごく近藤芳美の分かりにくいところです。言葉は悪いですけど、これは一言で言うなら傍観ですよね。

6、「傍観」という言葉

近藤芳美はよく「傍観者」という言葉で批判されます。ただ、なぜ近藤はこんな風に考えたか、というと、戦前の近藤芳美を考えてみると、よくわかるんですね。近藤は戦前、ファシズムに流れていく社会を苦々しく思っていた。それは確かです。が、それに対して反対運動をすれば治安維持法でつかまってしまう。そんななかで彼が成し得たことは、政治とコミットせずに、自分だけの孤立した良心的な立場を守ることだった。ギリギリのところで戦争協力をしない。そういうスタンスでもって近藤芳美は戦前を生きたわけです。そういう近藤の体験を反映したこんな歌が戦後の『埃吹く街』に収録されています。

苦しみし十年は過ぎて思ふとき思想偽るにあまり馴れ居ぬ　　近藤芳美『埃吹く街』昭23

「苦しみし十年は過ぎて」は戦時中の十年ですね。その十年をもう一回自分で振り返って思うとき、私は自分の思想を偽ってきた。そしてそういう思想を偽るという生き方にあまりにも馴れすぎてしまった。そんな歌なのでしょう。本来はファシズム反対なんだけど、それを隠して私は良心的な傍観をしてきたよ、ということなんですね。次の歌もそうです。

いち早く傍観者の位置に立つ性《さが》に身をまもり来ぬ十幾年か　　近藤芳美『埃吹く街』昭23

戦争に反対で、ファシズムにも反対だけれど、それを口に出すことは出来ない。だから、せめて傍観者として消極的な形で時流に乗らないことを選択する。そういう形で私は自分の身を十幾年守ってきたんだよという歌です。近藤は、昭和二十一年の時点でこのように歌っているのです。これら二首の歌には、まだ痛みが感じられるでしょう。自分は十年間、傍観者だった。でも傍観して自分は何をしたかと言うと、結局自分の身を守ってきただけなんじゃないか、自分が傷つくのが怖かっただけなんじゃないか。そんな痛みを伴った問いかけが戦後すぐの近藤の歌にはある。

が、近藤芳美はしだいに居直ってくるのです。傍観はなかなか立派なことではないのか、という主張になってくるのですね。それが次の歌です。

近藤は、昭和二十二年九月の「八雲」に五十首の「埃吹く街」という連作を出します。その中にこの一首があります。

傍観し得る聡明を又信じ再び生きむ妻と吾かも　　近藤芳美「八雲」昭22・9

「傍観し得る聡明」。つまり傍観するというのは聡明な行いなんだと言う。ここで近藤は傍観の意義を積極的に捉えはじめる。「又信じ」と書いてあります。なぜ「又」なのかというとこの背後には、戦後の思想状況があると思うんです。昭和の十年代にはファシズムに世論が流れていた。でも戦後二年がたった昭和二十二年にはゼネストが計画されて、ひょっとしたら革命が起こるかもわからないところまで共産主義が台頭してくる。ファシズムが、今度は姿を変えて、共産主義になってしまった。しかし、この共産主義もまた、ファシズム同様、胡散臭いものなのではないか。だから自分は共産主義にコミットしない、もういちど戦中と同じように共産主義がどうなるか傍観していよう。知性的な立場を保ちながら、そばで見ていく。この私の傍観こそが人間の聡明な行いなのだ。知識人たるべき人間のあり方なのだ。あえて言えば、そういう開き直りみたいなものを私はこの歌に感じます。「傍観＝聡明」っていう図式が、このあたりから芽生えてくるわけです。終戦直後は、傍観に対して痛みや自責を感じていた近藤が、傍観の積極的意義を主張しだす。それがこの時期なんですね。柴生田がカチンときたのはここだったのです。

今にして罵り止まぬ彼らより清く守りき戦争のとき　　近藤芳美『埃吹く街』昭23

この歌もいやな歌です。「今にして罵り止まぬ彼ら」とは共産主義革命を信じて赤旗を振っている人たちです。彼らは近藤に対して「あなたは知識人のくせになぜ動こうとしないのか」と罵声を浴びせる。が、近藤は、そういう赤旗を振っている人々を見て「そうやって、君たちは今赤旗を振っているけど、俺は知ってるぜ」と言うわけです。「十年前は君たちはみな日の丸振って、戦争万歳と言ってただろう」と。近藤を罵る「彼ら」、共産主義の必要性を説いている「彼ら」よりも、私は清らかだ。十年前ファシズムに走って熱狂していた「彼ら」は、今、手のひらを返したように共産主義に熱狂している。けれど、私は違う、私はいつも冷静な清らかな立場から時代を見ていたよ、という歌ですね。これも近藤芳美の思想をよく表わしている歌です。そういうふうに傍観することが、実は「彼ら」より知性的なんだと言っているのです。

このような考え方の極めつけが次の歌です。

傍観を良心として生きし日々青春と呼ぶときもなかりき
近藤芳美『静かなる意志』昭24

ここでは、いよいよ「傍観」が「聡明」どころか「良心」に格上げされてしまう。柴生田稔は戦後ずっと沈黙していますが、近藤芳美のこの歌と、先に言った「作品の問題性」という文章を読んだときだけは、さすがに何か言わざるを得なかったんでしょう。

近藤芳美の手は確かに汚れてはいません。彼は戦争に協力しませんでした。そして、戦前・戦中を通じてファシズムの立場に対して批判的だった。でもそのことは、多分に時代的な偶然によるものです。何しろ近藤芳美は若い。昭和十年代はまだ二十代です。会社では責任のない一社員です。しかも彼は、製図技師の技術者なんですね。製図技師は、それほど時代とダイレクトにコミットしなくてもよい職業です。それに対して、柴生田は国文学者です。戦時の国文学ですから「撃ちてし止まむ」とか、「海行かば水漬く屍」とかいった歌を教えざるを得ない。時代とか国家とかいった生ぐさいものとどうしても関係してしまうのです。つまり近藤には、理系の技術者であるというメリットがひとつあった。

もうひとつは、近藤は歌人として駆け出しだった。柴生田は『春山』で有名になりましたから、出版社から注文が来て戦争協力歌を作らざるを得なかった。それに対して、近藤芳美はまだ無名ですから、外部からの注文による戦争協力歌を作る必要はない。そういう面でも近藤芳美は結果的に恵まれていました。

さらに言うなら、柴生田稔には三人の子どもがいる。子どもを養おうとしたら、ある程度、社会に適応せざるを得ませんね。それに対して、近藤の家族は奥さんだけです。近藤芳美が戦後なぜ「戦争に手を染めなかった良心的な知識人」という旗印でデビュー出来たかというと、彼が、戦時には若く無名であり、理系の職業を持ち、比較的家計に余裕があったという、偶然の側面が大きいのです。

私がこんな風に近藤を批判するとあるいは近藤ファンの人々は反論するかも知れませんね。近藤は傍観などしていない。彼は戦争に行っている、と。が、近藤は、無名の兵士ですから、理不尽な戦争に行かされた「被害者」という立場に立つことができます。召集令状を受けて、いやいや戦争に行かされて怪我をして帰ってきた。近藤芳美にとって戦争は、外部から押し付けられた「不合理な受難」であり、そう言い張ることができた。

まあ、それは近藤の責任ではない。そこまでは時代の流れでたまたまそういう流れになったから仕方がない。でも戦後の近藤は、自分が戦争に手を汚さなかったことを逆手にとって、それを傍観と名付け、その傍観は聡明な行いであって、良心に基づくものなのだ、とまで言いはじめるわけです。柴生田にとっては、これはさすがに許せない。柴生田は近藤と同じように、ファシズムに対しては批判的な意識を持ちながら、悲壮な決意をして、主体的な意志のもとに戦争に協力した。手を汚したわけです。だから近藤が「私は戦争のときに手を汚さなかった。今度も私は傍観して良心的な立場に立つよ」と言い出すと、それはカチンとくる。

先にあげた「傍観し得る聡明」という近藤芳美の歌が発表されたのは短歌総合誌「八雲」の昭和二十二年九月号です。当時「八雲」は注目作家に五十首詠を依頼しそれを掲載しているのですね。偶然なんですが、同じ「八雲」の四ヶ月後の五十首詠を依頼されていたのが柴生田だったのです。彼は「八雲」昭和二十三年一月号用に「ひとりしづか」という五十首の連作を書きます。執筆時期はおそらく昭和二十二年の十月ごろだったのでしょう。柴生田は九月号に載った近藤芳美の五十首詠を読み、同じ「八雲」に近藤に対する反論の歌を書くのです。その歌が次の歌です。昭和二十三年一月号の「八雲」に載っています。

卑怯なる傍観者にはあらざりきとわが五年《いつとせ》をせめては思ふ　「八雲」昭23・1

私は五年間、陸軍の教官として戦争に協力した。でも誇れることがあるとするならば、それは私は卑怯な傍観者ではなかったということだ。確かに自分は戦争に協力はしたけれども、近藤のように、日和見をして手を汚さずに傍観していたわけではない。自分の決意でもって戦争に参加をしたんだ、という歌ですね。戦争は結局敗戦という形で終るわけですが、せめてもの救いは卑怯な傍観者ではなかったことだ。柴生田はそう言いたかったのでしょう。自分は誠実に時代と対峙して、誠実に時代に参画した人間なんだと信じることによって、彼は自分の心を慰めようとしていたのです。「卑怯なる傍観者」は、明らかに近藤芳美を指していると私は思います。

7、文学の基盤としての「自由」

このようなやりとりを経た上で翌二十四年に、柴生田は、近藤の「作品の問題性」を読むのです。そして自分を含めた「其一欄」が「愚劣」だと言われていることを知る。柴生田はさすがに近藤に反論せずにはいられなくなります。彼は昭和二十四年の八月から九月、二号に亘って、「政治と歌――近藤芳美君に」という近藤への反論を「アララギ」に載せます。その中で彼を徹底的に批判しているんですね。

柴生田が批判したのは何かというと、まずもって、近藤の「傍観の思想」の不徹底さです。近藤芳美は「政治が一番切実な問題だ」と言う。だとしたら、その政治に自ら参画しなければいけないだろう。が、政治が大事だと言いながら近藤は傍観する。それはおかしいではないか。柴生田は近藤にそう言うのです。そしてさらに「政治を歌え」という近藤の主張に対しても柴生田は次のように反論します。

今日我々は烈しい「政治」の渦の中にゐる。これは近藤君の言ふ通りだ。しかしその今日でも「如何にして日を暮すべきか」と病床に絶叫してゐる人間はやはりゐるはずだ。さういふ病人が一房の藤の花を命とすがる心を、「愚劣」と評することは許されないであらう。

（柴生田稔「政治と歌――近藤芳美君に」「アララギ」昭24・8）

おそらくここには、柴生田の実体験の反映があります。柴生田もまた長く病床に臥せった身体の弱い人間でした。そういう身体の弱い人間、たとえば正岡子規のような人間の目に藤の花がどんなに美しく輝くか、自然の営みがどんなに心を震わせるか。病床にいる人間や社会的弱者にとっては、藤の花の風に揺れるその様子も切実な美しさを持って胸に迫ってくる。それは近藤がいう政治と同様の「切実さ」を持っているのではないか。近藤のいう政治と、病人の目に草花が揺らぐ美しさ。それは「切実さ」において等価なのではないか。そういうふうに、柴生田は近藤を批判するわけですね。

さらに柴生田は、ここで「さうして歌といふものは、さういふ刻々念々の心によつても生れるものなのである。『政治』『政治』と念ずることは、切実なやうであつて、実は『現実遊離』の大きな危険性を、この間にはらんでゐる」（同）と近藤をたしなめます。草花が病人の目に美しく映るといった生活の細部を全部排除して、政治のことばかりを言うのはむしろ「現実遊離」なのではないか、人間が生きる現実を見ていないのではないか、と言うんですね。

そう言ったあとで、柴生田は自らが考える「政治」と「文学」の関係を次のように言います。

文学者も成程「政治」にしばられてゐる。「文学」は結局「政治」を離れては成立しない。しかしその制作の心理活動だけは、絶対「自由」でなければ、傍若無人でなければ、そもそも文学にはならない。（同右）

ここに柴生田稔の文学観がよく出ていると思います。たしかに我々は、政治の網の目に絡められている社会的な存在ではある。でも文学を書くときの初発の心理状態だけは、政治に絡められてはいけない。自律的でなくてはならない。自分の初発の心理活動だけは、絶対的な「内心の自由」に基づいていなければならないということですね。

こういう柴生田の考え方が分ってくると柴生田が開戦時に歌った「つきつめて今し思へば学《がく》と芸《げい》と国に殉《したが》はむ時は至りぬ」という歌の本当の意味がわかって来ます。柴生田は昭和十五年の政治状況の中で戦争に参加したわけだけれど、それは強制されたのではない。あくまでも自分の「内心の自由」に基づいた自律的な行動だった。自分は「内心の自由」をギリギリの形で守りながら主体的に戦争参画を選びとった。「内心の自由」に基づいた自律的な意志でもって戦争に殉じようと決意したのだ。そんな風に柴生田は考えているわけです。

ここには政治と自由の二律背反があります。こういう考え方を取るかぎり、政治と文学は両立不可能になってきます。そこには次のような二つの選択肢があるだけでしょう。

もし政治が大事だと考えると、当然政治というもののイデオロギーに自分を合わせていかなければいけないわけですから、内心の自由は、少なからず制限せざるを得ません。自分の内心の自由を制限してでも、政治的プロパガンダというものに身を捧げていく。そういう、政治に文学を従属させるという選択肢がひとつです。

もうひとつは、内心の自由を最大限守ろうとする選択です。そうすると文学は、可能な限り政治と距離を置かざるを得ない。内心の自由を守ろうとすると、文学はなるべく政治とコミットしないようにせざるを得ない。これが二つ目の選択肢です。

前者は、政治に文学を従属させて内心の自由を捨てる。後者は、内心の自由を守るために政治とは縁を切る。そういう二つの方向しかないと柴生田は思いつめているんですね。だから、柴生田は近藤にこう言います。「さうした文学の宿命を、近藤君が真剣に自覚してゐれば、さう容易に『政治』『政治』と言ひつのることは出来ないはずだ」（同）。もし「政治が大事だ」と近藤が言うのなら、最終的には、内心の自由を捨て文学を政治に従属させる道しかない。内心の自由を抑制して政治活動に邁進しないといけない、と柴生田は言ってるわけです。にもかかわらず、近藤は内心の自由を捨てることをせずに、傍観者として高みの見物をしている。それは卑怯だよ。柴生田は、近藤にそう言いたかったんでしょう。

しかしながら、なぜ柴生田は政治と文学の関係をそこまで突きつめて考えざるを得なかったのか。それは柴生田には痛切な体験があったからです。彼には自分の学問と芸術を、政治や国に従属させた苦い経験がある。そういう痛みをよく知っている彼からすれば、政治と文学の関係は、傍観が許されるほど甘くはない。本当に政治が大事だと言うのなら、内心の自由を捨てないことには中途半端に終ってしまう。そういう厳しい考えを持っていたわけです。

したがって柴生田稔の戦後の身の処し方はきわめて潔癖です。彼は自分の内心の自由を守るために政治的なものと一切手を切ろうとします。そういう方向で戦後を生きていきます。

有名な話ですが、柴生田が明治神宮の献詠祭に呼ばれたことがあったそうです。明治神宮の神様に歌を捧げるイベントです。そのときに柴生田はそれを拒否します。宗教は政治的な意図を持っているかもわからないから、文学はそういうものと切り結ぶべきではない。だから私は明治神宮の献詠祭には参加しない。そんな風にきっぱり拒否する。叙勲も拒否します。政治と文学を両立することの難しさを痛いほど知っていた柴生田は、最終的には政治と全くコミットしない生き方を選択する。それが柴生田の柴生田なりの責任の取り方だったと思うのです。

昭和四十年代、柴生田は明治大学の文学部部長として学生紛争のなかで非常に苦悩する。そのときの思いを彼はこんな風に歌っています。

傍観者を支持するといふこの論理後の日のため記し置くべし　『冬の林に』昭44

学生運動の中では、いっぱい日和《ひよ》る奴がいるわけです。主義主張を言わずに日和って傍観している奴が居る。さらに、そういう傍観者を支持する教授もいるわけですね。が、柴生田は言う。そういう卑怯な論理を俺は絶対認めないよ、傍観を擁護する人間の論理を忘れずに覚えているよ。ちゃんと後世に残るように「お前はあのとき傍観者を支持した」って書き記しておくよ、と。そういう歌なんですね。この歌からも分かるように、柴生田は、最後まで傍観を許さなかった。そういう柴生田の態度というか、戦後の生き方の潔癖さ。そこに彼なりに一貫したひとつの戦争の責任の取り方がある。そこに私は胸打たれるわけです。

話があっちこっちしましたが、本当は柴生田の優しい歌について詳しく紹介したかったんです。今日の私の話を聞いて「柴生田稔という歌人は、怖そうな理屈ばかり言っている人なのかな」と思われると心外なので紹介だけしておきましょう。

鶏頭《けいとう》の色《いろ》落ちつくと妻言ひてしばらくわれのそばに坐りゐる　『麦の庭』昭34

鶏頭の花が咲いて、はじめのうちはマゼンタなんですけど、それがだんだんくすんでいって落ち着いた暗紅色になった。「鶏頭の色がやっと落ち着きましたね」と言いながら、奥さんが縁側に来て自分の横へ座ったという歌ですね。ささやかな歌ですけれど、熟年の夫婦愛がしっとりと伝わってきます。こういう感じの歌が柴生田には大変多いんですね。

指傷つける投手のために今日の夜を雨降ることもわれは願ひぬ　『入野』昭40

彼はプロ野球が大好きだったらしいんですね。指を怪我したエースが今日はもう投げられない。そういう投手のために、ナイターが中止になればいいのに、雨が降ってくれたら休めるのに、そ

8、弱者への視線

ういう思いを歌っているんですね。すごく温かみを感じる歌なんじゃないでしょうか。

くらやみに若葉を揺《ゆ》りて吹く風を妻子《つまこ》とをりてわれ一人《ひとり》聞く

『入野』昭40

暗闇に若葉がザーッとざわめく青嵐の音が聞こえてくる。妻と子はいるんだけど、彼らはそれを聞いていない。自分だけがその青嵐の音を夜の床で聞いている、という歌です。家族の中でも人間は一人なんだというちょっとした諦念が出た歌ですね。

ふきのたう持ちて訪ひにし病む人の或るは逝き或るは癒えたまひけり

『入野』昭40

病気になる友達がたくさん居て、Aさんに蕗の薹を持っていき、Bさんにも蕗の薹を持っていった。Aさんは幸いにも病気が治った。でも、もうひとりのBさんは亡くなってしまったという歌ですね。ある年齢になると他人の死が間近に迫ってくる。一人は神の配剤によって治癒する。一人は命を落とす。そこに運命というか、人間には如何ともしがたい天命がある。そんな感慨をさらっと歌った歌ですね。

放課後の暗き階段を上りゐし一人の学生はいづこに行かむ

『入野』昭40

これは明治大学の学生ですね。柴生田の研究室は七階にあって、向こうに学生たちがいっぱい居るビルが見えたそうです。放課後の夕暮れ時に一人の学生が後ろ姿を見せながら、非常階段を上っていく。それを見ていた柴生田は、夜になってからその一人の姿を思い出して、夕方階段を上っていったあの学生は一体どこへ行ったんだろう、と想像しているわけですね。夜になっても一人の姿が心に甦って来る。淋しい後ろ姿を思い出すわけです。

柴生田には、遠いところで誰か何かをしている姿をずっと見ている歌が多い。自分は声を掛けないのだけれど、その淋しさを自分も感じながら、ずっと黙って見ている。そういう歌が非常に多い。おそらく斎藤茂吉は、こういう柴生田の柔らかい感受性を「膚理細膩《ふりさいじ》」「声調和穆《せいちょうわぼく》」という言葉で言ったんだろうなと思います。柔らかい心を持ちながら、戦争責任に対してきっちりとけじめをつけた歌人。それが柴生田稔ではないのかなと思います。ご清聴ありがとうございました。

（平成二十二年七月三十一日「短歌人」夏季全国集会・メルパルク名古屋）

中島栄一と大阪

1、山王町の家

今日は、大阪の歌人の方々の前でお話しするということで、せっかくですから、大阪にゆかりのある歌人を取りあげたいと思います。今私は、ずっと戦後のアララギについて考えたり書いたりしています。戦後のアララギの中で注目を浴びた大阪の歌人に中島栄一という人がいます。今日はその人について話そうと思うのです。

中島栄一の写真を持ってくればよかったんですけれど、忘れてしまいました。彼の顔はちょうど落語家の笑福亭仁鶴さんのようにエラの張った四角い顔です。お手元に、中島栄一の略歴を書いたプリントをお渡ししました。まずは、昭和二十年くらいまでの項目を読んでみましょう。

一九〇九年（明42）0歳　三月奈良県今井町生。

一九一八年（大7）9歳　大阪市浪速区関谷町に移る。

一九一九年（大8）10歳　東成郡天王寺村内が墓（現在の西成区山王町一丁目）に移る。

一九二一年（大10）12歳　小学校卒。以後十八歳まで飛鳥・今井町・岡山等を転々。

一九二七年（昭2）18歳　父角造死去。山王町に帰り、衣類雑貨小売に従事。「創作」入会。

一九二九年（昭4）20歳　「アララギ」入会。土屋文明の選歌を受ける。

一九三八年（昭13）29歳　穐山楠代と結婚。長男誕生（翌年次男、昭23年三男誕生）。

一九四二年（昭17）33歳　葛城郡上牧村に疎開。

一九四三年（昭18）34歳　今井町に移住。三重県津の海軍工廠へ動員。

一九四五年（昭20）36歳　母ナカ事故死。徴兵。


中島栄一は一九〇九年、明治四十二年、奈良県の今井町で生まれました。今、近鉄の八木駅の近くに今井町という江戸時代のたたずまいの残っている町がありますが、あそこで生まれたのですね。父親は商人でした。中島は、大正七年、九歳のときに家族とともに大阪の浪速区関谷町に移ります。それから大正八年には東成郡天王寺村内が墓に引っ越します。この地名は今はありません。今の地名でいうと大阪市西成区山王町一丁目にあたります。ここへ中島は引っ越しました。

ご存知の方もいらっしゃると思いますが、あのあたりには飛田遊郭（飛田新地）と呼ばれた一角があります。当時の大繁華街ですね。その遊郭の北門のすぐ前のところに彼は引っ越します。そのあたりは、たくさんの小さな家が集まっていました。彼の父親がそのなかにある長屋の一室で、小間物や端切れなどを扱った小さな店「中島商店」を開きます。縁日などには行商なども各地でやっていたようです。貧しい小売商だったのです。

十二歳で小学校を卒業したあと、彼は様々な処へ丁稚奉公に行かされます。飛鳥地方へ行ったり、生まれた今井町に行ったりしますが、途中にまた大阪の山王町に帰って来て、そこでお父さんと衝突し、再びそこを追い出される、といったことを繰り返します。その理由はまた後ほど触れたいと思います。

その父親が昭和二年に亡くなります。栄一が十八歳のときです。で、栄一はいやいやながらこの「中島商店」を継ぎ母と二人でこの店を経営することになります。彼は、そこから、飛田遊郭の前で商人として生きてゆくわけです。

そんな忙しい生活の中でも彼は文学が好きだったらしく、たくさんの本を読みました。貸本屋さんから本を借りて来てそれを読み漁ったようです。おそらく彼は、その頃から自然に短歌を作り始めたのだろうと思います。ちょうど父が亡くなった頃、昭和二年に彼は、若山牧水の「創作」に入ります。が、翌年、すぐに牧水が死んでしまいます。それで彼は「創作」をすぐにやめて、昭和四年二十歳で「アララギ」に入りなおします。そして、土屋文明の選歌を受けることになるのです。

この頃の昭和一桁台のアララギ、特に土屋文明欄には、数多い才能が綺羅星のごとく活躍していました。吉田正俊や落合京太郎が、文明の影響を受けながら清新な抒情を開拓して注目を集めていた頃です。もう少し後になると、小暮政次、相沢正、渡辺直己、近藤芳美、高安国世らが入ってきます。文明欄が一番隆盛を極めつつあったときに、その錚々たるメンバーのなかへ中島栄一は入ってゆくのです。

彼の歌は昭和四年の十一月号から掲載されていますが、すぐに文明の注目を浴びたようです。入会した会員はまず三段組の小さな活字で刷られた「其三」欄というところに歌が載るのですが、彼の歌は早くから三首・四首と多く採られています。これは、厳選だった当時のアララギとしては異例のことです。さらに昭和五年の十一月には、この欄の巻頭に中島の十首が掲載されています。これも異例のことです。当時の「アララギ」は厳選で「其三」欄は二首掲載が普通でした。彼がいかに文明から将来を嘱望されていたかが分かります。当時のアララギには「其四」欄という、注目作品を集めた欄がありましたが、中島は何度もそこに顔を出してゆきます。

が、この中島栄一が他の歌人たちと違うのは、学歴がないということです。彼の学歴は尋常小学校卒です。当時の文明欄の歌人たちは、すべてエリートですよね。落合京太郎や吉田正俊は東大法学部卒、高安国世は京大卒。もう、近代日本を担うエリートの集まりだったわけです。その中で、小学校卒の中島栄一は、特異な存在として逆に注目されてゆくのです。

中島と大阪の関わりあいということに話を戻しますと、彼の略歴における大正八年の時から、丁稚奉公を経て、昭和十七年に奈良・葛城へ疎開するまでの二十三年間くらいが、大阪の山王町で過ごした時代であるということになります。この頃の山王町がどのような感じだったか。それを知るために、杉浦明平の後に示す回想文はある程度参考になると思います。

昭和八年六月にアララギの大阪歌会があり、斎藤茂吉や土屋文明が大阪にやってきます。そこで中島栄一は杉浦明平に出会います。杉浦は、ご存知の通り、後には作家として活躍するのですが、当時は東大生で土屋文明欄に歌を出していた少壮の歌人でした。中島と彼は、意気投合して友達となります。それで、その夜、中島は杉浦を自宅に招いて泊まらせるんですね。

そのときの印象を、杉浦は、後年「山王町の宿」と題して文章にしています。『明平、歌と人に逢う』（平元）という本にそれが収められています。読んでみます。

山王町は、大阪庶民の生活のにおいのぷんぷんするところだった。飛田遊郭へいく道はちょうど当時の浅草観音の仲見世通りに似ていたが、それよりも汚なく、しかも安っぽい商品がべたべたに陳列してあった。そして人通りのはげしいこと、仲見世どころではなかった。仲見世の客はどちらかといえばゆったりお参りに、という感じだが、ここでは真剣でわき目もふらず、血走った表情で、廓へ、廓へと流れていくのだった。（中略）中島君の家は、この区切られた廓を出た路次を入ったところにあったような気がする。吉原でいえば、「たけくらべ」の舞台になったようなごみごみしてせまくるしくきたない裏町であった。が、吉原附近よりもずっとごたごたしてさわがしく埃っぽかった。

（杉浦明平「山王町の宿」）

長くなりましたが、当時の山王町の猥雑な感じがよく出ている文章ですね。さらに、杉浦は、中島の自宅の様子を次のように回想しています。

かれの店は一間間口くらいで、シャツだの はぎれだの、小間物だのが、ほんの一並びおいてあるきりで、田舎の駄菓子屋みたいな外貌をもっていた。夜更けてからも、建てつけのわるいガラス窓つきの障子をガタガタゆすぶるように開けて、おかみさんたちが十銭二十銭の買物にきた。遊郭の帰りか、ずいぶんおそくまで狭い路次には人の声と足音とがつづいていた。（中略）中島君はお母さんと住んでいた。甥かだれかが下宿していたような気がするが、それはずっと後のことかもしれない。ともかく怪しげな梯子を登ってゆくと、屋根裏にかれの室があった。そこはさまざまなもののにおいがこもっていたし、夏だったので、とくに暑苦しかった。

（同右）

中島の家はこんな感じでかなり狭苦しかったようです。でも、その梯子を登った屋根裏部屋で、杉浦と中島は、以下のように、若者らしい文学論を闘わせます。

しかしわたしたちは、その人や埃や食べものやくさりもののにおいのする屋根裏で二時三時まで、ドストエフスキーについて語り、恋愛と女性についてしゃべりつづけた。眠ろうとすると、中島君がまた耳もとでボソボソしゃべりだす。疲れすぎてかえって寝つけない。しかもむしあつくて寝苦しく、とろとろとするといやな夢がつづいてあらわれるのであった。

（同右）

ちょっと胸が熱くなる文章ですね。当時、杉浦は東京大学国文学科の学生です。小学校出の中島とは大きな学歴の差があります。でもそういうことはものともせず、彼らは明け方まで語り続けたのです。後年、中島は高安国世とも深い友誼を結びます。高安も京大に在学し、のちには教授になります。そういう表面的な学歴とか教養とかいった差異をやすやすと乗り越えてしまうところに、中島栄一の不思議な魅力があったのだと思います。

まあ、こういう山王町というごちゃごちゃとした町、そのなかで中島栄一は歌を作っていたわけです。彼は昭和十年から十五年くらいの時期にもっとも活躍するのですが、その背後には、このような猥雑なエネルギーを持った山王町の家があった。そのことは中島を考える上でとても大事なことだと思うのです。

昭和十三年、中島は母の実家があった岡山県で見合いをし、穐山楠代と結婚します。中島には商才があり、このころひとかどの商人として経済的な成功を収めていたようです。男の子ふたりに恵まれて、幸せな家庭生活を送るのですが、この頃から中島の歌は停滞を見せるようになります。さらに、太平洋戦争が始まってからは、動員などがあり、彼の歌はかつての精彩をなくしてゆきます。昭和十年代前半に活躍した中島栄一の名は、アララギのなかで、戦後忘れられつつありました。

2、戦後の再評価

中島栄一は昭和十年から十五年くらいの時期に一番活躍するのですが、その後、太平洋戦争が始まって以降は基本的に沈黙してしまいます。たしかに歌は出していますが、あまり注目されませんでした。

そんな中島に再びスポットライトが当たるのは、戦後になってからです。中島再評価のきっかけを作ったのは、盟友・杉浦明平でした。彼は昭和二十二年の夏、中島の戦前の歌を「アララギ」から自分の手で抜き出して、自分でガリ版を切って『中島栄一歌集』を作ります。そして、それを二三十人の友人に送りつけます。杉浦は、後に次のように回想しています。

> わたしは、かつて「中島栄一歌集」を編んで、謄写刷によつて、二三十人の友人に中島を紹介した。かれの歌について感歎の声をわたしに伝え《ママ》てこなかつたのは、久保田正文ひとりであつた。おそらく久保田は謄写刷のペラペラの歌集をひもとく労をいとつたからであろ《ママ》う。
>
> （杉浦明平『指紋』「序」昭27）

本人に無断で歌を抜き出して、それを歌集にし、無償で知人に配る。杉浦は何ておせっかいで物好きなんだ、と思います。が、杉浦は、そうせざるを得ないほど、中島の才能に惚れ込んでいたのでしょう。自分が与り知らぬ『中島栄一歌集』を受け取った中島は、それでも嬉しかったらしく「二百四十五首謄写版刷りの吾が歌集杉浦明平君が編みくれし」（『自生地』所収）などと歌っています。戦中の停滞を引きずっていた当時の中島にとって、この歌集は奮起するきっかけとなったのでしょう。杉浦は、中島をもう一度、陽の当たる場所にひっぱり出そうとしたのです。

それが功を奏したのでしょう。昭和二十五年四月に発行された合同歌集『自生地』のなかに中島は加えられることになります。

この『自生地』という合同歌集は「アララギ新人歌集」と銘打たれています。この歌集は、土屋文明門下の三十代四十代の精鋭歌人十人を集めたものでした。掲載順にいうと、近藤芳美、中島栄一、扇畑忠雄、金石淳彦、高安国世、宮本利男、狩野登美次、小市巳世司、樋口賢治、小暮政次の十名です。このなかで歌壇的に最も人気があったのは近藤芳美、アララギのなかで技術的評価が一番高かったのが小暮政次です。このなかに当時四十一歳だった中島が選ばれます。彼は、二百首の歌をまとめてこの選集に参加します。そして、自分の歌篇に「苅薦《かりこも》」という題名をつけるのです。

この『自生地』の十人のなかで近藤芳美はすでに歌壇のスターになっていました。が、中島は歌壇的には無名でした。ですから中島の歌は驚きをもって迎えられます。この『自生地』が出版されたことで、新たに注目された人を選べといわれたら、まっさきにこの中島の名が挙がってくるのではないでしょうか。

ただし、この中島の「苅薦」には、戦前の歌は収められていません。なぜなら、この『自生地』は各人の戦後の歌だけを収録する方針で企画されたものだったからです。ですから、中島も、昭和二十年の八月以降に作った戦後の歌をこの選集に収めています。中島の場合この戦後の歌が、歌壇的には先に注目されたわけです。

では彼の戦後の歌はどんな歌だったのか。先にそれを見ておきましょう。たとえばこのような歌はどうでしょう。

君の鼻の汗だに吾は吸ひたきに白桃《しらもも》を食ふ草にこもりて　「苅薦」

この歌において中島は、自分の愛人との情事を歌っています。「あなたの鼻先に浮かんでいる汗さえも、僕は吸いたいんだよ」と歌っているわけですね。次の歌も見てみましょう。

跪《ひざまづ》きわが接吻《くちづ》けむ君が足甲高くして小さかりけれ　「苅薦」

まあ、世の中にはフェティシズムというのがあって、足フェチの方がいらっしゃいますね。「足の甲がたまらなく好きだ」という人がいます。中島もそうだったんでしょうか。女性の脚の甲にキスしたい、と歌っているわけです。これらの歌で歌われているのは性的な感情ですね。中年男の女性に対する身も世もない情痴といったらいいのか、そういう感情が歌われている。

これらの歌は、今読むとそんなに驚きません。が、アララギという真面目な結社の中でこういう歌を歌う。しかも、その相手は愛人である。不倫の関係のなかでこういう情痴を歌う。それはやはり、かなりショッキングだったのでしょう。

でも、もっとショッキングな歌があります。この「苅薦」のなかには母親との近親相姦的な感情を歌った歌があるのですね。以下のような歌です。

影淡く壁に蔦這ふ路地を来て荷車のうへの母と相逢ひき　　「苅薦」

この歌の「相逢ふ」という言葉は表面上の意味のみならず性的な意味、つまり肉体関係を結ぶという意味を言外に匂わせているのでしょう。しかしながら、この歌は改作です。だいぶぼやかしてあります。が、この歌の原作はもっと露骨です。

当時、「ケノクニ」という斎藤喜博が編集をしていたアララギの地方誌がありました。その昭和二十二年九月号にはこの歌の原作が掲載されています。それが次の歌です。

荷車に寝てゐる母を犯したりき夢なりしかど罪の意識なく　　「ケノクニ」昭22・9

この原作ではもっと直接的に、お母さんを犯した、レイプした、と書いてありますね。もちろん、夢の中でですよ。でも、ここでは願望としてそういう感情が書き込まれている。

次の歌も同様です。まず、改作された「苅薦」の歌の方から読みましょう。

かくすなき母の肌《はだへ》にたはむれき南瓜《かぼちゃ》の花のひらく傍《かたはら》　　「苅薦」

この歌でも「母の肌」あたりちょっとエロティックです。が、初出の形はもっと過激でした。

かくすなき亡き母の女陰にたはむれき南瓜の花の夢につづきて　「ケノクニ」昭22・9

こちらの方が露骨ですね。お母さんの「女陰」(ほと)に悪戯をした、といっています。夢のなかではありますが、母親を性の対象として見つめている。そういう歌です。これも当時のアララギ会員にはショッキングだったに違いありません。

母だけではありません。『自生地』の「苅薦」のなかには、母をめぐる父との壮絶な闘争も描かれています。

父に吾がうたがはれ家を追はれしはわが十五歳の年の暮なりき　「苅薦」

この歌では、十五歳の中島が父親に疑われた。そして「お前なんか出ていけ」と、家を追い出された。そういう状況を歌っています。じゃ、中島は父から何を疑われたのでしょう。そのヒントとなるのが次の歌です。

戦ひの或る日わが母を招きたる水鏡なす井戸のまぼろし　「苅薦」

中島の母親は、終戦間際の昭和二十年に井戸に落ちて死にます。中島の長男である中島長文氏が平成二十三年に発行した『中島栄一歌編』(平23)という本がありますが。その中の年譜には次のような記述があり、参考になります。

一九四五（昭和二十）年　三十六歳

五月三十日、母ナカ縁戚である地黄横田家の手伝いに行き、誤って井戸に落ち死去。

この記述を信じるなら、彼の母親の死は事故死だったということになるのでしょう。が、「苅薦」の歌では「わが母を招きたる水鏡なす井戸」と書かれています。井戸の底の水が母親を招いた、と言っているわけです。つまり、中島の心の中には、母は自殺したのではないか、という思いがあり、その現場を想像しているのがこの歌なのだと思うのです。

このように考えてくると、この家族には非常に後ろ暗いところがあることが分かってきます。つまり、中島の父は、自分の息子である栄一と自分の妻の間に相姦関係があるのではないか、と邪推していた。父親は、それを疑って、栄一を打擲する。そして、栄一を家から追い出した。そういう状況を歌っていると読めるわけです。

もちろん、これが事実であるかどうかは分かりません。脚色も入っていることでしょう。が、父親との不和の原因を自分と母との関係に対する嫉妬に求める、という心情は青年期の中島の心に確かにあったのではないか、と思われます。そして中島の母は、そういう家族関係に絶望して自ら井戸に身を投げた。少くとも中島自身はそういう想像のもとでこれらの歌を作っているのです。

何というか、ちょっとドロドロした家庭環境でしょう。現実か否かは擱くとしても、中島の心のなかにはこのような陰惨な家庭のイメージがあったことは確かなようです。
　このように考えてくると次の歌の意味もよく分かってきます。

　身の證《あかり》たつこともなく逝かしめき二十年経ちし今母子相姦の夢　　「苅薦」

　この「二十年経ちし」というのは、昭和二年の父角造の死去の時期から二十年が経過した、ということをいうのでしょう。この「身の證たつこともなく」という上句の表現は、自分と母親の間に肉体的な関係がなかった、ということを父親に対して証明することもできないまま、父親を逝かしめてしまった悔恨を歌っています。が、二十年経った今、そのときの心情を振り返ってみると、中島の心のなかには父親が邪推したような「母子相姦」に対する願望がひそかに疼いていた。その願望は中年となった自分の深層心理のなかに確かに蠢き続けている。それを知ってしまった瞬間のおののきが、この一首には刻印されていると思うのです。
　中島の心の底には、こういうお母さんに対する思慕があり、その母を父親と奪い合うような心理的三角関係があった。いわゆるエディプスコンプレックスが中島の心のなかにあったのです。これらの歌には、フロイト的というか、自分の深層心理を掘り下げそこに人間の根源的な性的欲望を見ようとする中島の志向があります。中島はそれを短歌という形式で表現しようとしているといえます。彼は、肉親間に蠢く性の問題を戦後すぐの時代にこのような形で描こうとしていたのです。

こういう肉親間の性の問題の描写は、小説なら当時から許されていました。日本の近代文学なら、こういうストーリーはたくさんあるでしょう。

例えば、島崎藤村の『新生』は、自分の姪っ子との近親相姦がテーマになっています。岩野泡鳴の小説にもこのような場面が出てきます。また、長塚節の『土』には、父子相姦が疑われるような場面が出てくるでしょう。そういう意味では、こういう近親相姦のテーマは、自然主義の小説では珍しくありません。

が、アララギでは、こういう性の問題はタブーでした。アララギは、二十年前の大正期まで「鍛錬道」（島木赤彦）を標榜していた結社です。そんな厳格な風土があるアララギのなかで、このようなテーマを取り上げることがいかに衝撃的だったか、想像に難くありません。

後から詳しく話したいと思いますが、中島の師・土屋文明にも、性をテーマにした歌はありません。文明は、肉親に対する怒りや屈折は何度も歌にしました。肉親間の遺伝の問題や、金銭の問題や、祖父が犯した犯罪のことは何度も歌っています。が、文明はこういう近親相姦的な感情は決して歌わなかった。文明が若いときに書いた小説には近親相姦的な感情が出てくる作品がありますが、こと短歌においては決して歌おうとしなかった。文明は、昭和の時代にアララギの短歌の主題の範囲を大きく広げた歌人ですが、性の問題だけは未開拓の領域でした。中島は、遅ればせながら、その最後のタブーに果敢に踏み込んでいったのです。

杉浦明平はこのような中島の姿勢を高く評価します。彼は小説家です。だから、こういう自然主義的な思想がはじめて短歌に登場してきたことを喜ぶのです。小説より何十年か遅れてではありますが、短歌の世界にはじめて自然主義のテーマが導入されフロイト的な性の問題が主題化された。杉浦はそこに感動してさらに熱狂的に中島栄一を称揚してゆきます。

杉浦の「中島栄一の歌」は、そのような興奮のなかで書かれた文章です。『自生地』が出た翌年の昭和二十六年、杉浦は「アララギ」五月号に「中島栄一の歌」という文章を書きます。これは杉浦の分析力が遺憾なく発揮された堂々たる作家論だと思います。その文章は、有名な次のようなフレーズから始まっています。

> われわれの世代でもつとも深い文学的天才をさず《ママ》かつた男は相沢正でも小暮でも近藤でもなく中島栄一であることを、中島の作品を知つてい《ママ》るだれもがみとめるであろ《ママ》う。
>
> （杉浦明平「中島栄一の歌」「アララギ」昭26・5）

文明にその才を愛されていながら戦死してしまった相沢正。文明門下随一の技巧派と呼ばれた小暮政次。戦後短歌の旗手として飛ぶ鳥を落とす勢いだった近藤芳美。そういった名だたる同世代歌人よりも、中島の「文学的天才」を杉浦は評価する。自分に対する劣等感や、肉親に対する憎悪、さらには根源的な性の問題といった人間のドロドロとした部分を短歌で描きだした中島の歌は前代未聞なのだ。われわれは中島栄一という歌人の凄さを再認識すべきなのだ。杉浦は、熱い調子でこのように説いたわけです。

もう、これは、大応援演説だといっていいですね。『自生地』によって注目されはじめていた中島は、この杉浦の文章によってさらに注目されてゆきます。この文章がきっかけとなり、斎藤喜博などが立ちあがり中島の歌集を出そうという気運が高まります。そして彼らのバックアップを受けて、昭和二十七年、四十三歳の時に『指紋』という第一歌集が出版されることになります。この『指紋』の中で中島栄一の戦前の歌が初めて短歌界に紹介されました。この歌集によって、今までは「知る人ぞ知る」という感じだった中島の才能が、公のものになるわけです。

以上、中島が戦後になって再評価されていった事情を述べました。

順番は逆になってしまいましたが、以下、この『指紋』（昭27）に収められた中島の戦前の歌を読んでゆきたいと思います。杉浦が指摘しているように、中島のたぐいまれな才能はむしろ、戦前の歌の方によりはっきりと現れ出ているような気がします。

3、『指紋』の歌・その一

『指紋』という歌集は昭和二十七年八月二十五日に草木社という出版社から発行されています。この草木社という出版社は、教師であり歌人であった斎藤喜博や画家の上野省策が中心となった出版社で、近藤芳美の『埃吹く街』（昭23）や小暮政次の『春望』（昭23）を手がけています。斎藤喜博は土屋文明欄の歌人ですから、この草木社は『自生地』の十人の面々と関係の深かった出版社だったといえます。

今日は実物を持ってきました。こんな歌集です。ちょっときつめの外箱に入っていて、大きさはB6版。全部で一五二頁です。ご覧のように一頁五首組でちょっと窮屈な感じがします。終戦直後に発行された歌集よりは紙の質はよくなっていますが、それでもやはり今の目から見たら実に慎ましやかで質素な装丁ですね。

この第一歌集には、中島が戦前・戦中に作った五八九首が収められています。基本的には制作順に素直に並べられているようです。

一首一首読んでいきましょう。まずは巻頭の昭和五年の歌。中島二十一歳の頃ですね。

鉄矢板打ち込む作業ながめ居るわが神経はするどくなれり　昭5

「鉄矢板」というのは、河川の工事などでよく見る大きな鉄板のことですね。それを巨大なハンマーのような機械で地面にガンガンと打ち込んでいる。その重々しい轟音がリズミカルに自分のいる部屋まで響いてくる。そういう情景を歌った歌です。当時としてはかなり都会的で現代的な光景だったのでしょう。

面白いのは下句です。その轟音を聞きながら中島は自分の神経が次第に鋭く尖ってゆくのを自覚しているわけです。自分の気持ちが荒んでゆくのを自覚する、というところに若者の鋭い自意識があるでしょう。繊細で腺病質的な自意識が覗いています。こういう鋭い自意識は中島の歌の底にずっと流れている、といえます。

次に昭和六年の歌を見てみましょう。

殺人をたくらみしこともわれありて遺伝といふを恐れおもひき　昭6

殺人を企んだ、と言っています。先ほど紹介した彼の戦後の歌にあるような人間の暗部に対する視線がすでにこの歌には顔を覗かせています。人間の心に潜む「誰かを殺したい」というドロドロした殺人願望を中島はあえて歌にするわけです。おもしろいのは、その殺人願望を「遺伝」という生物学的な概念と結びつけているところですね。自分の心のなかにある狂気のようなものは、父から遺伝したものなのではないか、と中島は疑うわけです。

こういう歌はなぜ生まれたのか。一番大きかったのは土屋文明の歌の影響です。中島は初学期に文明に心酔して、彼が昭和五年に出した『往還集』という第二歌集を一生懸命読みます。それは、この『指紋』所収の昭和六年の歌の小題に「往還集をよみて」というのがあることからも推察できます。恐らく中島は、今まで作っていた短歌とは違う世界を文明の『往還集』のなかに見出したのでしょう。肉親に対する恨み、怒り、学歴のない自分に対する劣等感、そう言ったものを表現する術を中島はすべてこの『往還集』から学び取ったのだと思います。

たとえばこの歌の「遺伝」などと言う言葉は『往還集』の「家うちに物なげうちていら立ちつ父を思ひ遺伝《ゐでん》といふことを思ふ」に既に登場してきます。父親が怒りやすい人物だった。関西弁で言うと「いらち」という奴ですね。その「いらち」の性格は自分にも遺伝しているのではないか。文明はこの歌でそう歌っています。恐らく中島は、このような文明の歌に影響されて自分の歌うべき鉱脈を発見していったのだと思います。

また後で触れますが中島の父は実の娘である中島の姉を犯したこともあったらしい。もちろん事実かどうかは分りませんが、中島はそんな歌も作っています。中島のこの歌は、そういう肉親の中にあるおぞましいどす黒い業のようなものを「遺伝」という概念を使って歌っているのでしょう。

文明からの影響といえば、同じく昭和六年に次のような歌があります。

目ざめたる心はあはれ虚しきか吾が屍を夢にみて居し　昭6

この歌も、自分の死体を夢の中で見るという、深層心理を歌った歌です。が、この歌にもやはり文明の影響があります。

土屋文明が昭和五年に発表し、のちに『山谷集』に収録される歌に「安らかに月光させる吾が体おのづから感ず屍のごと」というのがあります。これは「八月十六日」という有名な一連のなかの歌なのですが、中島のこの歌は明らかにこの文明の歌の模倣です。でも、その模倣のやり方に中島の個性があります。文明の歌には向日的で健康的なものもあるのですが、中島が影響され模倣したのは、文明のなかにあるこのような病的で神経質な歌の方だったのです。

次の歌を見ましょう。

呼ぶこゑにあした目ざめて清々と昨夜《きぞ》の記憶は他人事《ひとごと》の如し　昭6

母親に呼ばれて目が覚めたのでしょうか。目覚めてみると、眠りについた昨日の自分の記憶は、まるで他人のもののような感じがする。昨日の自分の意識の流れと、今日の自分の意識の流れの間にひとつの断絶がある感じ。そういう微妙な自己意識を歌った歌です。実存的と言えば大げさですが、深層意識のようなものを意識の上に昇らせている。そんな感じがします。

鉄板を打つガンガンという音の響きに自らの神経の尖りを感じる。自分の寝ている姿に屍を連想する。昨日の自分と今日の自分の間にある意識の断絶を感じ取る。これらの歌で歌われているのは、現代人の神経の震えのようなものです。中島はこのような都市生活者の神経の震えを、その初期から自分の歌のなかでしかと捉えていたのです。これは、当時のアララギのなかでは随分新しかったのだろうと思います。このような中島の歌を称揚した土屋文明の眼の確かさというか、先見性は大したものだと思います。

昭和七年の歌に移りましょう。彼が当時住んでいた山王町の家の雰囲気がよく出ている歌です。

幼かりし吾さへ屈《かが》む屋根裏に夜は梯子をかけてのぼりき　昭7

この歌は、大正年間に中島家が大阪に出てきて住んだあの山王町の家を回想した歌でしょう。狭い長屋で階段もない。梯子で屋根裏部屋に登る。そして、その屋根裏部屋のなかに両親、姉と中島がぎゅうぎゅうづめになって暮らしていた。子どもの背丈でも天井がつっかえてしまうほど天井が低かった。そんなことを回想している歌です。さらにこのような歌があります。

わが父のかなし吾が姉を犯せしはかの頃の夜のことにてありしか　昭7

ちょっとショッキングな歌ですね。先に中島の戦後のスキャンダラスな性の歌を取り上げましたが、すでに昭和七年の時点でこのような家族間の「性」の問題を歌った歌が登場してきているのです。この歌は、父子相姦を歌った歌ですね。あの狭い山王町の家のなかで、中島の父が、中島の姉を犯したことがあった。そういう行為に及ばざるを得なかったその頃の父の悲しみを私は今、どこか親しいものに感じているよ、という意味の歌ですね。

この歌も衝撃的な歌だったようで、当時の「アララギ」誌上には色々、批判的な論評が載っています。こういう父子相姦を題材にした歌が既に昭和七年に出てくるのです。いかに中島が変わっていたか、怖いもの知らずであったか、ということが想像できます。

この歌と先ほどの戦後の歌と突き合わせると、この一家がいかに複雑な事情を内包した家族であったか分かってきます。父親が娘を犯し、息子は母を犯したいと思い、父親は母親と息子の間を邪推して嫉妬する。もうぐちゃぐちゃな家庭なわけです。もちろん、これらの歌に描かれている出来事はどこまで本当かはわかりません。でも、中島栄一が、このような突き詰めた眼差しで、自分の家族の底にある暗さを見つめていた、ということは確かです。

このような家族への視線の原点となっているのはやはり土屋文明の歌でしょう。祖父が犯罪者であった文明には、自分の家族が背負わざるを得なかった暗部を真正面から見つめ歌うリアリズムがあった。自分の一族が罪を背負っていて、周りの人々から白眼視され、故郷に帰ることができない。文明の全歌集を読むと、そんな思いはすべての歌集において顔を出してきます。が、その文明でさえ、家族のなかにあるこのような底暗い「性」の問題は歌わなかった。しかし、すでに昭和の七年の時点で、中島はそういう領域にまで歌の触手を伸ばしていたわけです。

この時期の中島の歌には、このように素材の新しさがあります。が、それだけではありません。中島は表現手法においても、新たな領域にチャレンジしていたと思います。中島の歌には当時隆盛を極めていたモダニズムの影響があるように思うのです。たとえば次のような歌がそうです。

烏賊《いか》の甲抜き居る時に飛行機は晴れたる空をとどろきて来し　昭7

面白い歌でしょう。烏賊の身体のなかには骨というか、うすい透明状の羽のような形をした芯がありますね。足を引き抜くと、同時にその芯がズルッと出てきます。ここで、中島は台所に立って、その芯「烏賊の甲」を烏賊の身から引き抜いたのでしょう。が、台所での自分の動作を描いたこのような一二句と、飛行機が近づいてくる三句以降の叙述は、客観的には何のつながりも因果関係もありません。でも、中島はその関係のない二つの事象を一首のなかで衝突させている。台所という小さな空間の自分の動作と、戸外の飛行機の飛翔を論理的に関係づけることなしにぶつけているのです。

　この室内と室外の別々の事象を一首のなかで衝突させることによって、この一首にはちょっとシュールリアリスティックな面白さが生まれてきています。理屈で説明すると面白くないのですが、シューッと烏賊の骨が烏賊の身から抜ける感じと、飛行機がビューッと飛んで近づいてくる感じ。その二つの質感というか、その感覚がどこかでつながってくるような感じがする。二つのものが一首の中で衝突させられることで、新しい詩の世界が生まれている。そんな感じがする歌です。

　もちろん、中島自身はリアリズムの手法に則ったつもりでこの歌を作っているのでしょう。多分そうだとは思うのですが、このような歌の背後には、偶然とは言え、例えば昭和初期のモダニズムの匂い、短歌でいえば前川佐美雄の『植物祭』（昭4）のシュールリアリズムに近い世界が展開されているように思うのです。

　それから次のような歌もあります。


　　このまひるスクリーンに見る白木屋の火事の焔よ音なかりけり　　昭7

　昭和七年十二月十六日に、東京日本橋の白木屋デパートが火事になり、多数の死者が出ます。この歌はその事件に関連しているのでしょう。中島は、白木屋の火事を伝えるニュース映画を見たのだと思います。このころの映画はサイレントで音が録音されていません。中島はモノクロームの画面を見ていますが、音は聞こえません。画面のなかでは、阿鼻叫喚の地獄図が展開されている。おそらく現実の火事現場は、悲鳴や絶叫や呻吟に満ち満ちていることでしょう。が、スクリーン上の火事は無音で淡々と進んでゆく。そんな奇妙なズレの感覚がこの歌の「音なかりけり」には籠っているような感じがします。

視覚と聴覚が一致せず、遠く離れているような感覚。この歌にはそんな離人症的な感覚が流れています。このような感覚は、おそらくそれ以前の日本人にはなかった感覚だと思います。昭和初期という大衆文化の成立を背景に、中島という都会生活をする若者だけが初めて感じ取ることができた、そんな現代人の感覚。それがこの一首には見事に刻印されているように思うのです。

このように、アララギのリアリズムの範囲のなかではありますが、中島は当時のモダニズムの影響もきちんと自分なりに消化して歌を作っています。そういう意味で、中島はきわめて現代的で都会的な歌人でもあったといえるのです。

4、『指紋』の歌・その二

『指紋』(昭27)に収録された昭和八年以降の歌を読んでいきましょう。

なよなよと女のごとく吾れありき油断させて人をあざむきにけり　昭9

「悪魔」と題された一連のなかの一首で、なかなか複雑な自意識の歌です。自分の内面には「なよなよ」とした女のごとき優柔不断さがある。今までの中島でしたら、そういう弱さを自分の欠点として捉え、嘆くのでしょうが、この歌は、そこからもう一歩踏み込んで自分を省察しています。そういう「なよなよ」とした部分は自分の欠点ではあるけれど、自分はその欠点をあえて逆手にとっている。それを他人の目の前に曝して人を油断させている。「ああ、こいつはしょうもない奴やな」と思わせておいて、相手の油断を誘い相手を欺く狡猾さがある。中島はそういう風に欠点をあえて見せびらかして相手を欺いている自分というものに気づくのです。

まあ、こういうことは私たちは実際にやっていますね。自分をわざと弱く見せて相手をごまかそうとするようなことを。でも、その感情はなかなか歌にしにくいものです。中島はそこに踏み込んで行って言葉にする。そんな「欠点を逆手に取るしたたかな自分」という、複雑な自意識と自己省察が端的に出ている歌です。

同じ「悪魔」の一連のなかには「紙の上におのが弱点を書き晒しすがすがと居ぬ今夜ひとときと」という歌もあります。弱点から眼を背けるのではなく、それを箇条書きにして清々しい気持ちになる、という歌ですね。この歌にも中島のしたたかな自意識のようなものが顔を覗かせています。次の三首も昭和九年の歌です。

蘭に寄りて憩へば思ふかな出来るだけ今のうちに金を貯めねばならぬ　昭9
芭蕉うゑて土やはらかき影を持てり時の感じなき迄にしづけく

なまなましく空間を占むる肉体にたはむれむとして目覚めたるかな

「肉体」という一連より三首の歌をあげました。このあたりの歌はどれも面白いです。一首目の歌は、下句の「出来るだけ今のうちに金を貯めねばならぬ」が面白いですね。しかも、上句の「蘭」が利いていますね。「蘭」などというお金持ちの人の贅沢な嗜好品を見ながら、自分もこういうものを持ちたいと思う。だから金を貯めよう。そういう俗っぽい金銭への執着を口語を用いることによってあけすけに歌っています。

二首目の歌もうまい情景描写の歌です。芭蕉という南国の雰囲気をもった植物が庭にやわらかな影を作る。その影の下で休憩していると何となく駘蕩とした時間が流れるような気がする。時の経過がゆっくりになって、「時の感じ」がなくなってゆく。そんな風に外の光景と内面とをうまく繋げています。実はこの歌の「時の感じ」がない、という表現にも文明の『山谷集』昭和六年作の「地下道を上り来りて雨のふる薄明の街に時の感じなし」という先例があります。文明の言葉を利用しながら、それを自家薬籠中のものにしているのです。

三首目の歌は、性的な夢を歌った歌ですが、これも上の句の「なまなましく空間を占むる肉体」という表現が面白いですね。中島は夢のなかで女性の肉体を見ている。が、その肉体は、夢のなかにもかかわらずなまなまとした空間性を帯びている。それと戯れようとした瞬間に目が覚めてしまった、という歌なのでしょう。二首目の「時の感じ」とか、この歌の「空間を占む」とか、なまなましいものを表す際に、逆に「時間」「空間」といった抽象的な概念を持ってくる。

このあたりにも表現上の工夫があると思います。

次の三首は、有名な「仮面」という連作の中の歌々です。この「仮面」十首は、杉浦明平とか岡井隆が口をきわめて褒めた『指紋』の白眉といっていい一連です。


教養あるかの一群に会はむとすためらはずゆき道化の役をつとめむ　昭10

まあ、考えてみてください。当時のアララギの面々を。錚々たる学歴の持ち主ばかりでしょう。当時のアララギの歌会には、錚々たる帝大出身の人ばかりが集まってくる。中島は終生、高安国世と深い親交を結ぶのですが、彼は京大出身です。でも高安は、中島のことを終生愛し続けます。また、土屋文明も東京帝大卒ですが、終生中島を弟子として愛し続けます。彼は、そういう意味ではインテリに愛された人物なのです。

でも、中島自身としては複雑です。愛されれば愛されるほど、親切にされればされるほど、自分は帝大出身の学士様から物珍しいものとして見られているのではないか。ピエロ（道化師）のような「慰みもの」として見られているのではないか。そんな疑いが心に生じてくるわけです。

やっぱり学歴に対するコンプレックスというものは誰にもあるもので、中島は尋常小学校卒という自分の学歴に対して終生コンプレックスを持ち続けます。が、それを彼は逆手に取るわけですね。「教養ある一群」であるアララギの歌会。その歌会に、彼は、躊躇うことなく行って、あえて「道化」の役に徹してやろうじゃないか、という。この歌には、そういう開き直りがある。

そして、それを「教養ある一群」であるアララギに堂々と送りつけるわけですね。

先の「なよなよと」の歌でもそうでしたが、中島は自分のコンプレックスを逆手に取って、下手に出て、相手を手玉にとってやろうとする。そういうしたたかさがある。そして、その自分のしたたかさを自覚し、それを歌にしている。そこが、なんとも手ごわい。二重三重の意味でしたたかな表現者だと思います。

仮面してことさら慇懃にふるまはむあはれと人の吾をみるまで
吾をわらふ友らの前によりゆきてしどろもどろにわれも笑ひ居き
昭10

同じ「仮面」からの二首です。一首目の歌は、「教養ある一群」の前であえて「道化」の「仮面」をかぶって、他人から憐憫や同情を受けるまで慇懃な態度を取ってやろう、という歌ですね。いじめられっ子が開き直って、あえていじめられ役に徹することによって、相手を手玉にとり、相手に対して精神的に優位に立とう、凌駕しようとする複雑な心境が出ています。

二首目、自分を蔑んで笑う友人に対して、言い返すのではなくて、かえって友人といっしょになって自分自身を笑い飛ばす。そうすることによってしたたかに生き延びようとする。こういう屈折した、でも誰にもある心理を中島は見つめて歌にしています。

こういう心理詠はかなり複雑です。近代の歌、いかにも昭和の歌だと思うのです。中島はこのような形で自分の歌境を深めて行き高く評価されてゆきます。

もう少し読んでゆきましょう。

獣類《けもの》の如くあらぶこころに慰まむ父も祖父も曽祖父も罪びととして囚はれぬ　昭10

この歌の下句なども、いかにも昭和初期の短歌らしい大幅な字余りですね。プロレタリア短歌の影響を受けて、この時代にはこのような破調が流行りました。茂吉や文明もこういう調べの歌をつくっています。

それはそうとして、この歌は以前の歌と同様、自分の血族を歌った歌ですね。ひいおじいさんの頃から自分の血脈には犯罪者の血が流れている。こういう負の遺伝を歌った歌はすでに何度も出てきました。たとえば先に見た「殺人をたくらみしこともわれありて遺伝といふを恐れおもひき」（昭6）などといった歌がそうです。以前の中島だったら、その負の遺伝を嘆くだけだったんですね。

でもこの歌は違う。開き直っています。たしかに自分には犯罪者の血が流れ「獣類の如くあらぶこころ」を持っている。でも、それをかつてのように怖れたり卑下するのではなく、そこに「慰め」を感じようとする、というのです。自分が、負の遺産を背負った星の下に生まれてしまったことを受け入れ、自分の心を慰めよう。そういう運命愛というか、諦念というか、そんなものが滲んでいる感じです。こんな風に自分の負の遺産に対する意識も深まってきているのです。

何か、どろどろした歌ばかり選んできましたが、もちろん、中島には、あっさりとした外連味のないい歌もあるのです。紹介しておきます。

黍の葉にひとときひるの風絶えてミシン踏む簾垂れし家あり　昭11

上句、とても調べがいいですね。「ひとときひるの」などといった言葉の繋ぎ方もうまいです。夏のひととき、いままでなびいていた黍の葉群がピタッと静かになる。家々の間に静かな昼下がりの時間が過ぎる。そのけだるい日盛りの街に、カタカタカタカタ、というミシンを踏む軽やかな音だけが、簾のむこうから聞こえてくる。そんなおだやかな夏の静けさがうまく出ています。こういう淡彩スケッチのような歌を見ると、やはり中島はデッサンがとてもしっかりした歌の名手なんだなあ、ということを感じます。

中島は『指紋』の「あとがき」に、しゃあしゃあと、次のような言葉を書いています。

いつのまにか私は、天才であるかの様に噂され、これにはひどく弱つたが、中で最も恥しかつたのは高安やす子夫人が、人もあらうに斎藤先生に向つて、天才ですなどと云はれたものだから、このあはれた《ママ》天才は、先生の目の前から永久に消え失せてしまひたかつた。

（『指紋』「あとがき」）

こんな自慢を、よくもしゃあしゃあと臆面もなく、と思いますね。中島は面白い人で、自分が褒められた事は忘れずに文章にするんですね。まあ、これも彼の「道化」の一つなのかも知れませんが、そういう憎めないところがあります。でも「天才」であるかどうかは擱くとしても、そういう評判が立つだけの実力は確かにある。一筋縄ではいかない歌人だな、と感じます。

5、『指紋』の歌・その三

『指紋』（昭27）に収録された昭和十二年以降の歌を読んでいきましょう。昭和十二年ごろから、中島の歌にも戦時色が混じってきます。が、そういう時局に対する視線もどこか斜に構えています。

いまいましくなりては覚めて又ねむる伊藤忠などすごい程儲けたるべし　昭12

口語が生きている歌ですね。「すごい程」と言われると、本当に暴利をむさぼっている感じがします。昭和十二年といえば日中戦争が勃発しつつあった時代です。商社は戦争景気に沸き立っている。そう言うところに対するちょっとした皮肉が「すごい程儲けたるべし」というシニカルで投げやりな口ぶりに出ています。中島は商才があって、この時代にはかなり豊かになっていたようですが、それでも所詮は小売り業です。政治と結びついた商社のやり方には反感を感じていたのでしょうね。

この歌が入っている「十年」という全四首の連作は、いかにも中島らしい歌い口で歌われた連作です。

わが母にちかづきたがる男のこゑ早や幾人目か寝て居ればきこゆ
いまいましくなりては覚めて又ねむる伊藤忠などすごい程儲けたるべし
死ぬつもりにて行きし川辺をさすらひぬ十年たちし今怒りもあはあはし
面当に死んでやれとわが行きし川に泳ぎつかれ餓じくなればかへりぬ　昭12

「ちかづきたがる」とか「死ぬつもりにて」とか「面当に死んでやれ」といった生き生きとした口語に精彩が感じられます。この一連に並べると、先の「伊藤忠」の歌は、母に言い寄る男の声に眠れないときに作った歌になりますね。

もちろんこのような口語調の歌も、文明からの影響によって成立したものでしょう。中島はこののち第二歌集『花がたみ』（昭46）や、第三歌集『青い城』（昭52）などで、どんどん口語調の歌を作ってゆくようになります。が、それらの口語歌はやや俗っぽい方向に流れがちになります。それと比べると、この『指紋』の頃の歌の口語は、まだ緊張感というか、初々しさがあって魅力的に響くような気がします。

この「十年」のなかには「母」が出てきていますが、次の歌には「姉」が出てきます。

血をわけしはこの姉一人ぞと感傷してその度に金を巻き上げられぬ　昭12

先に父親と姉の相姦関係を歌った歌を取り上げましたが、この歌もシニカルですね。嫁いだ姉が、何度か中島にお金をせびりにくる。そういう肉親関係と金の絡み合いというのは、例えば夏目漱石の『道草』なんかでも描かれているように、日本の近代文学のなかで何度も描かれてきたテーマでした。この歌も、遅ればせながらそういう近代文学のテーマに踏み込んでいますね。

もちろん、この歌の背後には、土屋文明の歌があります。文明も肉親と金の問題を、彼の歌のなかで何度も描いていますね。たとえば、高名な次の歌などがそうです。

死病《しびやう》ならば金をかくるも勿体《もつたい》なしと父の云ふことも道理《もつとも》と思ふ　土屋文明『往還集』昭5

俺の病気は「死病」だからもう助からない。助からないのが決まっているのなら、医者に金を出して治療するのは勿体無い。お父さんがそう言ったのを、文明は、「それもそうだな」と肯った。そんな歌ですね。金と血族、金にまつわる人間の思い、愛情と諦め、俗物の象徴のような父への憎悪、そしてその愚かさ故の愛着。そういった肉親と金に関する感情が複雑にからみあったような歌です。

中島は歌を始めてすぐの時期このような文明の歌を見た。「ああ、短歌でこういうことも歌えるのか」と彼は思ったと思います。それは、彼が一番初めに入った若山牧水の「創作」の歌とは明らかに異なった位相にあった歌だったと思うのです。中島栄一が初学期に『往還集』（昭5）や、のちに『山谷集』に収められる歌々を読んだことの意味は、したがって、とても重要で決定的なことだったと思うのです。

中島はのちに土屋文明に対して「ゴミ箱をあされる老が顔上げし一瞬文明先生かと思ひき」（『青い城』）などといった歌を作って、時に失礼な物言いもしますが、土屋文明に対する尊敬と愛情は終生変わりません。土屋文明も彼を深く可愛がりました。多分、文明は中島栄一に自分の姿を見ていたと思います。文明は、たまたま頭がよく、村のお金持ちが資金援助してくれたので、伊藤左千夫に預けられ東京帝国大学に行けたわけですが、そのような幸運に出会わなければ中島栄一のような生涯を送る可能性もあった。小学校を出てすぐ大阪に丁稚奉公に出されかけたわけですからね。だから、中島の境遇と屈折感が文明には身をもって理解できたのだ、と思うのです。

一般的に文明はすごく怖い先生と思われていますが、虐げられた人にはとても優しい。足が不自由だった国分津宜子や、日本語が話せなかったミス潮路幸代、左翼運動に身を投じて獄死した伊藤千代子、あるいはハンセン病の歌人たち。そういう人々に対して文明はことごとく愛情の眼差しを注ぎます。それも頭でっかちの同情ではない。貧しい犯罪者の家系に生まれたという自分の出自に引き付けて虐げられた人々に愛情を注ぐ。そういう豊かな優しさを文明は持ちあわせていた。だからこそ文明は慕われたのだと思います。中島はそういう文明の弟子だったからこそ、自分の才能を発揮できたのだと思います。

中島は、昭和十三年二月に岡山県津山で穐山楠代とお見合いをして結婚します。二十九歳でした。次の歌はその時の歌です。

ふかぶかとながき睫を伏せにけりかかる美人が吾が妻となる　昭13

この歌も下句の口語の味わいがこのようなユーモアを醸し出しているんでしょうね。「かかる美人が吾が妻となる」って、よくもしゃあしゃあと抜けぬけと言うなあ、という感じですね。

でも微笑ましい。当時のアララギの妻の歌を読むと、こんな抜けぬけと奥さんを褒めている歌はありません。吉田正俊なんか、奥さんはまだ二十代なのに、歌のなかでは平気で「老妻」なんて言っています。奥さん、怒るだろうと思いますね。でも、中島はこんな風に抜けぬけと妻褒めの歌を作り発表する。そのあたりがやっぱり人を食っているというか、一筋縄ではいかないところだと思います。

以上、いろいろ言ってきましたが、まあ、一言でいえば、この『指紋』という歌集はとても面白い歌集です。昭和十年代の前半にこういう歌がアララギから出てきたと言うのはちょっと驚きです。この時代の土屋文明欄には本当に様々な才能が出現してきますが、そのなかでも中島は非常に先鋭的な異才だったのです。文明のリアリズムをもう一歩突き詰め、実存主義の文学に近い形にまで掘り下げていったのが中島栄一だ、と言ってよいでしょう。中島は昭和十年代のアララギの最先端の歌人だったのです。

6、遅すぎた『指紋』

このように中島は、戦前のアララギのなかでは注目される存在ではありました。が、歌集を持たなかったために、その影響はアララギの文明欄のみに留まってしまいました。昭和二十七年に戦前の歌を集めたこの『指紋』が出て、はじめてその全貌が歌壇全体に紹介されたのです。この『指紋』の発行に衝撃を受けた歌人は何人かいます。たとえば当時二十代前半だった岡井隆は、この『指紋』に惚れ込んで詳細な分析をしています。もちろん、杉浦明平、斎藤喜博、高安国世など同世代のライバルもこの歌集を高く評価します。そういう意味で、アララギの中ではこの歌集は十分衝撃的だったのです。

しかし、当時隆盛を極めていた近藤芳美などに並ぶ歌壇的評価をこの『指紋』が得たかというと、如何せん、そうはならなかった。それはなぜか。

一つは、この歌集は遅すぎた歌集だったのです。戦後、小説の方では太宰治、坂口安吾、田村泰次郎らの「無頼派」「肉体派」と呼ばれる新人が出てきて、アプレなデカダンスが注目される。小説から生まれたそんなデカダンスが戦後文学の流行となるのですが、そのブームはもう昭和二十七年の時点では終わってしまっていました。だから、せめて、終戦直後、近藤芳美の『埃吹く街』(昭23)と同時期に、この歌集が出ていればもう少し衝撃力はあったのでしょう。もっと言うなら、昭和十年代の中盤から、佐藤佐太郎とか、吉田正俊とか、山口茂吉などが次々と第一歌集を出します。中島がその頃、この第一歌集を出していればもっと評価されていたはずです。その意味では、時代の波に乗り遅れたということが中島栄一の不運の一つでした。

もう一つは、彼の歌には、戦後短歌に求められていた社会性が希薄です。それが、評価されにくい原因だったと思います。たしかに中島の歌には、社会の中で虐げられた自分の実感は歌われていますが、昭和二十年代の後半に脚光を浴びていたのは近藤芳美の『歴史』（昭26）のなかに収められた歌のような社会的意識の強い歌でした。高安国世の第三歌集『年輪』（昭27）などにもそういう濃厚な社会意識が顔を覗かせています。そういう社会や政治を歌った歌でないと第二芸術論には対抗できなかったのです。

中島栄一の歌は、今読むととても新鮮です。が、政治とか、社会とかいった抽象的なものに対する思惟があるか、というとそこにはない。そこが当時としては、決定的な弱みと感じられたのでしょう。

このように、中島は最終的には、大きな脚光を浴びることなく終わってしまいます。が、今読んでも、いや、今読むからこそ、とても面白い。また冒頭に言いましたように、根底には大阪の、特にミナミ・天王寺の、むっとするような猥雑なエネルギーがうごめいている。中島栄一はそこから、その大阪の猥雑さから、常に新たな作歌エネルギーを汲み上げていた。そういう感じの歌人だと思います。

平成二十三年に中島の長男・中島長文氏によって中島栄一のすべての歌集や拾遺、さらには、数多くの散文が集められた『中島栄一歌篇』（私家版）が発行されました。とてもいい本です。この本を読むことによって、中島栄一の素顔を是非もう一回、大阪の皆さんご自身の目で見て頂きたい。中島栄一の歌が再評価されることを願っています。ご清聴ありがとうございました。

（平成二十六年四月六日「大阪歌人クラブ春の大会」・エル大阪）

高安国世から見た近藤芳美

1、高安と近藤の出会い

今年は二〇一三年です。ちょうど今から百年前の一九一三年、大正二年の五月に近藤芳美が生まれます。八月には高安国世が生まれています。そこで今日は同じ年に生まれたこの二人に注目したいと思います。高安国世が近藤芳美をどんな風に見ていたか、ということを再確認しておきたい、と思うのです。そこで「高安国世から見た近藤芳美」という演題を決めた次第です。

高安国世と近藤芳美は、言うまでもなく戦後短歌を牽引してきた旗手であり、ライバルの関係にあるのですが、その二人の関係を、戦後期を中心にしてまとめたのが、以下の年表です。ご覧ください。

昭和7年4月　近藤、アララギ入会、中村憲吉門下。

昭和9年3月　高安、アララギ入会、乙会員。
6月　近藤、土屋文明選歌欄へ。
10月　高安、土屋文明選歌欄へ。
昭和21年3月　高安、「高槻」発刊に参加。
12月　高安、「ぎしぎし」発刊に参加、指導。
昭和22年3月　近藤・高安、新歌人集団に参加。
8月　「新泉」に近藤選歌欄誕生。
昭和23年2月　近藤『早春歌』『埃吹く街』発行。
3月　高安、上京。近藤を訪問する。
8月　高安、ふたたび上京。
11月　近藤、上洛。高安宅を訪問（13日）。
昭和24年1月　高安「歌のわかりにくさに就て――近藤芳美論のうち」（「朝明」）。
2月　近藤「作品の問題性――アララギ其一欄に関して」（「アララギ」）。
3月　高安「『作品の問題性』私見」（「高槻」）。
5月　高安、上京。近藤と会う。群馬県川戸に土屋文明を訪ねる。
7月　高安『真実』発行。
8月　近藤、上洛。坪野哲久・中野菊夫とともに高安宅泊（8日）。近藤『静かなる意志』発行。

昭和25年2月　近藤「『真実』私感」（「アララギ」）。
　4月　近藤・高安、アララギ新人合同歌集『自生地』に参加。
　8月　高安、手塚富雄との往復書簡「或る不安について」（「短歌研究」）。
　9月　近藤「政治と孤独と――高安国世君に答えて」（「短歌雑誌」）。

戦前から戦後五年間の二人の相互関係を年表にすると、ざっとこんな感じになります。

近藤芳美は昭和七年四月、アララギに入会します。もともとは中村憲吉門下です。当時、憲吉は、広島の尾道で療養生活をしていました。近藤は、そこへ訪ねて行って教えを乞うたわけです。高安国世が、アララギに入ったのはもう少し後、昭和九年の三月のことです。当時、アララギには「乙会員」という制度があったそうです。「アララギ」の誌面には直接歌が掲載されずに、添削指導をしてもらう会員制度です。高安はそこから歌を始めています。

中村憲吉が亡くなって、近藤が土屋文明の選を受けるようになるのが昭和九年の六月。そして、その十月には、高安が、晴れて「乙会員」を卒業し「甲会員」として文明欄にその名が載ることになった。だから、二人はほぼ同時に土屋文明欄に歌が載り始めたんですね。文明門下としてはほぼ同期生です。

この時期、近藤芳美はすでに高安の名前を意識していたようです。近藤は、昭和二十五年に書いた文章のなかで「このままに歩み行きたき思ひかな朝なかぞらに消ゆる雲見つ」（「アララギ」昭12・2）などの歌を挙げ、高安の当時の印象を次のように記しています。

高安君の歌は、アララギ三段組の選歌欄に出はじめたころから、すでに破綻のない一応の技巧と、つつましい、若々しい抒情とをもつて居た。昭和十一年十二年のころであつた。まだ当時学生であつた僕は、この、何か詩歌の育つべき環境の中にめぐまれてすくすく育つたやうな同年代の未知の作者の作品に少年らしい羨望と尊敬とを感じつつ、私かに彼の作品だけ書きとる小さなノートを作つたりして居た。

（近藤芳美「『真実』私感」「アララギ」昭25・2）

高安の歌を書き抜いたノートを作っていた、というのですから、近藤は自分と同じ年代の若い歌人が大阪にいることをかなり意識していたのでしょう。近藤にとって高安は、はじめの段階から意識せずにはいられない好敵手でありライバルとして視野に入っていたのだろうと思います。

それに対して、高安が当時の近藤をどう意識していたかはよくわかりません。高安は当時、吉田正俊や柴生田稔や佐藤佐太郎ら、ひと世代上の新進歌人たちに多く興味を抱いていたようで戦前の近藤に対する直接的な言及は見出すことができません。ただ、昭和十六年に高安がリルケの『ロダン』を翻訳し、それを岩波文庫として出版したとき、高安は近藤に一冊を贈呈しています。近藤はそのとき高安に強い羨望を感じたそうです。自著を贈呈するくらいですから高安もこの頃には、近藤を多少なりとも意識していたのでしょう。

この二人が活躍するのは、やはり戦後です。

高安は、昭和二十一年三月に発行された関西アララギの機関誌「高槻」に参加し、翌年には選歌欄を担当します。また、二十一年十二月に京大の学生を中心にして発足した「ぎしぎし会」の顧問となり、積極的に若者の動きのなかに加わってゆきます。
それに対して、近藤は戦後、非常にはなばなしい活躍をしました。昭和二十二年の三月には、加藤克巳・大野誠夫・宮柊二らとともに新歌人集団というグループを東京で組織します。この新歌人集団というグループは戦後の短歌界を牽引した大きな影響力を持った集団です。高安も、近藤たちから声をかけられて、京都にいながらこのグループに参加します。
ところが、このころの高安は、この新歌人集団にはあまり積極的に関わりたくなかったようです。そこには、自分が東京にいない、という引け目がありました。高安は、当時の東京に対する憧れを後年次のような形で回想しています。

東京の廃墟、バラックの闇市に砂埃の吹きつける東京の街衢は、悲惨さの陰に無限の可能性を含んで、私たち若者にとっては新生の胎動を感じさせるわくわくさせる何物かであった。

（高安国世・角川文庫『近藤芳美歌集』解説・昭46）

ご存知のとおり京都は被災しませんでした。それは住民にとっては、無論とても幸せなことです。が、京都には安穏はあっても変化はありません。対して、東京はダイナミックです。そこには、焼け跡の中から新たな息吹がふつふつと湧き上がっている。そういう東京というエネルギッシュな場所に対して、当時の高安は強い憧れを感じていた。そこから、ひとりだけ取り残される焦りをひしひしと感じていた。そういうことがよく分かる文章です。また、高安は『短歌への希求』（昭50）のなかで次のようにも回想しています。

爆撃をまぬがれた京都にずっといた私は、灰燼の中から立上がる東京のなまなましい息吹きに接する機会が久しくなかった。近藤芳美ら同年輩の歌人たちがいち早く新歌人集団を形成して、新しい短歌への道を切り拓いていこうとする気運にも、地理的な距離もあっていくぶん同化しきれないものがあった。やがて呼びかけに応じて私も遠くから参加したのではあるが。

（高安国世「わが歌の履歴」初出「京大教養部報」昭49・4）

この文章も高安の気持ちがよく出ていると思います。廃墟となった東京で新しい短歌のムーブメントが起こっている。そこには、同年生まれの近藤や一年先輩の宮柊二らがいる。それを遠く京都から歯軋りをするような思いで見つめている高安の気持ちがよく現れている文章だと思います。東京への憧れとそこから疎外されている寂しさ。そして、東京にすり寄るまい、と考えるかすかな対抗意識。これは、そんな感情が複雑に絡み合った回想文なのではないでしょうか。

東京という町や新歌人集団に対してこのような思いを抱いていた高安が、近藤芳美と初めて会う。そのとき、高安はどんな風に感じたでしょうか。

ちょっと、先の年表に戻ってください。

昭和22年3月　近藤・高安、新歌人集団に参加。

8月　「新泉」に近藤選歌欄誕生。
昭和23年2月　近藤『早春歌』『埃吹く街』発行。
3月　高安、上京。近藤を訪問する。
8月　高安、ふたたび上京。

高安が新歌人集団に加入したのが昭和二十二年。その翌年、昭和二十三年の二月には、もうこれは戦後短歌の金字塔といってよい近藤の『早春歌』と『埃吹く街』が発行されます。この二冊の歌集によって、近藤は戦後短歌のスターダムにのし上がってゆくわけですね。

高安が近藤に初めて会ったのは、彼がこの二冊の歌集を発行した直後のことでした。近藤がもっとも意気軒昂な時期に高安は近藤に出会ったのです。彼は、その年、昭和二十三年の三月ごろ、戦後はじめて上京します。そして、上京したその足で、京橋の清水組のビルの六階にあった研究室に近藤を訪ねてゆきます。それが高安と近藤の初対面でした。

その時の印象を高安は十一年後、昭和三十四年七月の角川「短歌」に書いています。これは先に述べた角川文庫の『近藤芳美歌集』に再録されているのですが、一言でいうと、実に涙ぐましい感じがする文章です。近藤芳美に対して感じた憧れと劣等感が混じったいかにも高安らしい文章で私などは一読、感銘を受けました。この文章のなかで、高安は、近藤に初めて会ったときの印象を次のように記します。

そういえば彼の身体の逞しさは決して外に向って誇示する気配がない。中味なしに颯爽と他人に向って押し出してくる実業家などのそれではない。筋肉のはしばしまで、内部の思想と意志とによって支えられているようで、華やかさや傲慢さがすこしもない。けれどもすみずみまで緻密な精神がつまっていて、てこでも動かないようなところがある。恰好のよい肉体ではないが、ロダンのような彫刻家ならこういう肉体に制作欲を感じるだろう。それは創作するものの身体だ。

（初出・高安国世「近藤芳美——人と作品」「短歌」昭34・7）

この文章において高安は、近藤の身体のたくましさに圧倒されています。

高安国世も、当時の日本人としては長身の部類に入るでしょう。写真などで見ると一七二、三センチはありそうです。でも近藤は一八〇センチくらいですからね。大きく見えたに違いありません。そういう物理的な身体の大きさに加えてここで高安はもっと精神的なものに圧倒されている。「戦後短歌の旗手」として内面から沸きあがってくるエネルギーのようなもの。そういうものに、高安は圧倒されている感じがします。あの「考える人」を彫りあげた彫刻家ロダンだったら、こういう肉体に創作意欲を駆り立てられるだろう、という言葉には、最大級の畏敬が感じられます。

高安は、まがりなりにも近藤の好敵手です。基本的にはそういうライバルを手放しで褒めることは普通の人間ならしません。でも高安は、初めて近藤に会ったときの感動や憧れをこんな風に素直に文章にしてしまうんですね。こういう素直さと純真さというのは、高安のどの文章を読んでも感じ取ることができます。

では、一方、高安は自分をどう感じていたか、というと、彼は自分のことを次のようにとても情けない存在として、素直に描きだしてゆくんですね。続きの部分を読んでみます。

ぼくはまだそのころ、戦後の強烈な四囲の情況にも、家族を抱えての窮乏生活にも、集中した創作をもって対抗し得るほどには十分強くなっていなかった。ぼくは自分をさいなみ片時も自由な思考の余裕を与えない日常生活に対処するだけでもへとへとで、絶えず充たされない精神的な充実へのあこがれにいらだち絶望し、漂うようなはかなさに陥ることもしばしばだった。

(同前)

これまた、きわめて素直な心情の吐露だと思います。この当時、高安は第三高等学校の教授をしていますが、顕著な学問的業績はまだあげてはいません。高安にはその焦りがある。ドイツ文学を思う存分研究できない苛立ちがある。また、彼は当時三歳だった三男の聴覚障碍に悩み、それが家庭内の不和に繋がってゆきます。そのような状況のなかで高安は「自分をさいなみ片時も自由な思考の余裕を与えない日常生活に対処するだけでもへとへと」だったのでしょう。日常に疲弊した高安の目に、自信に満ち、肩で颯爽と風を切って歩いているような近藤の姿がいかにまぶしく映ったことか。それは容易に想像できるでしょう。ここにおいて高安は、近藤に対する憧れと、自分に対する劣等感を率直に文章にしています。

2、近藤に対するアンビバレンツ

でも、やっぱり高安の偉いところは、そんななかでも近藤の文学の見るべきところを見てそれを評価し、足りないところは足りないと指摘しているところなんですね。近藤の歌の欠点というか、彼の歌に欠けている部分も正確に見抜いているんです。それが次のところです。

しかし近藤は建築の技術家であり、コンクリートの研究者だ。

今にして罵り止まぬ彼らより清く守りき戦争のとき

と歌うことができたのも、そのおかげだ。生活の上でも、精神の上でも拠るところがあった。自然科学者としての合理的な精神を彼は崩すことがないようだ。過去において、肉体を病菌に蝕まれたことがあっても、その精神は常に健康だった。

（初出・高安国世「近藤芳美——人と作品」「短歌」昭34・7）

ちょっと注釈しておけば、高安がこのなかで引用している「今にして罵り止まぬ彼らより清く守りき戦争のとき」という歌は、近藤の『埃吹く街』に入っている歌です。この「彼ら」は戦後になって過激な言辞を繰り返す左翼的な人々のことを指すのでしょう。今、革命を叫ぶ人々は、戦争中は軍国主義の信奉者であった。そういう彼らは状況によって主張を変えるオポチュニストである。そういう人間と比べると、私は技術者であるから、戦時中も戦後の今も清く自分の立場と志を守ってきた。そういう自負を描いた歌なのでしょう。この歌に対して高安は、近藤がこのような無垢な立場に立てたのは彼が技術者であり「コンクリートの研究者」であり「自然科学者」であったからだ、と主張するのです。

このあたりには高安の複雑な思いがあると思いますね。高安は、自然科学者ではなく、文学者でした。近藤はあくまでも技術者ですから、日本の戦時体制や政治体制に直接コミットしなくて済んだ。でも、高安は文学者で、しかも専門はドイツ文学ですから、やはり政治的なことは顧慮せざるを得ない。例えば、彼が研究していたトーマス・マンなどは、ナチスドイツと激しく対立し、アメリカに亡命した作家です。すると、ナチスドイツと同盟関係にある戦時の日本では、なかなかマンに対しては発言しにくいところがあったでしょう。まあ、敵国であるイギリスやフランスの文学を研究するよりは遥かにやりやすかったでしょうが、ナチズムが隆盛を極めた戦時下において高安にはいろいろ鬱屈した思いがあったのだと思います。高安は、そんななかで時流を意識した立場を取らざるを得なかった。そういう戦時下の自分の身の処し方に対する忸怩たる思いが「技術者であったから時流を意識せずに済んだ」という高安の近藤評に滲み出ているような気がするのです。

先に進みましょう。高安はこの部分に続けて、次のように近藤の文学の本質を喝破しています。

自然科学者としての合理的な精神を彼は崩すことがないようだ。過去において、肉体を病菌に蝕まれたことがあっても、その精神は常に健康だった。恐ろしい自己嫌悪や、悪魔的な人間不信の忍び寄る隙間がないかのようだ。一切を忘れさせるような暗い情熱や、襞々を裏返すような心理の奥ぶかい綾などは彼の作品から匂っては来ない。　（同右）

どうでしょうね、この部分。この部分で高安は、一見、近藤のことを褒めているように見えます。でも、本当は、かなり厳しいことを言っているんではないでしょうか。私は、この部分に戦後の近藤の歌に対する高安の痛烈な批判が込められているように感じます。

高安は、近藤の作品を「恐ろしい自己嫌悪」や「悪魔的な人間不信」や「暗い情熱」や、「襞々を裏返すような心理の奥ぶかい綾」とは無縁のものだ、と言う。つまり、近藤の歌は心の襞々といった細やかなところに入っていかないというのです。なぜなら、近藤の精神が「健康」だから。健康的過ぎるから。高安はそういうのです。

まあ、どうでしょうか。冷静に考えると、この部分は、高安の勇み足というか、ちょっと言いすぎの感もなきにしもあらず、ですね。

高安の見解とは異なり、近藤の本質には、どこか病的な腺病質的な部分がありました。特に第一歌集の『早春歌』などには、そういう歌が多いです。例えば「しきりにラヂオの告ぐる一日を部屋の中におどおどと居き百円札もちて」（昭11）とか、「魚《さかな》の腹の如き腕《かひな》とさびしめど起きざまに吾が作業衣を着る」（昭15）とかいった歌には、それこそ都会に生きる若者の陰々滅々とした憂鬱や、高安のいう「暗い情熱」や「自己嫌悪」に満ちた歌がたくさんあります。ただ、高安の言うように、近藤は戦後、特に昭和二十三年の後半あたりからそういう病的な部分や腺病質的な部分は徐々に見せないようになってゆきます。反戦の思いや健全な知識人の良心といった、いかにも健康的なことばかり歌う、いわばアポロ的な近藤芳美の姿が、一般の読者が抱く近藤のイメージになってゆきます。そして近藤自身もそのような読者の期待に応えようとしてゆく。この部分において、高安はそういう戦後の近藤の態度や、彼の戦後の作品に対する違和感を述べているように思うのです。

では、高安自身は何を歌いたかったのか。それは、多分、高安はアポロ的な近藤が歌い残した部分、つまり、人の心の暗い襞々に触れる微妙な部分だったのではなかったのか、と思います。いわば、ディオニソス的な暗い部分に触れる歌を作りたい。ここで高安は、近藤の作品に対して批判的な言及をすることによって、逆に、自分の作歌的な立場を積極的に語ろうとしているのではないか、と思うのです。高安は、近藤芳美の本質を冷静に解析し、それを理解した上で、それを批判し、彼との差異を際立たせることによって、自分の作歌的な位置を確認しようとしているような感じがします。彼は、ライバルの弱点をちゃんと見て、その上で自分と対比させている、と言っていいでしょう。

ただ、ちょっと留意しておかねばならないのは、この文章が、昭和三十四年に書かれた文章である、ということです。

高安が近藤に初めて会ったのは昭和二十三年ですから、高安は十一年前のことを回想してこのように書いているわけですね。昭和三十四年といえば、高安は、すでに表現主義的な歌集『街上』（昭37）の歌々を作り出している頃です。ある程度、自分の歌の方向性が確立し、近藤の作風と自分の作風との違いが見えている時点でこれを書いている。だから、こんな風に冷静に自分と近藤の違いを書くことができたのかもしれません。脚色している、とまではいいませんが、昭和二十三年当時、リアルタイムの心情とはちょっと違う部分があるのかも知れませんね。

思うに、初対面のときの近藤に対する印象の中心はやはり畏敬と憧れだったのではないでしょうか。高安は、近藤に対して引け目を感じた、というのが本当のところだと思います。それは、その当時に作られた高安の歌を見ると如実に分かります。近藤宅を訪れたときの高安の歌を少し紹介しておきましょう。昭和二十三年春に作られた「丘の燈」（『真実』所収）という一連です。

夕べの丘辿り登りて着きし家ともるが如し君が若妻
客我に言ふかとばかりその夫にしとやかに言ひて立ちて行く君
十年へて夫にうやうやし初々《うひうひ》し燈《ともしび》に金《きん》に透く瞳して
この丘に昼はきこゆる雲雀のことはずみて告ぐる君が愛妻《まなづま》
引返す君ら二人よわれはひとり心よろこび丘をくだり来

高安国世『真実』昭24

当時、近藤夫妻は世田谷の千歳船橋の社宅に住んでいました。そこには丘陵が広がっていたようです。そこへ高安が訪ねてゆく。その時の歌です。

この一連、なんだか高安は近藤の奥さんのことばかり歌ってますね。近藤とし子夫人は当時三十歳でした。近藤夫妻は昭和十五年に結婚し子どもはいません。一首目の歌では、とし子夫人のことを「ともるが如し君が若妻」と言ってますね。三十歳で「若妻」はどうかなと思うのですが、高安ははじめて見たとし子夫人の美しさと初々しさにちょっとぽおっとしている感じです。

三首目の「十年へて」とは、近藤夫妻が知りあってからおよそ十年経っていることを言うのでしょう。高安自身も、妻の和子と昭和十四年に結婚しています。近藤とほぼ同時期に結婚しているのです。が、高安には既に死去した長男を含め三男一女の子どもがいた。和子夫人は高安より一歳年長で、当時三十六歳になっています。しかも、当時の高安は、三男の聴覚の障碍による苦悩に直面していた。同じ頃に結婚した近藤のその美しい奥さんを見て、高安は、複雑な思いになったに違いありません。高安は、この旅のなかで自分の妻のことを「匂ひなき妻を想ふといふ言葉十年持ちつつ今日旅に思ふ」（『真実』）と歌っています。生活の苦労に疲れた「匂ひ」（輝くような美しさ）のない年長の妻をとし子夫人と比べて嘆いていたのでしょう。

四首目の歌では、ヒバリの声を聞く喜びを語るとし子夫人が歌われています。とし子夫人がヒバリを愛したことは、近藤の第三歌集『静かなる意志』所収の次のような一首からも了解できます。おそらく昭和二十三年、ちょうど高安が近藤宅を訪れた頃の歌です。

風いまだ冷くて立つ陽炎に「雲雀は年子のやうにおしやべりね」　近藤芳美『静かなる意志』昭24

夫である芳美に向かって「ヒバリはとし子のようにおしゃべりね」と話しかけるとし子夫人の

姿が彷彿とする歌です。おそらく、とし子夫人は、来客の高安に対しても同じように、このときも嬉々としてヒバリの鳴き声について語ったに違いありません。その話を聞いて、三人の子どもを抱え、年上の妻とともに家庭生活に呻吟している高安は、若々しく幸福そうな近藤の「愛妻」に激しい羨望を感じたのです。なにか涙ぐましい感じがする歌です。

五首目の歌では、自分を見送るために丘を下ってきてくれた近藤夫妻が、自宅に戻る姿が描かれています。この歌と同時期に作られたのが昭和二十三年五月に発行された「ぎしぎし会々報」No.15に掲載されている次の一首です（のちに『真実』に収録）。

まともなる夜風に三人坂くだる我に新しき時始まらむ

「ぎしぎし会々報」No.15・昭23・5

歌われている情景を時系列に添って並べると「丘の燈」の五首目の歌よりもこの歌の方が先になります。近藤の家を辞した高安は、見送りに立った近藤夫妻とともに「三人」で夜の坂を降りてくる。春のまだ冷たい夜風が真正面から高安の頬を打つ。その冷ややかな風を浴びながら「我に新しき時始まらむ」という高揚を感じる。そういう歌です。戦後短歌の旗手である近藤と出会い、心を通わせることのできた感動がダイレクトに伝わってきます。

そう考えてくると、「丘の燈」の五首目の歌の「引返す君ら二人よわれはひとり心よろこび丘をくだり来」の「われはひとり心よろこび」の心情もよくわかってくるでしょう。高安は、近藤夫妻の夫婦愛に羨望とかすかな嫉妬を感じながら、新たな友を得た喜びに心を震わせて帰路に就いたことでしょう。

このように昭和二十三年春の近藤との初対面は、高安に大きな衝撃を与えます。高安は、近藤に畏敬の念を抱く。また、近藤夫婦の仲むつまじさに理想の夫婦像を見て羨望を感じる。その畏敬と羨望は「我に新しき時始まらむ」という覚醒の思いに繋がっていきます。

が、その一方で、高安は近藤のように歌えない自分、近藤のように生きられない自分に対する深い劣等感に苛まれます。それは先に紹介した「ぼくは自分をさいなみ片時も自由な思考の余裕を与えない日常生活に対処するだけでもへとへとで、絶えず充たされない精神的な充実へのあこがれにいらだち絶望し、漂うようなはかなさに陥ることもしばしばだった」という彼の言葉や、「匂ひなき妻を想ふ」と歌った先の歌に明らかでしょう。その劣等感や嫉妬は、自己嫌悪や暗い情念とは無縁で明るく健康に見える近藤の作品世界に対するかすかな反感となって高安の胸に疼きはじめます。

近藤に対する畏敬と羨望。そして、近藤作品に対するかすかな反感。近藤と初めて会った高安は、そのアンビバレントな二つの感情のなかで揺れ動いていたに違いありません。

3、二度目の上京

昭和二十三年三月のこの初対面をきっかけに、高安と近藤の親交は徐々に深まってゆきます。高安が上京する機会、近藤が上洛する機会を利用して、二人は何度も顔を合わしてゆくのですね。

少し年表を見てください。

昭和23年3月　高安、上京。近藤を訪問する。
　8月　高安、ふたたび上京。
　11月　近藤、上洛。高安宅を訪問（13日）。
昭和24年1月　高安「歌のわかりにくさに就て――近藤芳美論のうち」（「朝明」）。
　2月　近藤「作品の問題性――アララギ其一欄に関して」（「アララギ」）。
　3月　高安「『作品の問題性』私見」（「高槻」）。
　5月　高安、上京。近藤と会う。群馬県川戸に土屋文明を訪ねる。
　7月　高安『真実』発行。
　8月　近藤、上洛。坪野哲久・中野菊夫とともに高安宅泊（8日）。近藤『静かなる意志』発行。

この表で見ても分かるように、二人はほぼ三ヶ月に一度くらいの頻度で顔を合わせ、お互いの家に泊まったりして親交を深めています。おそらくこの時期が、二人の友情がもっとも激しく燃え上がった時期なのでしょう。

昭和二十三年八月、高安は勤務先の第三高等学校の夏休みを利用して上京します。二人は二回目の対面を果たすわけです。その時、高安は近藤の行動力を痛感する出来事に出会います。それを高安は次のように回想しています。引用するのは、またぞろ、角川文庫『近藤芳美歌集』（改版・昭46）所収の高安の「解説」です。

それから半年ばかり後のことだったろうか、ふたたび上京したぼくは、近藤と二人東京駅の八重洲口の前のごたごたした広場を駅舎の方に向って歩いていた。人ごみのあいだに、うすぎたないノボリかプラカードなんか掲げて、一団の人々が通行人に呼びかけていた。事件そのものは忘れてしまったが、なんでも朝鮮の人々が、同胞の無罪を訴え、救援署名を求めているのであった。ぼくらもビラを渡され、ぼくは歩きながら読みはじめた。ふと気付くと近藤の姿が見えない。やがて人ごみから姿をあらわした彼は、署名して来たと言う。君もしろとは言わない。一片の義務を果したのだと言って、さっさと歩き出した。署名を求める婦人の声があわれっぽくきこえている。ぼくは自分の不決断をなさけなく思いながら、背の高い近藤にすこしおくれて力無く歩き出した。

（初出・高安国世「近藤芳美――人と作品」「短歌」昭34・7）

戦後、日本から独立した朝鮮半島の人々が署名を求めている。朝鮮半島は近藤の生まれ故郷ですから、近藤は、戦後困難な状況に置かれた半島出身の人々に多大な同情を寄せています。彼はすぐさま高安から離れ署名をしてくるのです。

まあ、私たちは日常生活において気楽に署名しますね。組合のノルマだったり、お付き合いの義理だったりして、自分や家族の名前を簡単に署名簿に書きます。でも近藤にとって署名という行為はもう少し重い意味をもったものとして感じられていたようです。近藤には「みづからの行為はすでに逃《のが》る無し行きて名を記す平和宣言に」（「アララギ」昭24・5、のちに『歴史』に収録）という歌がありますが、これなんかも、今の私たちの目から見ると随分大げさです。「すでに逃る無し」という思いつめた意志のもとに、自分の名を署名簿に書き込んでいる感じがします。

この東京八重洲口での署名も、近藤は近藤なりに使命感を感じ、決断をして署名簿に名を連ねたのでしょう。彼は署名を終えて、堂々と高安のもとに帰ってくる。そして「一片の義務を果したのだ」とただ一言だけ言って歩きはじめるのです。

これなんか、いかにも他人の思惑に顧慮することのない近藤の性格のようなものが滲み出ている行動ですよね。近藤は、高安に「君も署名しろ」と強要しはしません。その無言の行動が、逆に、劣等感にまみれた高安の心を威圧してきます。「高安君。僕は、君の個人の思想を尊重する。署名したくなければ署名しないでもいい。でも、僕は、君とは関わりなく、今自分がやるべきことを、自分の意志のもとでやる。それだけだ」。おそらく、高安は、この近藤の行動のなかに、そんな無言のメッセージを受け取る。そして、そこに威圧を感じ、自分の行動力・決断力のなさを責めるのです。

私なんかは、こういうところ、ちょっと高安に同情しますね。なんか、近藤の行動もちょっと空気を読んでいないというか、大人げないじゃないですか。普通なら、署名に行くまえに「ちょっとごめん、僕は朝鮮半島出身なので、こういうのほっとけないんだ」とか何とか、ひとこと断って署名に向うのが普通でしょう。だけど近藤は、そういう自分の行動に対する弁明をしない。

だまって高安を置き去りにし、黙って帰ってきて「一片の義務を果たしただけだ」というようなかっこいいことを言うわけです。自分の行動が、他人の目にどう映るか、ということに関して近藤芳美はあんまり顧慮しないんですね。このエピソードにも、そういう近藤の独立独歩の性格がよく出ています。きつい言葉で言えば傍若無人の近藤の態度と、そういう自信に満ちた行動に気《け》おされる高安のナイーブな性質がよく現れ出ている文章であるような気がします。

この時の印象を高安は歌にしています。昭和二十三年八月に発行された「ぎしぎし会々報」No.20に掲載された連作です。

朝鮮人無罪を叫ぶ群の中すばやく署名終へて君来る
決断わるくビラ読みて我が歩む時すでに哀訴の声あとになる
一片の義務を果すと微笑せり署名終へたれば君既に行く
恃むものあらざる我ら世代にて自己負ひて立つ我より厳し
春のかの日に続く思に銀座行くこの友の思想を今は理解して
いくらかは酔ひて我が妻を語りしか悔あらず此のよき友に従ふ

高安国世「ぎしぎし会々報」No.20・昭23・8

一首目から三首目までは、このときの状況を描写した歌です。高安の文章を読んだあと、これを読むと状況がよく分かりますね。二首目の歌の上句の「決断わるくビラ読みて」という表現からは、署名を終えて戻ってきた近藤を見て高安の心にも「署名をすべきか否か」という葛藤が起こったことが記録されています。

でも、高安は、そこでとっさに「よし、僕も署名しよう」とは決断できない。時機を逸してしまうわけです。歩き始めた近藤の後をついてゆきながら「ああ、俺はなんて決断力のないダメ人間なんだ」と劣等感を噛み締めるのですね。

また、四首目「恃むもの」の歌の下句「自己負ひて立つ我より厳し」という表現は、近藤に対する高安の感想がダイレクトに出ている表現でしょう。近藤には揺らぎのない「自己」がある。が、自分にはそういう確固たる「自己」がない。だから近藤は「厳し」く、自分は甘いのだ。そういう感慨がよく出ています。

続く五首目「春のかの日に」の歌には、初対面の日には分からなかった近藤の思想を理解した喜びが描かれています。高安はこの年の三月の初対面では、近藤の「政治」に対する考え方を十全には理解し得ていなかったようです。高安は初対面の日に、銀座の喫茶店で近藤の熱っぽい議論を聞かされる。が、そのとき高安は、近藤の議論のなかに「短歌をすべて政治で割り切ろうとする態度」（『近藤芳美歌集』解説）を感じて、心から納得はできなかった。が、この二回目の近藤との会見や、八重洲口の署名で見せつけられた近藤の決断力から、高安は「この友の思想を今は理解して」という感想を持つわけですね。

六首目「いくらかは」の歌は、近藤と酒を飲んだときの歌でしょう。高安は自分と和子夫人の夫婦生活に対する愚痴を近藤に漏らしたのでしょうか。高安が初々しい近藤夫妻の姿を見て羨望を感じたことは先に述べました。三男の聴覚障碍によって心の余裕を失っていた和子夫人と、自分との齟齬を高安はこのときふと近藤に漏らしたのでしょう。会って二度目の友人に、こういう個人的な苦悩を素直に漏らしてしまうところにも、いかにも高安らしい無防備な素直さが感じられます。

このように高安は、二度目の会見でも、近藤に圧倒されるわけですが、では、相手の近藤は、この時期、高安のことをどのように感じていたのでしょうか。

多分、この昭和二十三年八月の二回目の会見の影響なのでしょう。近藤芳美は二ヶ月後、関東アララギ会の機関誌である「新泉」の昭和二十三年十月号に「高安君に」と題した次の五首を掲載しています。

気弱くて同じ時代に苦しめば高安君の歌にいらだつ
身をかはし身をかはしつつ生き行くに言葉は痣の如く残らむ
若き友君を去るとき吾の如しばらく歌を忘れ居たまへ
不具の子の育つ苦しみ彼の会ひの後にしきりに君の歌となる
うづくまりありし半日試験片あやまち割りて疲れつつをり

近藤芳美「新泉」昭23・10

この一連は、後日、四首目の「不具の子の」の歌を削除し、順番を変えて、近藤の第三歌集『静かなる意志』（昭24）に収録されます。近藤の自信に満ちた態度に気おされた高安とは対照的に、近藤は、高安のなかにある気弱な部分に苛立ちを感じています。

一首目の歌では、高安の歌のなかにある「気弱」の部分にいらだっている近藤の姿が描かれています。が、その苛立ちは、高安のみならず近藤自身にも向けられているのでしょう。この歌の上句「気弱くて同じ時代に苦しめば」という言葉の背後には、近藤が自分のなかにある「気弱」な部分を自覚していることが感じられます。

でも、この時期の近藤は、その自分の気弱さを思想の強靭さによって克服しようとしていた。が、高安はその「気弱」な部分を隠そうとはしない。「気弱」を克服しようと努力していた近藤には、自分の心のなかに潜む「気弱」な部分を思い起こさせる高安の歌が気に障ったに違いありません。近藤は、そういう自分の心の動きを凝視して、このように歌っているのでしょう。この歌は、そういう近藤の自己客観視の鋭さが感じられる歌です。

このような自己凝視は、有名な二首目の「身をかはし」の歌にも流れています。この歌も「身をかはしつつ生き」ているのは、第一義的には高安なのでしょう。自らの身を臆病に処して、時代の流れから身をかわして生きてゆく。が、その生の痕跡である「言葉」は、まるで「痣」のごときものとして自分の身体に刻印され、自分の怯懦を告発し続けるだろう。痣のように自分の身体に刻印された言葉（歌）は、時代に正対しなかった自分の卑怯さの証として、未来永劫残ってしまう。だから、高安君、時代に真向かわなければいけない。敢ていうなら、近藤はこの歌で高安にそのようなメッセージを伝えようとしたといってよいのでしょう。が、この歌もまた、そのまま近藤自身に返ってきます。ここでも近藤は、高安に呼びかけることによって、ともすれば身をかわしてしまいがちな自分の臆病さを叱りつけ、自分で自分を励まして、時代に真向かおうとしている、といえるでしょう。

歌集に収録されなかった四首目の歌の「不具の子の育つ苦しみ」の歌の「彼の会ひ」とは、昭和二十三年八月の二度目の会見を指していると考えられます。八月の会見以来、近藤の雄々しい態度に深い影響を受けた高安は、いままで歌わなかった三男の聴覚障碍を歌の素材にしてゆく。勇気を振り絞り、現実と対峙しようとしている高安の小さな変化を、近藤は鋭く認識しているのでしょう。

近藤は、同じ時代を生きる同年の伴走者として高安を意識し始めている。そんな感じがする歌々です。

4、近藤の上洛

高安は昭和二十三年の三月と八月に上京し、近藤と交流を深めていきました。今度は逆に、近藤が上洛し高安のもとを訪れます。昭和二十三年の十一月中旬のことです。ただ、その日が何日なのかははっきりしません。ちょっとマニアックですが、その日を推察してみたいと思います。

このとき、近藤は勤めていた清水建設の出張で、敗戦後はじめて被爆地・広島を訪れます。広島は彼が学生時代を過ごし、多くの親戚縁者がいる第二の故郷です。近藤はこの広島在留中に東京裁判（極東軍事裁判）の判決言い渡しのニュースをラジオで聞きます。彼の第三歌集『静かなる意志』の「冬のちまた」という一連には、次のような歌が収められていて、その日の事情を知ることができます。

人の命《いのち》裁き抑揚のなき言葉ちまたちまたに今日一日《ひとひ》あり
絞首刑告げ行くラヂオ長く長く小さき荷作りをして部屋に居る

近藤芳美『静かなる意志』昭24

東京裁判の判決言い渡しがあったのは、昭和二十三年十一月十二日金曜日の午後のことです。この判決のニュースを彼はその日の午後広島で聞きました。その事情は、彼の自伝エッセイ『歌い来しかた』でも「それから低くバラックの軒の並ぶ商店街を駅に向かった。東京に帰るためである。その軒々のラジオが、長かった極東軍事裁判の判決を告げていた」と書かれていて妥当性を持っていると思われます。彼はおそらくそのまま夜行列車に乗って、十一月十二日金曜日夜、広島を発ったのでしょう。

近藤が京都の高安宅を訪れたのはおそらくその帰路のことだと思われます。彼は京都で途中下車をして、高安宅を訪れたのです。

ところが、この『歌い来しかた』という本で近藤は、自分の高安宅訪問を翌年の昭和二十四年初頭だと勘違いしています。この本は困ったことに、年月日の記述が実に不正確でいい加減です。近藤は、自分の既刊歌集を見ながら詳しく調べることなく適当に年月日を想像して、思い出を書き綴っていったものと見えます。

では、なぜ近藤は、高安宅の初訪問を昭和二十四年初頭だと勘違いしたのか。それは多分、近藤が高安宅を訪れたときの連作「疏水の道」が、彼の第四歌集『歴史』に収録されていたからだと思います。『歴史』は、昭和二十四年二月から昭和二十六年六月までの歌を纏めた歌集です。その冒頭近くに「疏水の道」は編入されています。近藤は、後年、これを見て高安宅への訪問を昭和二十四年のことだと思ったのです。

でも、実際は違います。その前年の昭和二十三年十一月中旬の週末に近藤が高安宅を訪れたのは、「ぎしぎし会々報」№23（昭23・11・28発行）「後記」の次のような記述からも明らかです。

▽十四日晩高安国世氏宅にて近藤芳美氏を囲み歓談した。翌日は豊中より河村（大辻注・河村盛明）氏も来て在洛会員と出崎（大辻注・出崎哲朗）方で会食し夜行で帰京された。一部会員に連絡の及ばなかつたことをお詫びします。

坂本寛の執筆によるこの「後記」は、第一次的な資料として信憑性があります。この記述によれば、近藤は十一月十四日に高安宅に泊まり、翌十五日に岡崎にあった出崎哲朗の家で「ぎしぎし」のメンバーや河村盛明らと歌話会をしたことになります。

しかし、実は、この記述にも疑問があります。十一月十五日は月曜日です。近藤は勤め人ですし、高安は三高の教師です。集まってきたのは学生歌人たちです。平日は忙しいはずの彼らが週のはじめにほぼ半日を潰す歌話会をするでしょうか。私にはちょっと疑問が残りました。

近藤は金曜日には広島を発っているのですから、普通に考えれば、翌日土曜日に京都に着き、高安宅を訪れ、そこで一泊し、日曜日に出崎宅へ行き、歌話会を終えて夜行列車で帰京し、月曜から勤務に戻るというのが、理解しやすい日程だと思います。かなりハードな日程ではありますが。

この高安宅初訪問のときの印象を、近藤は『歌い来しかた』（昭61）に次のように書いています。

高安国世に逢おうとして今度はわたしが京都に旅をしたのもそのころだったのか。京都は戦災を知らず、北白川小倉町にある旧い洋館の家をたずねて静かな街を歩いた。ドイツ語の原書に埋もれた部屋に高安はいた。文学と時代とを長く語り合った後、一夜泊めてもらった。屋根裏の北窓の部屋であり、窓から叡山のケーブルの灯が氷のような夜闇を通して間近に見えていた。家には耳の不自由な幼児がおり、苛立った叫びを上げるのを階下に聞いて寝た。

追ひつめらるる思ひ語りしあくる朝訳詩にむかふ君がひととき
翌朝、霜深い疏水の道をしばらく連れ立った。

（近藤芳美『歌い来しかた』昭61）

少し注釈を加えておけば「耳の不自由な幼児」というのは、高安の三男のことです。当時三歳でした。近藤は障碍のある子どもを抱える高安の家庭生活の現実にこのとき初めて触れたのです。ここに「翌朝、霜深い疏水の道をしばらく連れ立った」と書いてありますね。この時期は十一月ですから、霜が降りるのはちょっと早い気もします。そこで、ちょっと当日の京都市の最低気温を調べてみました。最近は便利になって、気象庁のホームページを調べると、そういうことも分かるんですね。

するとと、次のような記録が書いてありました。

11月14日（日）　二・五度
11月15日（月）　六・六度

地上に霜が降りるのは、気温が四度以下でないと不可能です。近藤が一泊した翌朝、琵琶湖疏水に霜が降りていたという記憶はけっこうリアルな描写なのですが、もし、近藤が「ぎしぎし会々報」の記述どおり、十四日の日曜の夜に高安宅に泊まったとすると、翌日十五日の朝に疏水のほとりを散歩したことになるはずです。でも、この日の朝の最低気温は六・六度でした。霜は降りてはいないはずです。が、もし、この朝が十四日の朝だと仮定するなら、最低気温二・五度ですから、霜が降りても不思議ではありません。とすれば、やはり近藤は、十三日土曜に高安宅に到着し、十四日日曜の朝、高安と琵琶湖疏水付近を散策し霜の耀きを見た、と考えるのが妥当であるような気がします。

結論的には、近藤が高安宅にはじめて泊まったのは昭和二十三年十一月十三日土曜日の夜だったのではないでしょうか。彼は土曜の夜を高安の家で過ごし、翌十四日の日曜日に歌話会をしたのです。近藤の到着日を「十四日」とする「ぎしぎし会々報」の記述は一日遅れているのだと思います。

いやはや、つまらないマニアックなことにこだわってしまいました。失礼しました。

大切なのは、近藤の方から積極的に会うことを求めたこの三度目の会見で、近藤と高安に何があったか、ということです。先に触れた「疏水の道」（『歴史』）七首は、このときの出会いを近藤の側から記録したすぐれた精神的ドキュメントだと思います。

追ひつめらるる思ひ語りしあくる朝訳詩にむかふ君がひとときを
学生をいとふ気持もわかりつつ連れ立ちて行く朝の疏水を
怖れなく待たむ時代を語るとき秀でてさびし君の横顔
突き当るものが政治である事を今又たれももだし合ふのみ
平和の後さへ長く流され行く血をも吾らは正視せむとす
終電車にすでに後るる友一人吾がためにをり霧の夜の駅
朝鮮人列を離れてかたまれり夜行車を待つ長き時間を

近藤芳美『歴史』昭26

一首目の歌には、この時期の近藤の心のなかに巣食っていた時代に対する焦燥感がよく現れています。近藤の胸のなかには二日前に初めて目にした広島の惨状と、東京裁判の判決が重く心に残っていたのでしょう。戦争がもたらす惨禍と戦勝国による一方的な断罪は、国際政治の非情さを改めて近藤に感じさせたにちがいありません。

実際、昭和二十三年は、国際政治のうえでも、アメリカの占領政策のうえでも転換点となった年でした。この年の八月には大韓民国が、九月には朝鮮民主主義人民共和国が独立し、東アジアにおいても米ソの対立が決定的なものになってきます。国内では、前年の「２・１スト」への反省から公務員のスト権や団体交渉権が剥奪されます。戦後三年を経過して、日本の民主化を推進してきたＧＨＱは方向転換をし、日本を「反共の砦」として再編成しようとして来ています。特に、朝鮮半島を故郷とする近藤にとっては、半島の政治的緊張がそのまま戦争の足音に感じられていたに違いありません。おそらく彼は十三日の深夜まで、時代や政治や文学について、高安と語りあったのでしょう。この歌の上句の「追ひつめらるる思ひ」という言葉には、そのときの近藤の思いが描かれています。

が、そのような熱い会話を交わした翌朝、近藤が目を醒ますと、高安は書斎で何もなかったように、静かに、いつもどおりドイツの詩を訳している。昨夜あんなに熱く語っていたのに、高安は今朝も冷静に研究をしている。この一首目の歌の下句の「訳詩にむかふ君がひととき」という言葉には、ドイツ文学という確固たる精神領域を保持している高安に対して近藤が感じた羨望のような感情が読み取れます。

二首目の「学生を」の歌は、十四日の早朝、霜の降りた琵琶湖疏水沿いを歩いたときの歌なのでしょう。高安はこのとき近藤に対して、学生歌人たちへの違和感を吐露したのでしょう。

高安は、京大学生が中心となった「ぎしぎし」の顧問格でしたが、この時期血気に逸る若者たちをやや煙たく思いつつあったようです。この二ヶ月後、高安は「ぎしぎし会々報」№24に「ぎしぎし」の解散と「高槻」への合流を薦める「一つの提言」を書き、学生歌人たちを動揺させます。彼が支援してきた学生たちの性急な政治への傾斜が高安には不満だったのでしょう。

同じころ、近藤もまた、若者に対する違和を感じはじめていました。この時期の近藤の歌に「今朝は来て口重かりし青年の人身攻撃をあらかじめ告ぐ」（「アララギ」昭23・11）という歌があります。この歌からも分かるように、近藤もまた下の世代からの突き上げに辟易していたのです。ですから、同じ悩みを抱える高安にとって近藤は恰好の相談相手になったのでしょう。高安は近藤に相談を持ちかけたのです。その相談に対して近藤は「君の学生を厭う気持ちはよく分かるよ」と相槌を打ったに違いありません。

三首目の歌の上句は少し解釈に迷います。初句と第二句を「怖れなく待たむ時代」と繋げて読むのか。それとも、初句の「怖れなく」で少し切って第三句の「語る」に繋げて解釈するのか。両様に解釈できるからです。私は、後者の解釈を取って読んでいます。高安は「待たむ時代」（期待されるべき時代）がやってくることを、怖れることなく、近藤に語ったのだと思います。時代に対する怯えを感じて焦る近藤に対して、高安は冷静に来るべき時代を見つめている。上句はそんな超然とした高安の姿が描かれているのです。その超然とした態度に近藤は少し不満を感じます。やや物足りなさを感じたのでしょう。この歌の下句の「秀でてさびし君の横顔」ということばには、時代に対して冷静さを失わない高安に対する、近藤のかすかな苛立ちのようなものが感じられるような気がします。

四首目の「突き当る」と五首目の「平和の」の歌には、当時の近藤の「政治」に対する考え方がよく出ています。短歌のことや文学のことを考えていけば、最終的には「政治」の問題とぶつからざるを得ない。が、人々はそこまで突き詰めて考えず沈黙しているだけだ。四首目の歌で描かれているのはそんな近藤の時代認識でしょう。五首目の歌では、再びきな臭くなってきた国際情勢が歌われています。ソ連によるベルリン封鎖（昭23・4）や、朝鮮半島の緊張を目のあたりにし、近藤は「平和」の後に再びやってくる戦争を恐怖します。が、占領国の日本は、それを怖れるしかない。その日本のなかの「吾ら」知識人もまた、それを正視するしかない。この歌は、そんな諦念がこもっている歌だと思います。

これら四首目と五首目の歌には、知識人として、時代から目を背けず、真正面に見つめていこうとする近藤の思いが描かれています。もちろん、近藤のいう「吾ら」は高安を含んでいます。近藤は、時代を正視しうる知識人の同志として高安を認めている。それが読み取れる歌です。

六首目の「終電車に」の歌には、十四日の出崎哲朗宅で行われた歌話会のあと、夜行列車で東京まで帰る近藤を京都駅まで見送りにいったときの高安の姿が描かれています。

この日の歌話会は、多くの学生歌人に深い印象を残したようで、野場鑛太郎・川口美根子・鈴木定雄らがこの日のことについていろいろな記憶を書き記しています。彼らのいうところを総合すると、この日の午後、結核で鴨沂高校（旧・京都府立第一高等女学校）を休職中だった出崎の家（岡崎南御所町）に多くの歌人たちが集まりました。高安・近藤・出崎はもちろん、鈴木定雄、稲葉健二、山根甫夫、山内八郎、秦律子（現・米田律子）、太宰瑠維、川口美根子ら「ぎしぎし」のメンバーたち。さらに、そこに大阪の豊中から「フェニキス」の中心であった河村盛明がやってきます。鈴木の回想によれば、このとき河村は、近藤・高安に向って「民衆を啓蒙しなければなりません」と主張して、彼らを批判したといいます（「フェニキス」No.18）。また、米田律子さんから直接うかがった話ではこのときの河村盛明はいかにも戦場帰りの荒々しい感じがして、女学生であった米田さんはとっても怖い印象を覚えたそうです。想像するに、高安や近藤に対する歯に衣着せぬ若い世代からの厳しい批判も飛び交った激しい歌話会だったようです。二人は、ここでも若者から突き上げられたのですね。この歌話会は、夜まで続き、夕食は、川口が葱を切ったすき焼きの鍋を全員が囲んだようです。高安はその夕食のあと、市電に乗って、東京へ帰る近藤を京都駅まで見送りに行ったのでしょう。

七首目の歌は、京都駅に集まっていた「朝鮮人」の姿を捉えた歌です。朝鮮の動乱に心を痛めていた近藤ならではの着目だといえるでしょう。

以上のように考えてゆくと、近藤の上洛によって可能になったこの三度目の会見において、近藤は、困難な時代を共に生きる知識人の同志として高安を改めて認識し、信頼を寄せたことがわかってきます。が、その一方で、高安のなかにある冷静さや超然とした態度に、かすかな違和を感じたことも確かです。ドイツ文学という自分の安定した精神世界を持ち、学識の府で生計を立てている高安の姿。それは、自分の故郷である朝鮮が戦乱に巻き込まれるかもしれないという焦慮を感じていた近藤の目には、どこかクールで冷ややかに感じられたのではないでしょうか。

一方、高安は、この三回目の会談によって、誤解されがちな近藤の「政治主義」に対して深い理解を得ました。翌昭和二十四年初頭から、高安は、近藤の「政治主義」に向けられたさまざまな誤解を解くべく、彼を弁護した強力な論陣を張ってゆくことになります。

5、高安国世「歌のわかりにくさに就て」

昭和二十三年の三月と八月の高安の上京。十一月の近藤の上洛。この三度の会見を通じて、高安は近藤の短歌や短歌観について理解を深めてゆきます。高安の偉いところは、そこから近藤を積極的に弁護してゆくところなんですね。

たとえば、高安は、東海地方のアララギの機関誌であった「朝明」の昭和二十四年一月号に「歌のわかりにくさに就て——近藤芳美論のうち」（『詩と真実』所収）を書いています。この文章も、近藤に対する援護射撃だと言ってよいでしょう。

この文章のなかで高安は「近藤芳美の民衆への愛情はしばしば『傲慢』と取りちがへられる」として、『埃吹く街』のなかの次のような歌を例示しています。

川風に防空頭巾かぶりつつ仕事分けられて居る労働者
少女らが立て来る赤きプラカード現実は皆喜劇めきたる
近藤芳美『埃吹く街』昭23

高安によれば、彼のまわりには一首目の歌の「労働者」というどこか突き放したかのような結句の表現に反感を感じた人がいた、といいます。また同様に、デモのなかでプラカードを掲げる少女を見て「現実は皆喜劇めきたる」とシニカルに言い放つ二首目の歌も、人に誤解を与える可能性があると危惧しています。また、高安は、後に『静かなる意志』に収録される次の二首を取り上げ、近藤の歌のわかりにくさがどこに由来するのかを考えていこうとしています。

講座捨て党に行く老いし教授一人小さき一日の記事となるのみ
今の日に苦しみ党に行くものを冷然と彼ら待ちうけて居む　近藤芳美「アララギ」昭23・6

この二首は、東大の文学部哲学科の教授だった出隆《いでたかし》が、共産党に入党したニュースを見たときの感慨を歌ったものです。出隆は戦時中、教え子たちを多く戦地に送った悔恨から、戦後、煩悶ののち共産党に入党します。近藤はその出隆の入党に心動かされてこれらの歌を作ったのでしたが、この二首について、高安は次のように言っています。

「記事となるのみ」（大辻注・一首目）に作者の愛情を感じ取ること、社会に対する批判を読みとること、これは作者の思想を一応のみ込んでゐてはじめて出来ることとかも知れない。「なるのみ」に従来のアララギ的「傍観的」態度を読むことだつて可能だからである。
「冷然と彼ら待ちうけて居む」（大辻注・二首目）といふ作者の断定の出てくるところは読者にはわからない。これだけ読めば単なる反発しか感じない人もあるだらう。教授を迎へる拍手を聞いた時に卒然として作者の胸中に湧き起つたかなしみ、個人の思ひつめた苦しみの果が政治的な圧力の中に影もなく吸収されて、その苦しみを揣んで個人の心情をいたはる気持のないその場の雰囲気はこの短い一首には盛り切れないものである。その辺は作者としても更に工夫の余地があることが疑へないと同時に、短歌の制約の問題もまた再び頭をかすめて来る。

（高安国世「歌のわかりにくさに就て」「朝明」昭24・1）

ここで、高安はこれらの歌の趣旨を「教授を迎へる拍手を聞いた時に卒然として作者の胸中に湧き起つたかなしみ」と理解しています。戦時中、時流に流されて戦争を賛美した悔恨を深く嚙みしめた出隆が、煩悶の果てに、贖罪として共産党に入党する。そんな風に政治に翻弄される個人の運命に痛ましさを感じている。高安はこの歌の趣旨をそう捉えているわけですね。が、政治の側（この場合は共産党員たちでしょうが）は、出隆のそういう個人の内奥の苦悩や懊悩に対して一顧だにしない。彼らは東京大学の文学部の有名教授が入党したことを党勢の拡大として喜ぶのみなのです。そこには、まさしく「個人の思ひつめた苦しみの果が政治的な圧力の中に影もなく吸収されて、その苦しみを揣んで個人の心情をいたはる気持のないその場の雰囲気」があったのでしょう。近藤は、その寒々とした会場の雰囲気を、かなり早急な形で突き放して「記事となるのみ」「冷然と彼ら待ちうけて居む」と言い切っているのはないか。高安は近藤のこの二首をそう受け取るのです。

この文章で高安が指摘している近藤の歌の「わかりにくさ」や「誤解されやすさ」は、実は、高安自身が感じていたことなのでしょう。一般論として論じてはいますが、近藤の歌に流れている民衆に対する冷淡な表現や冷笑的な態度には、高安自身もかすかな反感を感じていた。が、高安は、昭和二十三年に近藤と何度か顔を合わせ、じっくりと話しこみました。そのことによって、高安は、冷ややかな感触を持つこれらの歌の背後にある近藤の真意を理解したに違いありません。近藤は、常に個人を圧し殺す政治の力というものを鋭く意識している。無骨な表現ながら、それを必死に歌にしようとしている。高安はそんな風に気づき、近藤の歌の真意を理解したのです。

この文章の最後の方で、高安は、近藤の「政治」主義の根底にあるものを次のように指摘しています。

彼は勢力に追随し多数をたのむ安易さをきびしく否定し、すべてを自己の側から批判して行かうとする。そういふ誠実な個人を生かさないやうな政治ならば、容赦なくそれを弾劾しようとする。そこに一見反動的と見えるやうな歌が恐れげなく投げ出されて来る、その奥にある本当の政治、人間性を生かす善意の政治の出現を期待し、人間を愛する真意は往々にして誤解されるといふことになる。（同右）

ここで高安は、近藤の歌のなかに「人間性を生かす善意の政治」の出現を期待する心を読み取り、「人間を愛する真意」を感じ取っています。そう考えれば、これの文章は、近藤にとっては実にありがたい「以って瞑すべし」とでも言うべき批評なのです。

私はちょっとへそ曲がりですので、このあたりの高安の近藤評は、ちょっと近藤を買いかぶりすぎかな、とも思います。たしかに、近藤の歌のなかには、個人の細やかな懊悩や心情を黙殺する政治の強圧性に対する怒りを感じることはできるでしょう。また、この時期の近藤が「人間性を生かす善意の政治」の実現にまだ期待を失っていなかったことも確かでしょう。が、そのような怒りや期待は、おそらく、近藤の心に生来的に巣食っている「集団に対する恐怖」と深く結びついているような気がするのです。

近藤は、自分を押し殺すマッスというものに病的なまでの恐怖を感じていた。実は、それが近藤の本質だったのではないか、と私は考えています。だから、それを高安のように手放しに「人間を愛する真意」と言ってしまっていいのか、という一抹の疑問を感じてしまうわけです。買いかぶりすぎだと思うんですね。

まあ、私の個人的な感想は横においておきましょう。高安は、この文章を、次のような美しい結語で、締めくくっています。

彼（大辻注・近藤）がかういふ歌の取材に立つ限り、人々の完全な理解を要求することは極めて困難である。政治的社会的背景やそれに対する作者の立場を一首の中に盛り込むことは不可能であり、読者各人の用意が極めて大きい役割を占めることになつて来る。彼は新しい短歌大衆に期待してゐるけれども、やはり結局小説ほど委曲を尽して納得せしめることは出来ない。さういふ意味で彼は一種の不可能にいどむ悲壮さを担つてゐる。しかし、僕はやはりこの悲壮さを美しいものと思つてゐる。（同右）

ここで高安は、近藤の歌のテーマが大衆には理解され難いことを述べています。短歌という短い詩型のなかでは「政治的社会的背景やそれに対する作者の立場」を表現することはできない。したがって、近藤の歌が人々に完全に理解されることは困難である。高安はそう述べます。

この時点において、近藤はまだ「短歌大衆」に絶望してはいません。民衆の知性が改善され、いつか自分の短歌を理解してくれる「新しい短歌大衆」が生まれ出てくるのを近藤は待ち望んでいる。が、誰が考えても分かるように、それは困難です。その困難に挑み、難解な歌を詠み続ける近藤に、高安は悲壮な美しさを感じ取っているのです。

この部分、私などは、ちょっと胸が熱くなりますね。これは、近藤に対する高安の渾身のエールです。高安は、近藤の歌の難解さとその原因を正しく指摘しながら、その一方で、その難解さにあえて挑んでゆく近藤を賞賛し、彼を励ましている。そこには、近藤に対するやっかみとかライバル意識は微塵も感じられない。そこに、高安の人格の高貴さが如実に現われていると思います。それは、悪く言えば、いかにも「お坊ちゃん」らしい「人の良さ」とも言えるのですが。

6、近藤芳美「作品の問題性」

高安のような良き理解者を得たことに意を強くしたからでしょうか、昭和二十四年の近藤は、勢いづいて、よりいっそう強力な形で自分の短歌観を披瀝していきます。その代表的な文章が「アララギ」昭和二十四年二月号に発表された「作品の問題性——アララギ其一欄に関して」という有名な文章です。

この「アララギ」の「其一欄」というのは、斎藤茂吉・土屋文明以下、錚錚たるメンバーがならんだアララギの主要同人欄です。近藤はこの同人欄に真正面からケンカを売るんですね。それがアララギに波紋を広げることになります。

この文章の冒頭で、近藤は次のように言います。いきなり凄いです。

数名の作者の作品を例外として、アララギ其一欄の歌はほとんど愚劣と云つてよいのではなからうか。さう云ひ切つて悪ければ、之ら大半の作品から、作品としての巧拙は別として、ほとんど何らの問題を引き出し得ないとは云へるのではなからうか。

（近藤芳美「作品の問題性――アララギ其一欄に関して」「アララギ」昭24・2）

いきなり「愚劣」ですからね。茂吉以下、主要同人がならぶ其一欄を、近藤はいきなり「愚劣」の一言でなで斬りにするわけです。

ではなぜ「愚劣」なのかというと、主要同人たちの歌は、「一草一花」といった身辺の自然の細かな変化ばかりを歌っていて、政治にコミットしてないからだ、と近藤は言うわけです。読んでみましょう。

吾々の一番云ひたい事、一番大事な事が何であるかと云へば、それは吾々の今日生きて行く事実、生きて行くいとなみだと云ひ切つてよい筈だ。しかも、吾々は結局、一人の人間として生きて居ると同時に、社会の連係の中、多数の中に時代を同じくして生きて居るのだと云ふ事を考へれば、我と他と、個人と民衆と、個人と社会と更に云へば個人と政治との問題は、常にめぐつて吾々の作歌の切実な問題とならなければならぬ筈だ。（中略）もつと端的に云へば、吾々に今一番大事な問題は一草一花の中に造化の神秘などを感じる事ではなく、吾々の今生きて居る四周、社会、政治の中にあり、作者自身とそれらのからみ合ひの場合場合にあるのだと云へる。（同右）

「個人と政治」という問題こそが、現代においては一番大切なテーマであるはずだ、ここで近藤はそう言い切っています。なぜなら、現代において私たちは一人で生きているのではなく、社会的な連係のなかで生きているから。だからこそ、社会的連係を根本から規定している政治に注目しなければならない。そして、その政治が押し潰そうとする個人の尊厳を尊重することこそが、今を生きる私たちにとって一番切実な問題になってくる。ところで、短歌は私たちの生とダイレクトに結びついている文学だ。人生上の最大課題は、そのまま作歌の最大課題とならねばならない。したがって「個人と政治」の問題こそ、作歌の最優先課題とならなくてはならない。ここで近藤はそう考えるわけですね。

なぜ近藤はこんな極端なことを言い出すのか、というと、その背後には、やはり東西冷戦時代に突入しつつあった世界情勢や時代背景があったのだろうと思います。それに対する近藤の焦慮があったのです。次の部分において近藤は次のように言っています。

例へば、今日戦争の予感とも云ふべきものが、大気の気候の如く今日の時代の気候となつて居ると云ふ事に、何故吾々の歌がもつと反応しないのであらうか。又二つに別れた世界が、中国にも朝鮮にも生々しい血を流して居る今日、吾々の歌が何故いつ迄も私の哀歓のみをくりかへして居るのであらうか。（同右）

昭和二十四年二月といえば、前年秋に近藤のふるさとである朝鮮半島で、韓国と北朝鮮がそれぞれ独立し、一触即発の状態になっていた時期です。そういう東西冷戦の走りのような時代のなか近藤は再び戦争がはじまるという予感に鋭く怯えていたのでしょう。だからこそ、彼にとっては「個人と政治」の問題が重大なものとして感じられていた。近藤はその個人的な焦慮を、他の人にもあてはめて、「個人と政治」を現代の短歌における中心的なテーマとして考えようとしていたことがよく分かります。

「アララギ」の其一欄に対してこのような激烈な批判を述べた近藤は、次に、それとは逆に一般会員の歌が載せられている其二欄の歌を評価します。そこには「生き生きとした庶民性」があると言うんですね。そして、その上で、次のように言葉を続けています。

僕らは其（大辻注・「アララギ其二欄」）の庶民性を大切なものであると考へると同時に、それだけではならない物を知つて居なければならぬ。／それをどう説明してよいか今解らぬが、或る場合庶民性よりも、孤絶した、孤高な、自分だけの立場を持つ事なのではなからうか。（同右）

ここで近藤は「孤高な、自分だけの立場」を持つ必要性を述べています。ここらへんが、いかにも近藤らしい論理の飛躍があって、分かりにくい部分です。

近藤は「個人と政治」の問題こそが大切だといいました。近藤にとって究極的な政治形態は、個人の思想を圧殺しないような政治形態ということになるでしょう。もし、すごく単純に考えれば、「個人と政治」の問題の解決を図るなら、近藤は理想の政治形態を実現するために、何らかの形で政治にコミットしていかなければならないはずです。たとえば、共産党に入党するとか、政治運動に関与してゆくとかして政治参加をするのが自然な形だと思うのです。

ところが、ここが近藤の複雑なところなのですが、近藤はここで逆に「孤立」の必要性を訴えてゆくのです。「個人と政治」という問題を考え、それを解決するためには、一人になって、孤高の立場に立たなくてはならない、と言うんですね。この論理は非常に分かりにくい。当時の読者にも、近藤の文章のこの部分は理解しにくいものだったのではないかと思います。

案の定、この近藤の「作品の問題性」にはアララギ内部から数多くの反論が寄せられました。アララギ会員にとっては中心同人の集まった其一欄を「愚劣」と言い切ったところが特に癪に障ったのでしょう。それらの反論のなかで一番有名なのが柴生田稔の「政治と歌――近藤芳美君に」（昭24・8〜9）です。柴生田のみならず、この近藤の文章は、あらゆるところから叩かれるわけですね。

ところが、そんな四面楚歌のなかで、唯一、高安国世だけは、とても意を尽くした温かい近藤への援護射撃をするのです。私は、その高安の文章を、いかにも高安らしい、彼の本質を如実に伝えてくれるものとして重要視したいと思うのです。

7、高安国世「『作品の問題性』私見」

近藤芳美のアララギ同人批判「作品の問題性――アララギ其一欄に関して」が「アララギ」誌上に発表されたのは、昭和二十四年二月のことでした。この翌月、昭和二十四年三月、高安国世は、関西アララギの機関誌「高槻」に近藤に対する援護射撃ともいうべき文章を書きます。それが次に示した「『作品の問題性』私見」という文章なんですね。

重ねて言いますが、この文章が発表されたのは、近藤の文章が「アララギ」に掲載された翌月の「高槻」です。その反応の速さに驚かざるを得ません。

「高槻」三月号では、「作品の問題性」に対して、鈴江幸太郎と高安国世が意見を寄せています。文末に記されたそれぞれの文章の擱筆の日付を見ると、鈴江は二月九日に、高安は二月十六日に自分の文章を書き上げています。「アララギ」二月号が届いて二週間経たないうちにこれら二つの文章が書かれたわけです。異例といってよいでしょう。ことほど左様に、近藤の「作品の問題性」は、アララギの同人をして、何か言わずにはおれないような衝動を掻き立てる文章だったのでしょう。

この号に記された鈴江の「『作品の問題性』に就いて」という文章は非常に分かりやすい近藤批判です。感情的な反発をそのまま記したような文章だといえます。彼はこんな風に言っています。

> 第二芸術論は俳句短歌の本質を知らぬ者の無責任な垣のぞき論であつたが、近藤氏の論はそれを繰返した形になつてゐさうである。（中略）近藤氏の意見は、志賀直哉、谷崎潤一郎、或は永井荷風等を抹殺しようといふ新らしい評論家と軌を一にして、社会、政治に文学を屈せしめやう《ママ》といふ態度であらうか。
>
> （鈴江幸太郎「『作品の問題性』に就いて」「高槻」昭24・3）

ここで鈴江が言っている「新らしい評論家」とは、当時「近代文学」などで、文学者の戦争責任を追及していた小田切秀雄や荒正人のことを指しているのでしょう。鈴江は、アララギの旧世代を批判する戦後世代の近藤に対して、小田切や荒と同様の時流便乗の臭いを嗅ぎ取って嫌悪を感じている、といえます。

中村憲吉門下の歌人・鈴江幸太郎は明治三十三年生まれ。このとき四十八歳です。近藤より一世代上で、戦前からアララギ誌上で活動してきた世代の歌人です。そういう上の世代の鈴江としては、戦後に肩で風を切るように登場し、先輩をなで斬りにするかのような近藤の発言は、鼻持ちならないものとして感じられたとしても不思議ではないでしょう。鈴江は近藤の文章のなかに

「社会、政治に文学を屈せしめやうといふ態度」を感じ取り、そこに悪しき政治主義の臭いを嗅ぎ取ったのです。そういう意味では、この鈴江の反発は非常に分かりやすい素直なものだと言えます。

おそらくこの鈴江の文章に刺激されたのでしょう。高安は、鈴江とは全く反対の立場から近藤を擁護することになります。それが高安の「『作品の問題性』私見」という文章です。私、実は、この文章を読んで、ちょっと感動してしまったんですね。

まあ、一般的に言って、近藤の文章は分かりにくい。論理が、ポン、ポンと飛んでいってしまう。その飛躍についてゆけない。自分では分かっているんだろうけど、読者は置き去りにされてしまう。そんな文章が多いのです。

それに対して、高安は本当に理解力のある人で他人の歌や文章が本当によく読める。何でも分かってしまって、深く理解してしまうところがある。だから、この高安の「『作品の問題性』私見」についても、近藤は実は何が言いたいのか、ということを正確に摑んでそれを一般庶民にも分かりやすいように、丁寧に嚙み砕いて筋道だてて解説している。そんな文章だと思います。

実際に読んでみましょう。まず、高安は、近藤の論文の主旨は、以下のような三点に纏めることができる、と言います。

近藤君の論の第一の主要点は、アララギ其一欄の作品がくだらぬといふことである。何故くだらぬかと言ふと「問題がない」からである、「マンネリズム」であるからである。

第二の主要点は、この「問題」といふのは、「如何に生きるべきか」であり、「社会性」であり、「政治性」であるといふことだ。

第三の点は其二欄の庶民性の健康さとその限界である。本当の文学となるには、その受動的な態度を止揚して、高邁な、独自な立場を持たなければならぬといふことである。

(高安国世「『作品の問題性』私見」「高槻」昭24・3)


こうやって論旨を箇条書きにしてくれると、分かりやすいですね。高安は、近藤の論の屈折した論理を、本人以上に分かりやすく解析してその主旨を箇条書きにして読者の前にきちんと提示している。いかにも、学者らしい理解力であり、教育者らしい表現力だと思います。

このように論点を三つに整理した上で、その一つ一つに高安は自分の見解を加えてゆきます。

第一の論点である其一欄の作品の「問題のなさ」「マンネリズム」について、高安はおおかた近藤の主張を肯定しています。ただ、近藤の「数名の作者の作品を例外として、アララギ其一欄の歌はほとんど愚劣と云つてよいのではなからうか」という発言に対しては、その「例外」を具体名を挙げて示すべきだった、と注文をつけています。近藤の主張を認めた上で、配慮が足りなかった部分をきちんと指摘しているのですね。

次に、高安は二つ目の論点、「社会性」「政治性」の問題について自分の見解を述べます。高安の真骨頂があらわれているのは、この部分だと私は思いました。彼はこう言います。

さういふ意味で近藤君の論の第二の点、社会性や政治性は最も現代生活の特徴を剔出してゐることに異論はないであらう。しかし近藤君自ら言ふやうに歌はそればかりではない。言ひかへれば現代の人間の感情も政治的社会的ばかりではない。それは大きな部分を占めるけれどもやはり一部であつて全部ではない。これを政治と言ひ切つたやうにきこえる所に異論が出て来るのであらう。

（同右）

この部分でも高安は、近藤の論の舌足らずなところを丁寧に補足しながら、近藤の真意を読者に噛んで含めるように伝えようとしているような感じがします。近藤は、人間を取り巻くさまざまな関係性を「政治」ということで括ってしまった。そのことが、誤解を招く原因になっている。そんな風に、高安は近藤の真意を汲んだ上で、彼の文章の欠点を修正して解説しているわけですね。さらに高安はこのように言います。

近藤君の立場は決して一つの現在の政治に組みすることを意味してゐない。むしろ飽くまで自己の知性と実感とを根拠として現実に対処しこれを批判して行かうといふ立場である。やはり自己（芸術家としての）中心のヒューマニズムとも言ふべきもので、何ら一定の政治とか思想とかを中心とするものではないやうだ。

（同右）

先の鈴江幸太郎もそうでしたが、当時、近藤の論は単純な政治主義の主張である、といった誤解が横行していました。が、高安はそうは捉えていません。近藤のいう「政治」とは、現在の政治にコミットすること（例えば共産党に入る）といったことを全く意味してはいない。むしろ「飽くまで自己の知性と実感とを根拠として現実に対処しこれを批判して行かうといふ立場」。それこそが近藤が言わんとしている「政治性」なのだ。高安はそう言います。

そして、その「自己の知性と実感」を基盤として、政治を初めとした現実に対処し、その現実を批判的に見つめてゆこうとすること。そのことこそが、近藤が「個人と政治」という言葉で言い表したかった本当の主張である。それは、個人を否定し政治を重視することではなく、個人を最大限に尊重する「ヒューマニズム」の主張なのだ。高安は、ここで近藤の論をそのように纏めているわけです。

さらに、当時、近藤の主張に対しては「この主張は戦前のプロレタリア文学と同じものだ」とか「文学を政治に従属させるものだ」といった批判がたくさんあったわけですが、本当はそうではない。近藤の論は「何ら一定の政治とか思想とかを中心とするもの」ではない。高安はそう言葉を続けてゆきます。

何かこの部分などは、高安が近藤になりかわって近藤の主張をわかりやすく解説しているような感があります。昭和二十三年春の初対面以来、高安は近藤と何度も「政治と文学」という問題について、議論してきました。その蓄積と成果がこの部分には見事に生かされています。

さらに高安は、第三の論点「アララギ其二欄の庶民性とその限界」についても自分の見解を述べます。先に述べたように近藤はこの部分で、あの悪名高い「孤高の態度」の必要性ということを述べるのですね。高安は、近藤のこの「孤高」という誤解されやすい言葉についても、近藤の真意を汲みながら、一般の人が分かりやすいように解説しています。読んでみます。

第三の高邁な「孤高」の精神といふことは、第一の点、及び第二の点の近藤君自身の政治的立場に関係してゐるが「孤高」といふ言葉はまた誤解を招き易い。没世間的、高踏的に、ひとり自ら高しとする態度であつては困る。むしろ近藤君の歌を見てもわかるやうに人間に対する愛情、社会的連帯感を抱いて民衆に近づいて行きながら、最後のところでどうしても自らの孤独を感ぜざるを得ぬといふことでなければならない。それは俗流とどうしても妥協できない詩人の魂であり、そこから独自の作家精神を打ち樹てねばならぬことを示す言葉でなければならない。（同右）

近藤のいう「孤高」とは、一般的に考えられるような没世間的態度や高踏的な態度ではない。また、社会に対して傍観者の位置に立つことでもない。近藤のいう「孤高」とは、愛情や連帯を求めて民衆に近づいてゆきながら、最後の場面で、どうしてもそれに自分を重ねあわすことができない詩人の孤独に基づいた精神的な立場なのだ。ここでも、高安は近藤のいう「孤高」という言葉を、できるかぎり好意的に解釈しようとしています。

どうでしょうか。以上、詳しく見てきたように、この「『作品の問題性』私見」において、高安は、親身になって、近藤の立場に立って、むしろ近藤が言いたくて言えなかったことを敢えて代弁するような形で、彼の思想を人々に伝えようとしています。

このような文章は、やはり、まぎれもなく、高安しか書けない、高安ならではの文章だと思います。先ほども言ったように高安は、さまざまな歌に対して非常に深い理解力を持った人だと思います。たとえば、彼は、戦後の学生歌人たち、「ぎしぎし」や「フェニキス」といったガリ版の同人誌に集う若者の歌を深いところで理解し共感を示します。一九六〇年代には、塚本邦雄たちの前衛短歌運動に対しても非常に深い理解を示します。高安は、そのつどそのつど起こってくる短歌的な現象の本質をもっとも深いところから理解し、それに共感を示し、それを周囲にも伝え、自らの内に取り込んでゆく。ずっとそういう風にして歌を作っていった歌人なのです。一言で言うなら「理解魔」のような人です。なんでも理解してしまう。

そういう高安の高い理解力、そういう高安の資質が、近藤の「政治主義」に対しても発揮されている。この文章を読んで私はそう感じました。

でも、そういうなんでも理解してしまう、という柔軟な態度が周囲からは「優柔不断」だとか、「変節魔」とか言われてしまう。高安の歌壇的評価が、いまひとつ安定しないのはそのようなよく言えば柔軟さ・悪く言えば優柔不断さが災いしているのだろうと思うのです。

このように昭和二十年代の前半から中盤にかけて、常に近藤芳美という存在を眼前に感じ、彼の思想を深く理解し、彼からの影響を受けながら、高安国世は自らの歌を作り上げようと努力していったのです。誤解されがちだった近藤にとって、この高安の「『作品の問題性』私見」はまたとない援護射撃となったはずです。高安はこのような形で近藤を常に意識しています。では、近藤芳美は高安国世のことをどのように意識していたのでしょうか。

8、近藤芳美「『真実』私感」

この時期、近藤芳美は高安国世の作品を、本当のところどう見ていたのか、それを明白に表している文書があります。昭和二十五年二月に「アララギ」に発表された近藤の「『真実』私感」という文章です。高安は昭和二十四年七月に第一歌集『真実』を高槻発行所から発行します。この高安の歌集を「アララギ」誌上で批評したのが、ほかならぬ近藤でした。

この文章において近藤は、高安の歌を自分と同じ土屋文明欄で目にするようになった昭和十一年十二年ころの思い出から筆を起こしています。すでに先の「1」の部分で引用したように、近藤は初期の高安の歌のなかに「破綻のない一応の技巧と、つつましい、若々しい抒情」を認め「何か詩歌の育つべき環境の中にめぐまれてすくすく育つたやうな同年代の未知の作者の作品に少年らしい羨望と尊敬」を感じつつ、「私かに彼の作品だけ書きとる小さなノートを作つたりして居た」と述べています。このころの近藤が、高安の作品に対して一定の敬意を払っていたことは、高安の歌を書きとめるためのノートを近藤が作っていたことからも読み取ることができるでしょう。

が、「『真実』私感」を執筆した近藤はかつての青年ではありません。彼は、高安の作品に「一応の技巧」を認める、と言います。この「一応の」という表現のなかに、俺は高安の歌を全面的に認めているわけではないぞ、と言いたげな含みを感じてしまいます。

『真実』は、戦後に書かれた高安の歌をまとめた歌集です。高安は、昭和九年にアララギに入会していますから、高安は第一歌集編集時にそこから約十年間の初期作品を除外しているわけです。この除外された戦前期戦中期の作品は、一年半の後、昭和二十六年一月に『Vorfrühling』として発表されることになります。高安は優に歌集一冊分もある戦前・戦中の歌を没にし、戦後の歌のみを世に問うているのですね。そこに、自分の歌は「戦後短歌」なんだ、自分は近藤同様、戦後派歌人として歌壇に登場したいんだ、という高安の焦りのような思いを感じてしまいます。

が、意気込んで世に問うたこの『真実』の歌、とくに、昭和二十年二十一年の歌に対して、近藤は冷淡です。近藤は「しかし、それにしても、とにかくどの作品を取つて見ても、アララギの技巧の伝統を危なげなく受けついで居り」とか、「着実で地味」とか、「冴えの不足」とか、「案外な常識性」とかいう表現でこれらの歌を否定します。さすがに全否定はしていないものの近藤は高安の歌に対してかなり厳しい評価を下すのですね。

が、そのなかで、近藤が口を極めて絶賛している一連があります。それは、『真実』の最終章近くに置かれた「誠実の声」と題された八首からなる一連です。初出は「高槻」の昭和二十四年二月号です。『真実』の所収の歌の下限の時期にあたる以下のような作品です。

知識層の自卑し来れる一事の力とならむ君が今日の言葉
細胞生活説く此の友が壇下りれば如何に呼びかけむかと迷ひゐる

高安国世『真実』昭24

躇へる心ながらに君を呼ぶ党に孤独の文学者君を
誠実なるインテリゲンチャの告白と聞く間に席を立つ大学生女子学生
壇上に苦しき告白に陥《お》ちて行くありありと孤独なる文学者の声
誠実に自らを追ひ詰むる告白の幾何《いくばく》が若き胸に伝はる
弁当を食ふ者「アカハタ」を覗く者革命者の文学を君期する時
一語一語声張り上げて区切り言ふ兵たりし苦しみ余韻の如く

この連作には「野間宏講演」という副題がついています。作家の野間宏と高安国世は学生時代からの友人です。その野間宏が、戦後思想的な苦悩の末に日本共産党に入党を決意します。彼は、学生相手の講演のなかで、ブルジョア階級の一員であった自分が「革命者の文学」を選びとるまでの精神的苦悩を誠実に告白したのでしょう。友人である高安はその講演の言葉に深く感動した。この「誠実の声」の一連には、そのような高安の野間に対する思いが滲み出ています。

『真実』の歌のなかで唯一近藤が例外的に評価し賞賛したのはこの一連でした。近藤はこの一連のなかから四首目「誠実なる」、五首目「壇上に」、六首目「誠実に」の三首の歌を取り上げ次のように評価しています。

野間宏の事を歌つた「誠実の声」の一連は、「真実」の中でも最も注目すべき作品であらう。僕はこの一連があるためにのみ「真実」が従来の多くの歌集と別個のものとして取上げる意味を持つものと考へる。この作品で作者はとにかく自分の問題を語つて居る。僕らはこの作品をよむことにより、作者と共に物を考へることが出来る。これを詩歌の批判精神とも何とも説明することが出来よう。しかしそんな事を僕は今云ふのではない。このやうな歌が僕らのあいだ《ママ》で大事な歌だと云ふ事を、高安君の歌をかりて僕は云ひたいのである。
（近藤芳美「『真実』私感」「アララギ」昭25・2）

近藤はこのように、この一連を『真実』のなかで「最も注目すべき作品」である、と評価します。知識階級の人間が政治とどのようにコミットしていったらよいか、そういう悩みをこういうような形で真正面から歌い作品化したところがこの『真実』のなかで一番優れたところだ、と近藤はいうのです。そして、近藤はこのような知識人の苦悩を歌った歌こそが、自分たち戦後派の歌人たちの歌うべき歌だ、という。「このやうな歌が僕らのあいだで大事な歌だと云ふ事を、高安君の歌をかりて僕は云ひたい」と言うのですね。

でも、さあ、どうでしょうかね。この『真実』という歌集を客観的な目で見たとき、本当に、近藤の言うとおり、この「誠実の声」が最も優れていて高安国世の資質や本質を最もよく表しているか、というと、私自身は、違うと思います。高安の持ち味は、本当は、近藤が否定した前半部の歌の柔らかい感受性や西洋詩の影響を受けた表現主義的な詠法にこそ良く現れているのではないか、と私は思うのです。

むしろ、この「誠実の声」は『真実』のなかでは異色な一連です。もっと言えば、この一連は、高安が昭和二十三年に近藤と出会い、近藤の大きな影響を受けたことによって成立した歌なのだと思います。近藤は、高安のなかに、自分と同じ問題意識を見出し、その部分だけに注目しその部分のみを評価しようとしているような気がするのです。

先の部分（「5」）でも触れたように、近藤は、高安が「誠実の声」の一連を作る約一年前に、高安同様、知識階級の人間が政治とコミットする苦悩を描いた歌を歌っています。東大の文学部哲学科教授出隆が共産党に入党したニュースに触れて作った次の二首です。

講座捨て党に行く老いし教授一人小さき一日の記事となるのみ
今の日に苦しみ党に行くものを冷然と彼ら待ちうけて居む
近藤芳美「アララギ」昭23・6

この二首は、野間宏を歌った高安と同じモチーフを扱っていると見ていいでしょう。つまり、知識階級の人間が政治とどのように関わるか、という問題意識は高安の歌を待つまでもなく、近藤のなかに根強くあり、近藤はその問題を高安より一年も前に自分で歌にしているわけです。そういう問題意識が近藤のなかに事前にあったからこそ、近藤は、『真実』の中からことさら「誠実の声」の一連を高く評価したに違いありません。

このような批評態度はフェアな態度とはいえません。本来、歌集評というのは、その歌集に収められている歌に対して、先入観なしに虚心に向いあうことから始められなくてはなりません。先入観なしに、作品そのものに真向かい、そこからその作品の特徴や味わいや作者の本質のようなものを析出する。一冊の歌集を批評するという行為は、本来、そのような手順を踏んで行われるべきものなのではないか、と思います。

が、「『真実』私感」はそうではありません。近藤は、高安の歌集から自分の興味のあるもの、自分の問題意識に合ったものだけを抜き出して来て、それを評価している。ちょっと我田引水的というか、唯我独尊的な態度だと思うのです。さらに、近藤は、高安のなかから自分とよく似た部分だけを抜き出し、それをあたかも自分たち戦後派世代共通の問題意識であるかのように喧伝する。「このやうな歌が僕らのあいだで大事な歌だと云ふ事を、高安君の歌をかりて僕は云ひたい」と近藤は言いますが、この「高安君の歌をかりて」自分の主義主張を述べる、というところに、この「『真実』私感」という文章の主題があったのではないかと思えてくるのです。

近藤は、この「『真実』私感」を次のような形で締めくくっています。

批評者になつて云々する事は容易であるが実作者として、例へば「真実」の後半に打開された方向を、固定化さすことなしに実際にどのやうに発展させて行つたらよいのかと云ふ問題の如き、其の困難さはむしろ僕自身のことばとして高安国世君に聞いてもらひたいくらゐである。それと、僕はさきに僕らの生活の業苦と云つたが、生活人として負はなければならない荷と時代人として分たなければならない責とを、どのやうに結びつけて行くのか、其のやうな場合、僕は同じ基盤で語り合ふことの出来る今日の少数の作家として、高安君に、高安君の誠実な作歌に、本当に期待する事が多いのである。

（同右）

たしかに、ここには高安に対する近藤の深い親近感と信頼が現われています。が、厳しく見れば、この部分でも近藤は高安のことを語りつつ、結局は自分の実作の悩みを吐露しているような感じがします。「困難さはむしろ僕自身のことばとして高安国世君に聞いてもらひたい」という近藤の言葉のなかには、知識階級と政治の関係をどのような形で歌にすればいいかということについて思い悩んでいる近藤の問題意識が吐露されていますが、近藤にとっては、その自分の悩みこそが重要で、高安の歌集はその問題意識を吐露するための「ダシ」であり、きっかけに過ぎない、という感がします。

すでに先の部分（「7」）で述べたように、高安は、近藤の「作品の問題性」という論文を真摯に読み解き、それを深く理解し、人々に伝えようとしていました。高安は、近藤の論作に対して、実に誠実に批評をしています。が、近藤はそうではありません。この「『真実』私感」でもあきらかなように、近藤には、高安の作品世界を虚心坦懐に見つめ、それを客観的に批評しようとする態度は希薄であると言わざるを得ません。

こんな風に見てゆくと、はたして、近藤芳美は高安国世をどのように見ていたのだろうか、という疑問が改めて私の胸に浮かびあがってきます。

確かに、近藤は、高安のことを、同じ土屋文明門下の同年齢の同じ知識階級に属する稀有な友人として友情を感じていた、とは言えるでしょう。しかしながら、こと文学の領域においていうなら、近藤は高安のことを、自分の同伴者としてのみ見ているだけで、真の意味でライバルとは見なしていない。ましてや、自分に文学的影響を与える畏敬すべき存在とも思っていない。そこに近藤の高安理解の限界があります。極言すれば、近藤の文学作品に、高安からの文学的影響は皆無なのです。高安には残酷ですが、こと文学面においては、高安が近藤を思っているほどには、近藤は高安を思っていない、という感じがします。

が、このような近藤の冷淡な態度に対して、高安はこの近藤の賞賛と批判の言葉を真正面から誠実に受け取ってしまいます。その真面目さは痛々しいほどです。

縷々述べてきたように、高安は近藤に対して憧れと言ってよいほどの信頼感と尊敬の念を抱いていました。この近藤の「『真実』私感」という文章のなかで近藤自身が書いていますが、高安は、自分の戦前・戦中の歌をあつめた実質的な第一歌集『Vorfrühling』の草稿「若き日の歌」(仮題)を近藤に渡して、アドバイスを仰いでいます。出版前に近藤に目を通してもらっているんですね。また、この「Vorfrühling」という歌集の題名は、ドイツ語で「早春」という意味です。この題名そのものも、近藤の第一歌集『早春歌』を真似していることは明らかです。こういうところに、この時期の高安の卑屈といっていいほどの近藤崇拝が感じられるのです。

また、高安は、昭和二十四年の夏に次のような一首を作っています。

「捨身になれよ高安君」と既に我が言葉の如くなり帰り行く　高安国世「アララギ」昭24・9

これは、昭和二十四年五月に高安が戦後三度目の上京をしたときの歌です。このとき高安は、近藤はじめ新歌人集団の歌人たちと会って、酒を酌み交わし、その後、群馬県川戸に疎開中の土屋文明を初めて訪問するのです。この歌の「捨身になれよ高安君」という言葉は、自分が言った言葉であることを、近藤自身が証言しています（「塔・高安国世シンポジウム」平2・7・29、黒住嘉輝『高安国世秀歌鑑賞』平17の記述による）。おそらく高安は、近藤のこの言葉から、甘い抒情質を払拭し現実や政治と対峙せよ、という近藤の叱咤を感じ取ったのでしょう。高安は、その言葉を、自分の言葉だと感じるようになるまで何度も胸のなかで反芻し続けたのです。

この歌にある「捨身になれよ」という叱咤激励。「『真実』私感」によって示された知識人の苦悩を歌うという方向性。高安はこれら近藤のサゼスチョンを真正面から受け取り、第三歌集『年輪』（昭27）に収録される歌々を苦しみながら作ってゆきます。この『年輪』では、高安は文字通り「捨身」になって、戦後社会における知識人の苦悩、家庭生活と研究生活の相克、三男の聴覚障碍、日米安保条約下にある日本の政治問題などを歌ってゆきます。高安は、近藤が指し示した課題に真正面から取り組み、それを自分の糧にし、自分の作品世界を作ろうと苦闘してゆくわけです。そういう意味では、近藤の「『真実』私感」という文章は、その後の高安に決定的な影響を与えた文章であった、ということができます。

9、その後の二人の歩み

以上、私は、戦後期の高安国世と近藤芳美の関係を、主に高安の立場に立ちながら長々と論じてきました。一言で言うなら、高安と近藤の関係は高安の一方的な片思いに終ったということなのでしょう。高安は近藤を弁護し、近藤の示唆に従って自分の抒情質を変革しようと努力したのです。

で、結論なのですが、この二人の歌人が最終的にはその後どのような歩みを辿っていったのか、ということを一瞥しておきたい、と思います。

近藤芳美は、この後『歴史』（昭26）『冬の銀河』（昭29）『喚声』（昭35）と歌集を発行してゆきますが、基本的には全く変わりません。「作品の問題性」で主張したように、社会・歴史・政治の問題や知識人の苦悩をずっと歌い続けてゆくわけです。近藤芳美は、このような自分の短歌理念を最後まで頑固に変えません。

それに対して高安は、『年輪』以後、このような近藤芳美の影響から、なんとか脱出しようと試みます。『年輪』のあとの第四歌集『夜の青葉に』（昭30）のあたりでは、本来の高安の資質に帰った叙情性や表現主義的な技巧を追求する方向に舵を切って、自分独自の作品世界を深めてゆきます。高安は昭和二十年代の前半から中盤にかけて近藤芳美から決定的な文学的影響を蒙りますが、その後昭和三十年代に入ってからは、むしろ近藤の作品世界と対峙することによって、自分の作品をそのつどそのつど新しくしてゆくのです。

近藤芳美は平成十八年、九十三歳で亡くなります。が、もし彼が百歳まで生きたとしても、おそらく彼の作品は本質的には変らなかったのではないか、という気がします。近藤は、重厚で難解な文体で、社会を歌い、人類の苦悩を歌うような重々しい歌を、ずっと作り続けていたに違いありません。そこが近藤芳美の最大の強さであり、偉大さだと思います。

それに対して高安は、自分の作品を不断に変化させ、深化させて行った。そして、七十歳で亡くなってしまう。彼の最晩年の『一瞬の夏』（昭53）『湖に架かる橋』（昭56）『光の春』（昭59）といった歌集には、もう高安国世以外の誰のものでもない独自の世界が現われ出ているような感じがします。何度かの作風の変遷を経て、やっと高安しか書けない世界のようなものが姿を現してきた。そういうときに高安は亡くなってしまう。彼があと二十年、近藤と同じだけ生きたら、どんな作品世界が開けていただろう。そう考えると、かえすがえすも七十歳の若すぎる死が残念でなりません。

うーん、なんか私、こういう高安さんにとても同情するところがあるんですね。私自身にも同様のことがありましたのでよくわかるのですが、同門のなかに、自分と同じ年代に、好敵手というか、すばらしい歌人がいるということは大変なことなんです。高安にとっては、それが近藤芳美であった。高安さん、しんどかったろう、と思います。

以上、随分長くしゃべって参りました。高安国世が、近藤芳美をどんな風に自分の目標として感じとっていたか。近藤にいかに対峙しようとしていたか。近藤芳美というライバルとの対決を通じて自分の作品世界をどのように作りあげていったのか、そういうことについて、思うところの一端を述べさせていただきました。ご清聴ありがとうございました。

（平成二十五年十二月一日「現代歌人集会秋季大会」・アークホテル京都）

相良宏——透明感の背後

1、晩年の歌の透明感

今日は、相良宏という歌人についてお話ししたいと思います。相良宏という歌人は、皆さんあまりご存知ないかも知れません。

私は「未来」という結社に入り、岡井隆という先生のもとで短歌を三十年作ってきました。その「未来」の中で相良宏はとても大切にされています。岡井隆の友人でありライバルであり、透明感溢れる歌によって、前衛短歌に繋がる新たな表現の領域を開拓して夭折した歌人です。

相良宏は大正十四年四月十四日に生れ、昭和三十年八月に亡くなります。昭和の年号がそのまま満年齢なので三十歳で亡くなってしまうわけです。最晩年に作られた彼の代表作が以下の一首です。

ささやきを伴ふごとくふる日ざし遠き紫苑をかがやかし居り　昭29

秋の歌ですね。秋の日差しが小さなささやきを伴っているような感じがする。しいんとした秋の晴れ渡った日差しのなかでささやきが交わされているような感じがする。そういう日差しが、遠いところにある紫苑のうすむらさきの花を輝かせている。とても静かな、とても透明感のある歌ですね。相良宏はこういう珠玉の作品を生み出して亡くなってしまいます。相良宏の歌は「草水晶のような」（中井英夫）と喩えられますが、草に下りた露のような透明感のある歌人、それが相良宏なんですね。

今日の講演は「透明感の背後」という題名にしました。実は一見透明な相良の背後には非常に深い葛藤、非常に深い劣等感、非常に深いそねみ、非常に深いジェラシー、そういったものが渦巻いていた。そういうものを全部濾過して、その澄み渡った上澄みだけを作品化した。それが相良宏という歌人だったと私は考えます。そんなことを話すことができればと思います。

2、名門の出自

岡井隆氏からダンボール箱に入った相良宏の遺品をたくさん頂きました。その中には何冊かの私家歌集、日記、歌作ノート、手紙、草稿類が入っています（巻末「参考資料一覧」参照）。相良の詳しい経歴はあまり分かっていません。今日はその資料からわかってきた新事実を紹介して相良の作品の背後にあったものや、彼の短い人生を追っていきたいと思っています。

まず略歴から確かめたいと思います。先ほど言いましたように相良は大正十四年生まれです。もし結核にかかってなくて元気だったら、ひょっとしたらまだ存命だったかも知れません。そういう年代です。東京の豊島郡雑司が谷村生まれですが、本籍は鎌倉です。

今回分かったことなのですが、父方の祖父というのは非常に偉大な軍人でした。相良澄《きよし》といって熊本県出身で海軍の主計官でした。主計官というのは海軍のお金とか財政とかそういったものを処理する海軍の財務省の役人みたいなものですが、そういう主計畑を歩んだ軍人です。相良澄は海軍の主計官のトップの海軍主計総監まで上り詰めます。日本海軍の財政を一手に引き受けて、どうそれを配分するかを決定する立場にあった。それが相良の祖父でした。最終的には少将になって昭和四年に退役しています。この祖父を相良は非常に尊敬していました。そういう名門の家に生まれたという自覚が相良の心の中にはずっとあったのだと思います。

その澄の長男が佐男《すけお》です。この佐男が相良の父です。明治三十一年ごろの生まれで、東京帝国大学の理学部を卒業した化学畑を歩むエンジニアでした。保土谷化学工業という大きな企業が今もありますが、最終的にはその保土谷化学工業の重役になる。また、相良家の源流は肥後・熊本の戦国大名だった家です。名門の血を引き継いだ家の長男として生まれたのが相良宏という少年だったわけです。母親のひさ子は明治三十三年ごろの生まれで、相良をはじめとして三人の男子と二人の女子をもうけました。そういう家族構成です。

お父さんが工場長をやっていましたので、相良は幼少期にいろいろ転居します。昭和八年、相良が八歳のときに、当時は板橋区だった小竹町（現在は練馬区）に移住します。池袋から西武線に乗りますと江古田という駅がありますが、その江古田の坂を上ったところです。昭和十三年の三月には上板橋第三小学校を卒業する。区長から優秀生徒として表彰された優等生でした。彼の日記（資料1）には、自慢げに、自分はすごく優等生であって、区長さんから褒美の辞書を貰ったと書いてあります。

小学校を卒業して府立第九中学校（現・北園高校）に進学します。府立九中は昭和三年の創立で、東京の中では比較的新しくできた学校なのですが、大きな時計台があってコンクリートの建物があった新進の進学校でした。そこへ相良は入ります。エリート街道をまっしぐらに歩んでいたわけです。

そこの校長が常田宗七という名物校長でして、毎朝、中学生の全員を集めて朝礼をするのです。長いときは三十分ほど話をする。前日、日直が黒板に「明日の和歌」と書いて、明治天皇の御製を一首黒板に書く。それを生徒たちはその日のうちに全部暗記する（資料2による）。そして、次の朝の朝礼で全員が声を揃えてその和歌を朗唱する。常田はその明治天皇の御製をもとにためになる講話をする。そういう校長だった。相良はそういう環境のなかで育ちましたから、おのずから短歌とか和歌といったものに興味を抱くわけです。

この常田宗七という人は島崎藤村の教え子でした。国粋的な側面も持ちながら、すごく開明的な考え方を持ちあわせていました。この時の府立九中には、荒正人という、のちに「近代文学」という雑誌に属して左翼的な陣営から近代文学を語る批評家が英語の先生として勤務していたり、高柳重信という前衛俳句の闘将が相良の三年先輩だったりしていた。非常に文化的に豊かな環境だといえます。そういう中学で相良は中学校時代をのびのび過ごし『万葉集』に興味を抱いていきます。

相良はいままでずっと理系の人間だったと思われていました。しかし当時の彼の日記（資料3）を読んでいると、全然理系ではありません。完全な文系です。国語や漢文は非常によくできる。英語もよくできます。しかし、数学は苦手です。また、数学以上にできなかったのは何かというと、軍事教練です。当時、中学校には軍事教練が週一回ありましたが、その成績が学業成績全般に対してものすごく大きなウェートを占めていました。相良は身体がすごく弱かった。体重は四十キロぐらいしかなかったようです。懸垂は一回もできなかったと書いてあります。だから、軍事教練の成績はものすごく悪い。これは当時としてはかなり致命的なことだった。当時は官立の高等学校に行くのがエリートコースでした。でも、高等学校に入るときに体力検査や身体検査がある。その時教練の成績とか体力検査の成績は非常に大きな意味をもつ。数学と教練という二科目が彼のネックだったわけです。

その頃の歌をちょっと見てみましょう。中学一年生の時の歌です。

お別れのにんじんだぞと村の子は貨車の窓へと手を差出だす　昭14

農村から馬を軍馬として供出する場面の歌ですね。いままで大切に飼っていた自分の馬を貨車に乗せて、これでもうお別れだと言ってにんじんを食べさせてあげる。そういう情景を歌っている歌です。かわいらしい歌ですよね。少年らしい歌です。

次の歌を見てください。十五歳の頃の歌ですから中学校三年生の時です。

風なきに梢ゆらぎて雪落つる音ぞしづけき如月の朝　昭15

非常に和歌的な歌です。「如月の朝」とか、梢が揺らいで雪が落ちるとか、音が静かだとか。当時、中学校の教育のなかでは文語教育が非常に盛んで、古典文法に則って和歌を作らせたそうです。その中の宿題みたいな形でこういう古今調・新古今和歌調の歌を作らされていたんだなと思います。相良はこういうところから短歌に足を踏み入れるわけです。

でも、後の相良のような透明感を感じさせるような歌もないではありません。それが次の十七歳の時の歌です。

秋霧の冷えびえ流れ洋館の立並ぶ上に月白くあり　昭17

秋の霧が冷え冷え流れている。向こうのほうに西洋風の建物が立ち並んでいて、その上に白い月が出ている。ちょっと透明感があって瀟洒でしょう。こういう歌もあることはある。でも、決して天才的な歌人という感じはしません。文学好き、短歌好きの一少年という感じの作品です。

3、青春時代の挫折

昭和十七年、相良は中学五年になります。当然、官立の旧制高校への入学を目指します。が、先ほど言いましたように、数学と軍事教練の成績が非常に悪い。軍事教練に至っては追試を受けるというありさまでした。そこで彼は体力検査のウェートの低い高校を探すのです。その中で選ばれたのが、当時、県立から官立に昇格した富山高校でした。この学校は体力試験のウェートが低かったのです。学力試験は、四倍ぐらいの倍率があったのですが、それには合格する。二次試験では体力試験があります。富山高校の二次試験というのは八割くらいの生徒は合格するのですが、ここで相良は不合格になってしまう。おそらく体力試験ではねられたのだと思います。滑り止めで慶應高校にも合格していたのですが、官立の高校に行かせたいという父親の意向もあって、彼は浪人生活を選びます。

その頃の歌を見てみましょう。次の歌は昭和十八年三月、富山高校に受験に行ったときの歌です。

うなはらに佐渡も見えたりたれこめて雲はみぎはに雪をふらせり　昭18

日本海の冬の海原に佐渡の島が見える。あたりは日本海の冬の垂れ込めた雲で曇っていて、その雲が水際に雪を降らせている。そんな歌です。ちょっと万葉調というか、アララギっぽい風景描写をしていますね。

次の歌は、富山高校に落ちたときの歌です。

いかなれば吾ぞあえかに生まれこし大みいくさの中に生れきて　　昭18

この「あえか」というのはひ弱という意味でしょう。先ほど言いましたように相良は身体が弱かった。体力が重要視される戦時中に青年時代を送ったということは、彼にとって非常に不幸だったと思います。名門の海軍少将の家の出であるにもかかわらず、体力がない。そういう体の弱さに対する悔しさ、屈折感、劣等感。それが「どうして私はこんなに弱い人間に生まれてきたのか」という上の句の言葉のなかに出ていますね。こういう自分の体の弱さ、体の虚弱さに対する劣等感は終生、彼を苛みます。

相良が一浪生活をしていた昭和十八年は、学生たちをめぐる環境が大きく変わった年です。国力を上げるために大切なのは理系の生徒だという判断のもと、政府は高等学校の文系の募集定員を削減します。三分の一くらいの募集人数になります。相良はもちろん文系に進みたかったわけですが、その門が非常に狭くなる。また、この年の秋、学徒出陣が始まります。それまでは、高校生や大学生は全部、卒業するまでは兵役が免除されていたのですが、文系の生徒に限っては出陣学徒として戦場に送られることになる。相良は文系志望ですから、召集されてしまうかもわからないという恐怖感に襲われるわけです。さらにこの年、それまで二十歳であった徴兵検査が十九歳に引き下げられます。ちょうど相良は次の年昭和十九年四月に満十九歳になるのです。

このように一年間他人より遅れてしまったことが、相良の運命を大きく変えてしまいます。目指していた文系の門が狭くなる。文系の高校に行けば戦争に行かなければいけない。徴兵検査は来年に迫っている。父は理系の人間ですから相良を説得して理系に進ませたんでしょう。彼は浪人中に文系から理系に進路を変えます。私は文系の人間ですからわかりますけど、文系の勉強ばかりしていた人間が突然、理系の化学やら物理やら数学の難しいのをやれといわれたら、とてもじゃないけど無理ですよね。だけど、相良はいちばん不利な選択をして文系から理系に進路変更をしたのです。

一浪後、昭和十九年三月に旧制山形高校の理科を受験しますが、案の定失敗してしまいます。旧制高校へ行く夢はあえなく破れてしまう。仕方なく彼は、中央工業専門学校という旧制の私立専門学校に進学します。

この中央工業専門学校という学校は、中央大学が母体となった学校で、その年に新設された学校でした。機械科と航空機科があり、相良が進んだ航空機科は軍用機のエンジニアや整備士を養成することを目的としていました。当時、軍用機がとても大事ですから、国策としてたくさん飛行機のエンジニアをつくらなければいけなかった。相良は、その学校にもぐり込むような感じで入学します。

ところが、この時にすでに相良は肺結核に冒されていて体調が悪化していた。また、そもそも興味関心のない理系の学校ですから、学業に全然身が入らない。その結果、学校にも行かなくなってしまう。また昭和十九年の四月には徴兵検査を受けて丙種合格になる。この丙種合格というのは実質的には不合格です。肺の疾病が発見されて、彼は兵役免除になって療養生活に入ってしまう。これが相良の十代でした。

この療養期間中、昭和十九年の七月に彼はアララギに入会します。本格的に短歌の世界に足を踏み入れ、島木赤彦や斎藤茂吉の歌を学び歌作に熱中していきます。その頃の歌を簡単に紹介しておきましょう。

最初の歌を見てください。アララギの新進歌人に柴生田稔《しぼうた》という歌人がいました。相良は彼の歌に深い関心を抱きます。昭和二十年の年末に相良は柴生田に手紙を送り、歌を見てもらおうとします。そのときの相良の歌と、それに対する柴生田の返信（資料4）が相良の遺品のなかに含まれています。それを見ると柴生田は相良の歌を読み、厳しく丁寧に批評しています。そのなかで柴生田が評価したのは次のような一首でした。

入日空富士は一塊の泥とも見えここに幾たりの人は死にたり　昭19

昭和十九年の年末に空襲があった。その時に作られた歌です。西のほうに富士山が一かたまりの泥のように黒いシルエットになって見える。この美しい東京の空のもとでたくさんの人が死んだ、という歌ですね。戦争が末期に入ったときに、日本の象徴である富士山を「一塊の泥」と歌っている。この部分に後の相良の歌にも通ずるような抽象化がありますね。この一首を柴生田は評価しています。

もう一首だけ柴生田稔が褒めている歌が次の歌です。

にひみどり蕾にふふむ幾夕をすぎて辛夷の花咲きにけり　昭20

コブシの花が咲く前、蕾のときに新しい緑色がちょっとだけ表面に兆す。そういう状態が何日か続いてコブシの花が開いたよという歌です。繊細な自然に対する目を柴生田は称賛します。柴生田もまた肺結核でしたのでどこか心が通じあう部分があったのでしょう。柴生田は国文学者でした。相良は、彼の影響もあってもう一度高校で国文学をやり直したいと思いはじめます。

結局、相良宏が進学した中央工業専門学校の航空機科は、終戦後、ＧＨＱの命令によって廃止されてしまう。相良は、昭和二十年の秋ごろから、もう一度国文学をやりたいと思い、早稲田大学の予科を目指して受験勉強をし始める。ところが、運の悪いことに受験を目前に控えた昭和二十一年二月に相良は喀血してしまうのです。それは肺結核が本格的に悪化したことを示しています。

このように相良の青春時代を振り返ってみると、戦争というものが相良の青春時代をめちゃくちゃにしたんだなという感じがします。文弱の人間が戦時下でいかに苦しい思いをしたか。劣等感を感じたか。自分の意に染まない理系の学問をしなければいけないというプレッシャーや、旧制高校に入れなかったという負い目が彼に深いコンプレックスを与えてしまいます。身体的なコンプレックスと学歴のコンプレックス、そういったものを抱きながら相良は戦後の社会に投げ出される。それが彼の青春でした。

ところが、歌のほうは、血を吐いてからちょっと変わってくるんです。作品に深みが生まれてくるんですね。もちろん、血を吐きましたから、彼は家でおとなしく療養しなければいけない。私は相良宏の家の跡地に行ったことがありますが、そこには相良が療養した離れがあり、相良はその離れで病気を養っていたそうです。その小さな部屋で相良は真剣に自分の存在を見つめるような歌を作りはじめます。喀血後、相良宏は歌人としてひとつの覚醒の時期を迎えたと思われます。次をご覧ください。昭和二十一年二月喀血した頃の歌（資料5）です。

仰臥してしばらく虚し鼻尖の透きとほるまで白くなりゐる　昭21

喀血した時の歌です。仰向いていて自分の鼻が白く見える。透き徹って見える。そこまで自分は青白い顔になっている。そういう自分の身体というものを、鼻先の透き徹るまで白くなったと認識している。自分の身体に対する感覚の鋭さといったものが相良の歌にあらわれて来ています。

三十四度をこえたる今日のゆふぐれにプラチナのごと光る雲あり　昭21

夏の歌です。「プラチナのごと」というのが新しいですね。雲がプラチナのような金属質の光を放つ。この歌などは戦後短歌らしいモダンな雰囲気を備えるようになっています。

あをぞらを嘆きねがへりをしたるとき猫が何かを落しし音す　昭22

相良はずっと布団に寝ています。窓の外にひろがる青空から目を背けて寝返りを打ったときに、猫が何かをふと落とした音がする。そういう繊細な瞬間をとらえています。

こんなふうに相良の歌は戦後短歌の影響を受けて、次第に繊細で新しいシャープな表現を身につけていきます。これが相良の昭和二十一・二十二年の歌です。相良はアララギの地方誌である「新泉」という雑誌に所属し、近藤芳美の選歌を受けるようになります。

4、清瀬療養所での生活

昭和二十三年四月、相良の病状はますます悪化して、とうとう東京の郊外にあった清瀬結核研究所付属療養院に入所することになります。結核患者が病気を治す研究所ですね。そこで相良は入所生活を四年間続けます。この療養所に入所して以後、また相良の歌が変わってきます。

相良はすごく晩生《おくて》です。中学時代の相良宏の日記には女性が全然出てこない。下級生の男子がかわいい。その子が好きだ。そんなことは書いてあります。けれども、女の子のことは日記に全然出てこない。中学校は男子校ですし、卒業後ずっと療養していますから相良は本物の女性に接することはなかったのです。

が、療養所には看護婦や女性の患者もいます。そこで初めて女性というものに興味を抱く。相良は療養所で初めて、生身の若い女性と話し、近づく機会を得たのだと思います。入所中、相良は歌ばかり書いた歌日記（資料6）を書いているのですが、そこにはたくさんの女性が出てきます。

そのころの歌が次の歌です。

透視のぞく看護婦の細き腰を見つをみなにふるることもなからむ　昭23

「透視」というのはレントゲン写真のことをいうのでしょう。相良は体力にも自信がありませんし、学歴は専門学校中退です。学歴はないし、丙種合格だし、無職。相良は男性としても自信がない。ですから、前かがみになってレントゲン写真をのぞきこむ女性の細い腰を見て「ああ素敵だな」と思うのですが、自分は決してその相手になることはない。この歌の「をみなにふるることもなからむ」という言葉には、自分は生涯、女の人に触れることは決してないだろうという断念が現れ出ています。次の歌は有名な歌です。

白壁を隔てて病めるをとめらの或るときは脈をとりあふ声す　昭23

自分の病室に白い壁がある。その向こうは女性患者の病室なんですね。若い女の子たちが「あなたの脈はどう?」「私は百二十よ」などとキャアキャア言っているのが聞こえる。こういう身近かな異性に対する切ない興味関心。そういったものが美しく描かれています。

後から触れますが、相良宏といえば福田節子という女性との切ない恋愛が有名です。今まで相良の歌に出てくる女性はすべて福田節子だと思われて来ました。でも、彼の歌日記を実際によく見てみると、相良は入所後、福田を愛しはじめる前にいろいろな女性を好きになっていたことが分かります。福田節子を好きになるのは、これよりずっと後の昭和二十五年の夏頃からです。入所後、相良はまず年上の女性を好きになったみたいですね。それが次の歌です。

ただ姉とよびたきものを秋づきてうなじに清き窓のひかりよ
華やかに振舞ふ君を憎めども声すればはかなく動悸してゐつ　昭24

「姉」と呼びたい女性がいた。華やかな立ち居ふるまいをする年上のお姉さんっぽい女性がいて、その人に対して憧れをもっている。そういうチャラチャラした女性の振る舞いや態度は嫌いなんだけれども、その女性の声が聞こえてくると、悔しいことに胸がどきどきする。そういう思いを歌った歌です。このあたりから相良宏の歌には他者の姿がたくさん出てくるようになってきます。女性の姿とか、同じ病室にいる友達、介護してくれる付添人などが歌の中に登場してきて相良の歌の世界が広がってきますね。

ただ、彼にはもう一つの負い目があります。それは、お父さんが非常に優秀な工場長で、資本者階級側にあるということです。いわゆるお金持ちのお坊ちゃんだったということです。相良はそれに対してすごく引け目を感じます。戦後世界というのはマルキシズムが大きな影響力を持った時代です。その時代の中で、プチブルというか、ブルジョアジーの階級の中に相良はいました。相良は自分が資本家階級の側にいるということに対しても引け目を感じてしまうのです。その気持ちが出ているのが次の歌です。

スタンドもラヂオもなくてわが病むに父は資本家側として憎まるる　昭24

当時、結核患者の中で左翼的な患者運動が盛んになってきます。清瀬療養所でもそういう運動が盛んになってきたのでしょう。そうすると、相良のお父さんは経営者側の人間ですから、相良も憎まれてしまう。そういうことに対する孤独感がよく出た歌です。

共に病みわれより若き君らにて学を捨てたるわれをさげすむ　昭24

こういう歌もあります。相良は工業専門学校に行きましたが、結局、中退してしまう。学歴がないわけです。「あなたは学問を捨てた人間じゃないか、学歴がないじゃないか」といって年下の患者仲間が相良を軽蔑する。そういう歌ですね。

自分が資本者側にいるということに対する劣等感、学歴がないことに対する劣等感、さらに先ほど言いました病弱な体に対する劣等感。そういったものを相良は療養所内でも感じ続けていたのです。

5、福田節子との恋

そんな相良の前に一人の女性が現われます。福田節子という女性です。相良より一年年下で山口県出身、東京の東長崎で育ちました。非常なインテリで、いまのお茶の水女子大学、当時の東京女子高等師範学校の理数科を出ています。統計学が専門です。彼女は相良がいた療養所で歌を始めていた。相良は入所当時から彼女を知っていたはずです。

が、相良の心が燃えあがるのは、入所二年を経た後の昭和二十五年秋のことでした。この二人はこの年にドイツ語を一緒に勉強し始めます。福田節子はドイツ語ができましたから、相良は福田節子と一緒に毎日二十分、一つの部屋でドイツ語を学ぶようになる。

写真を見ますととてもかわいい女性です。ちょっと若い頃の常盤貴子に似ているかなと思います。実物を見てないのに無責任に言いますけど、初めて写真を見たとき「これは惚れるわ」と思いました。そういう魅力的なとても快活な女性だったみたいですね。

この時、相良宏はずぶずぶと福田のことが好きになったのだと思います。彼の歌日記（資料7）は、このあたりから切ない恋の歌が並んでゆきます。まず最初の歌。

尖りたる鼻にかかりて言ふこゑの幼きにしも囚へられたり　昭25

これはちょっとわかりにくいですけれども、福田がドイツ語を発音するわけです。福田は、手塚富雄というすごく有名なドイツ文学者と家が隣り合っていた。ですから、女学校の時からドイツ語を教えてもらっていてとても発音がいい。そういう発音の美しさを聞いて、自分の心が彼女に囚われた感じになる。「おれはもうこいつに捕まってしまった」という感じだったんですね。

次の歌です。

卓燈の位置を正すと相触れし清き感触の蘇るなり　昭25

スタンドの位置を直そうとしたんでしょうね。福田節子があかりの向きを変えようとして手をのばす。そのとき、自分の指先と彼女の指先がちょっと触れる。どきっとする。そういう清らかな感触が、夜になってひとり眠る前にまざまざと思い出されてくる。そういう切ない歌です。

粧はぬ清き匂ひのかすかにて相病み学ぶ夜の二十分　昭25

病人ですから、福田はお化粧はしていません。だけど、清い匂いがしている。節子を思い出すと、相良宏は常に反射的に彼女の体臭を思い出すみたいで、ほかにも体臭を歌った歌がいくつかあります。清らかな匂いが漂うような気がして、その匂いばかりが気になって二十分間机を並べながら節子とドイツ語を勉強しあうんですね。ほとんどドイツ語は頭に入ってなかったんじゃないかと思いますけれども。

陰影は瞼にはきし如くにて何か言ひゐる表情となる　昭25

これも美しい歌で、影が刷毛ではいたように見えると言うんですね。彼女が何かを言おうとして表情がちょっと翳る。そういう表情が変化する瞬間を美しくとらえたとても巧緻で繊細な歌です。

言へないことがあるのよと言ひてうつむきし頬にさらさらと髪かかる見つ　昭25

福田節子ってなかなか魅力的な人みたいで、ちょっとコケティッシュな面があったんでしょうね。「相良さん、私にはあなたに言えないことがあるのよ。秘密があるのよ」と言われたら誰だってどきっとする。そういう場面なんでしょうね。そのときに俯いた顔に髪の毛がさらっとかかる。好きな人にこういう動作をされたらそれは男は夢中になります。

肉色のくちを尖らせ辞書引けりその唇にふるる日はなく　昭25

ドイツ語の辞書を引く場面ですね。彼女は口紅はつけていませんから肌色の唇がとても生々しく見える。その生々しい唇が相良の目の前にある。だけど、その唇に永久に触れることはできない。福田は当時としては最高の才女でしょう。今のお茶の水女子大学を出ているわけですから。しかし、自分は中卒の学歴しかなく、身体も弱い。そういう屈折があるので相良は好きになればなるほど劣等感に苛まれてしまう。「俺はこの唇に永久に触れることはできないんだ」と思うわけです。

年たちて或いは抱く日もありやあはれなる空想となりて眠りぬ　昭25

年をとって病気が治って療養所を出たら、福田節子の身体を抱くことができる日がひょっとしたらくるかもしれない。そんな空想ですね。しかし、相良はそれが実現できない夢でしかないことを自分でわかっていて「哀れな空想だ、実現できない空想だ」と思い直して淋しく眠ってゆくのです。

こうやって夜の二十分間、相良宏は福田に短歌を教える。そして福田は相良にドイツ語を教える。そういう教え合いっこをする。それが彼にとってとても大事な時間だったでしょうね。が、この福田節子が翌年の三月に退所することになります。せっかく仲良くなれたのにもうすぐ福田は療養所から去ってしまう。それを知ってから相良の恋は、また焦るように燃え上がっていきます。それが次の歌です。ここから昭和二十六年の歌になります。福田が退所する二ヶ月ぐらい前です。

夕雲の紅まさるひとときを灯を消してただ節子がこひし　昭26

下句の「ただ節子がこひし」という言葉はダイレクトですね。もうこらえきれずに直接的に口から出てしまっている感じです。切羽詰まってきている。次の歌もそうです。

臥して食ふ君を思へばその胸の白き皿にもわがなりたきに　昭26

節子はこの時、結核で左の胸を成形手術をして肋骨を取ってしまって、左の乳房はもうなかった。彼女は食事をするとき、胸に食器を置いて仰向けで食物を食べていたのでしょう。彼女の胸に載せられたその白い皿に私はなりたい。白い皿になれたら、彼女のやわらかい胸の上に置かれたら……。そんな妄想をするわけです。かなりひどいでしょう、このあたりの歌は、もう本当に好きで好きでたまらないという感じなんですね。

この辺まで風邪をひいたのと言ひて示すうなじは二所にてくびれをり　昭26

福田は相良の思いを多分知っていながら、相良にこんな甘えるようなことを言うのです。自分の生身の首のあたりを指さしながら「相良さん、私、風邪引いたの。このへんまで風邪の菌が昇ってきているのよ」と相良に喉を示す。相良はドキッとしてその首のくびれを見てしまう。

成形手術受けて右のみ残りたる清き乳房をわがこひやまず　昭26

左の乳房はもうない。右の乳房だけが残っている。でも、その片方の乳房を自分は恋しく思い続ける。性の対象として切望している若い男性の思いが籠っています。

働きて緋のオーバーを買ひやらむ夕餉終へただしばしの空想　昭26

この歌はとても切ない歌ですね。福田節子は成形手術を受けて肋骨を取っていますから左の肩が下がっています。その寂しげな細い肩に、緋色のオーバーを買ってかけてやりたい。そんな風に相良は思います。でも相良には収入がない。生計が立てられない病人ですから。働いて自分が稼いだ給料で彼女の肩に緋色のオーバーをかけてあげたいなと切実に思うのだけれども、それは病人である彼にはできません。だから、夕飯を終えたしばらくの間だけ彼はそれを空想する。それが実現不可能であることを知りながら束の間の空想に心を遊ばせるのです。それが空想に過ぎないことは相良自身、よく分かっているのです。

このとき相良は既に二十六歳になりつつあります。普通なら人並みの社会人として生計を立てることができる年齢です。しかしながら、彼は今も親の脛を齧って療養生活をしている。そういう不甲斐なさを嚙みしめている。好きな人ができて、その人を幸せにしたいと思えば思うほどそういう自分の不甲斐なさを感じる。この歌はそういう切なさが出ている歌だと思います。

この頃、福田節子には好きな人がいたみたいですが、結局彼女はその人と結ばれなかった。相良の文章を見ていると、相手の男性をまるで悪魔のように非難しています。その男性は福田節子を捨てたとか、肉体的な欲望の対象として弄び、裏切ったとか、いろいろ書いてあります。けれども事実はわかりません。とにかく福田はその男性のことが諦めきれなかった。相良の歌日記には、その相手の男性に対する嫉妬がすごく出ています。それが次の歌です。

透視室の暗幕に身を支へつつ彼に甘ゆる君の声聞きつ　昭26

レントゲンの部屋のカーテンに相良が身を寄せている。そうすると、外に「彼に甘ゆる君の声聞きつ」。つまり福田が「〇〇さーん」と男の人に甘えている声を聞いてしまう。そういうときにすごく暗い嫉妬の炎を燃やすというわけです。

昭和二十六年三月、福田節子が退所します。次の歌はその時の歌です。

通学服古し着て退所する汝の純潔をすでに信じがたしも　昭26

たぶん、退所するときに東京女子高師の制服を着ていたのでしょう。その姿は少女のように清純に見える。しかし彼女はもう純潔ではない。かつて付き合っていた男性と肉体的な関係があるのだ。相良は退所する福田の姿にそんなことを思うのです。すごく暗い嫉妬です。

福田節子が退所しても相良はまだしばらく療養所にいた。二人の間にはしばらく交際があったようです。手紙のやりとりをしたり、福田節子が療養所に来たりするんですけれども、結局、二人の恋は実りません。そのときの歌が次の歌です。

恋人と呼ぶには何か物足りぬ我ならむ手もとらず別れし　昭26

結局、福田節子との恋は成就しなかったということだと思います。

実は今日発表した以上十五首の歌は未発表で、相良のプライベートな歌日記のノートに書いてある歌です。多分、ほとんどは初めて公になったものです。相良宏は昭和二十六年に「未来」に参加します。その「未来」の同人が昭和二十八年に『未来歌集』という二十人の合同歌集を出します。相良も「野鳩の歌」百首でそれに参加します。それが相良の歌壇のデビュー作になるんですが、今日発表した福田に関する恋の歌は一首を除いてほとんど除外してあります。思うに『未来歌集』が編集されつつあった昭和二十七年は、福田節子と別れた直後で、しかも福田は存命中ですからこういう歌は出せなかったのでしょう。

でも、相良宏がこんなふうな切ない恋をしていた。そして、自分が病弱であり、生計が立てられない甲斐性のない男であり、学歴もない。そういう屈折のなかで福田節子に対する嫉妬の炎を燃やす。それが相良の療養所の福田節子との恋だったのです。

けっこうどす黒いでしょう。嫉妬の思いとか劣等感とかコンプレックスとか。つまり、相良宏の若い日々というのは、こういうコンプレックスまみれの日々だったんです。

6、戦後アララギからの摂取

しかしながらこの後、いちばん最初に見た「ささやきを伴ふごとくふる日ざし遠き紫苑をかがやかし居り」のような透明感のある歌を彼は作っていく。それがすごく不思議で、なぜこんな透明感のある澄んだ世界をつくりあげていけたのかということが長らく私の疑問でした。

一つには、短歌の定型というものがもともとそういうものであるからかも知れません。短歌にすると、どろどろしたものがきれいになる感じがするでしょう。そういう感情を濾過する整流器のような機能が短歌にはあるのだと思います。

もう一つは、相良宏は自分なりにまわりの人の歌を勉強し、戦後短歌の可能性を追求していったんですね。それはどういうことかというと、戦後のアララギという結社は土屋文明がいちばん偉い立場にいました。土屋文明がすべての選歌を担当します。彼が主張したのは「労働者の叫びの交換」。つまり、インテリが歌をつくるのではなくて、実際に生活をもち、現場で働いている人たちが、日常の生活から絞り出したような叫びをぶつけ合う場が短歌であり、アララギなんだという主張をして、労働者や一般の生活者の歌を重視するんです。手法はリアリズムです。目に映ったもの、現実を直視して、それを歌う。それが戦後のアララギの大きな推進力となっていきました。その土屋文明のリアリズム、生活派的な主張を信奉したのが、当時の若い歌人たちです。米田利昭、河村盛明、細川謙三などといった人々はやはり土屋文明に大きな影響を受けたのだと思います。

そもそも「未来」というグループは土屋文明の弟子たちが集まった同人誌でした。ですから、基本的には生活派的なリアリズムというものを追求した集団なのですが、相良だけは土屋文明の影響を受けていない。彼の文章を読むと、斎藤茂吉は天才だが土屋文明は下手だと書いている。彼は、土屋文明の短歌ではなくて、斎藤茂吉、そして茂吉の優れた弟子である佐藤佐太郎や柴生田稔の歌が好きだったのだと思います。

それともう一つは、当時、土屋文明選歌欄の中でも異質な歌人たちがいた。そこが土屋文明の度量の広さなんですが、リアリズムばりばりの歌人たちだけじゃなくて、修辞に凝った芸術派的な歌人たちがいた。そういう若い歌人たちの歌も文明はきちんと認めていたのです。相良宏は昭和二十二年以降の「アララギ」を読みながら、自分が気に入った歌を自分のノート（資料7）にどんどん書き抜いて行きます。それをチェックすると、相良が「アララギ」を読みながら、どんな歌から影響を受けたかがはっきり分かる。その選出が、いかにも相良らしいのです。

レジュメをご覧ください。「アララギ」から相良がどんな歌を書き抜いていたか、相良が選んだ歌を書き抜いてきました。昭和二十五年ごろの相良がどんな歌をいい歌だと思っていたか。それがよく分ります。
たとえば相良がとても好きだった歌人に真下《ましも》清子という歌人がいます。その人の絶唱ともいわれる歌が次の歌です。

墓地の柵白しなき人も若ければ寂しき努力をして死にゆきし　真下清子「アララギ」昭23・4

この歌の「なき人」は、戦争で亡くなった恋人だとか、いろいろ伝説があるんですけれども、墓地の柵が白い、そして亡き人も若かったので、寂しい努力をして死んでいったんだという歌ですね。この歌は「墓地の柵」が初句でしょう。「白し／なき人も」と、第二句の途中で一度文章が終止形で終わっているわけです。こういうのを「句割れ」というんですけれども、ちょっとギクシャクした調べです。が、「墓地の柵が白い」というイメージがこの「句割れ」によってカッと立ち上がってくる。いままでのアララギの歌と違うモダンな感じがするでしょう。
次の歌は、おそらく相良宏が一番意識していた同世代の歌人・斎藤正二の歌です。彼のノートには斎藤正二の歌がいっぱいメモされています。そのなかでも有名なのが次の一首です。

いつまでも楡《にれ》の林を出でぬ日にまた痛みいづる虐げられし魂《たましひ》　斎藤正二「アララギ」昭23・10

楡の林を出ない日というのは何でしょう。朝日でしょうか。細かい枝を張った楡の冬木のむこうから太陽が昇ってくる。しかしながらその速度は遅い。そういうときに自分のなかにある「虐げられし魂」がもう一度痛みを帯びて蘇ってくる。そんな歌です。全体的にちょっと抽象的な歌でしょう。虐げられた魂というものが実体化されて痛みを放つ。このような新鮮な表現に相良は注目して書き写しているのです。

抽斗にしまひ置きし薔薇を取り出しぬ海の如く寂かなる曙が来て　斎藤正二「アララギ」昭23・10

これも「海の如く寂かなる曙」なんて全然リアリズムではない。海のように静かな夜明けがやってきて、私は引き出しにしまった「薔薇」を取り出した。この「薔薇」は実体としてのバラではなく「薔薇のようなもの」なんでしょうね。これも比喩なんです。難しい言葉でいえば暗喩です。こういう単なるリアリズムではなくて、ロマンティックな暗喩を用いたシュールな歌を相良はノートに書き写しています。

それから斎藤正二の影響下にあった歌人で斎藤を信奉していた歌人に稲葉健二がいます。その人の歌もノートに記録しています。

牡鹿の足がぶらさがつてる壁の下雀斑《そばかす》散る素顔翳れる少女　稲葉健二「アララギ」昭24・10

これも不思議な歌でしょう。たぶん壁に撃たれた動物たちの剝製が掛けられている。そして、鹿の足が壁から突き出している。その壁の下に好きな女性がいて、その人のそばかすが見えるという歌だと思います。これも変わっているでしょう。「牡鹿の足がぶらさがつてる壁の下」って何だろう、とまず思ってしまうじゃないですか。現実の情景をデフォルメして、鹿の足だけを歌の前面に押し出している。こういう表現主義的な歌を相良はアララギの中から見出して、それをノートに多数書きつけています。

昭和二十三年ごろから台頭するアララギの若手のこのような作品を読み、摂取することが、相良の歌の変わっていく一つの契機となったのだろうと思います。現実べったりではなくて、そこから感じ取られた自分の主観的なイメージ、そういったものを歌の中に焼き付ける。そういう方法があるんだということを相良は昭和二十五年あたりで発見していく。それが晩年の相良の透明感あふれる歌につながっていったのではないかと私は思います。

7、推敲のプロセス——抽象化への志向

では、相良は戦後のアララギの若手歌人のこのような作品から得たヒントをどのように自分の作品に生かしていったのでしょうか。それを詳しく見てみたいと思います。

相良にはたった一冊『相良宏歌集』という自分の歌集があります。ただしこれは遺歌集です。昭和三十一年、相良の没後一年がたった頃に、岡井隆と吉田漱が編集をしたのがこの歌集です。岡井氏から頂いた資料のなかにはこの『相良宏歌集』を編集したときの原本になっている相良の

短歌制作ノートが二冊（資料8・9）入っていました。今日はここにそのノートを持ってきました。こんなに小さいのです。こういう小さいノートを枕元に置いて、相良宏は横書きで自分が思いついた歌をここに書き込んでいます。小さい字で書いて、その下に四行か五行の空欄が作ってある。初めから推敲することが想定されていて、空欄が四行ぐらい空けてあります。その空欄を使ってどんどん推敲していく。このノートを見ると、相良が最初に何を見て、どのような歌の初案を作ったか。そして、それをどのように推敲して完成作に持っていったか。そのプロセスがとてもよく分かります。

実際に彼がどんなふうに推敲しているか、見ていきたいと思います。それがレジュメに「抽象化への志向」と書いてある部分の歌々です。まず、Aの歌を見てください。

A、淡あはと霙に白む窓の下つめたき耳をしきて眠らむ　（完成作）昭28

これが完成作です。霙が降ってきますから、外はぼうっと煙って白い世界になりますよね。青空が曇って灰色の世界に包まれます。そういう白くなった窓の下に自分の冷たい耳を敷いて眠ろうというんです。すごく繊細な感覚でしょう。冷え冷えとした自分の冷たい耳の感触を感じて眠ろうというんですから。病人のすごく繊細な心のふるえを描いた歌ですね。

この歌を相良はどんなふうに推敲し完成させていったか。その過程を追跡したのが次の表です。

① 高窓の霙に白む暁にひえびえと右の耳しきて寝む
② 高窓の霙に白む油彩の下冷たき耳を折りしきて寝る

まず彼はこんな歌をつくります。①「高窓の霙に白む暁にひえびえと右の耳しきて寝む」。これがもとの形なんです。だから、窓というのはもともとは高窓だったんです。そして、耳というのは「右の耳」。あえて「右の耳」ということを示して、この段階までは具体的にどちらの耳であるかということを明らかにしています。

その下にもう一つ②の推敲案が書かれています。②「高窓の霙に白む油彩の下冷たき耳を折りしきて寝る」。今度は「油彩」を出してきた。「窓」ではちょっと抽象的だから「油彩」を出す。だけど、どちらの耳であるかまで詳しく言う必要はないだろう。それより大事なのは冷たさだろうと思って「冷たき耳」に直したわけです。

こういう推敲をして、出来上がったものがAの「淡あはと霙に白む窓の下つめたき耳をしきて眠らむ」(完成作)なんです。この完成作では、いちばん最初にあった「高窓」とか「油彩」というのが全部、消去されています。あたりにあるのは白々とした窓だけ。そして、耳は初め「右の耳」だったのが、右であるか左であるかよりも、冷たさという触覚に焦点を絞ります。これによって「冷たい耳」という感触が私たちの胸にダイレクトに伝わってくる。こうやって、感覚を一点だけに集中させて、あとは全部捨象して抽象化していく。こういう推敲を彼はやっています。

次の歌Bを見てください。まず完成した歌から見てみましょう。

B、樹を更へて遠ざかりゆく群鳥の声を混へて遠ざかるなり　（完成作）昭29

一本の木がある。その木にとまっている鳥たちがいっせいに飛び立って次の木へ飛んで行く。飛び去ったと思ったらまた次の木へ行く。木を替えていく。すると、だんだんその鳥の声が遠ざかっていきますね。鳥の鳴き声は近くで聞いていると、ひとつひとつ別々に聞こえてくる。右の鳥はピーピー鳴いている。左の鳥はチュンチュン鳴いている。それが別々に聞こえます。

でも、鳥たちが遠ざかっていくと、それらの声が混じり合ってくる。いままで個々に聞こえていた声が、鳥が遠ざかっていくにしたがって声が混じり合って、声の魂・声のマッスみたいなものになっていく感じがする。この歌はそんな印象を捉えています。鳥の声というものが、遠ざかるにつれて微妙に印象を変化させて遠ざかっていく、そのプロセスを捉えた非常に感覚的で繊細な歌だと思います。

しかしながら、この歌も初めは具体的なものを歌った写生の歌だったのです。初案の歌①を見て下さい。

①　秋くもる静臥にきこゆ椋鳥の群れて梢をわたりゆく音

「群鳥」は椋鳥だったんですね。静臥しているときに椋鳥が梢を渡っていく。これがもとの形です。でも、相良はここから歌を抽象化する。声が遠ざかって混じり合ってミックスされていく感覚だけを描こうとする。そしてBの「樹を更へて」という完成作へと推敲してゆく。ここにも、感覚を一点に集中させて、その感覚だけを描きその周辺の状況を抽象化していくという方法が見られると思います。

次のCを見てください。この歌も有名な歌です。

C、疾風に逆ひとべる声の下軽羅を干して軽羅の少女　（完成作）昭29

これもかっこいい歌ですね。「軽羅を干して軽羅の少女」というリフレインがなかなか決まっています。

この「軽羅」というのは夏物の薄い服のことですね。そういう薄いブラウスを干している薄いブラウスを着た少女がいる。そこに強い風が吹いていて、声が風に逆らって飛んでくるというんです。これも抽象的でしょう。空に風がバーッと吹いて、声が逆らって飛んでくるって、一体何だろうと思いますよね。でも、この歌を読むと「声が飛んでくる」という現象だけが自分の感覚のなかに入ってくる感じがする。相良はそういう抽象化された感覚だけを描いていくわけです。

でもこの歌も最初は具体的な歌だったのです。①から③の推敲過程を見てください。

①　風に向ひ鳴きて一羽のすぎし下軽羅を干せる軽羅の子あり

②　朝風に逆ひとべる声の下軽羅の少女軽羅を干しぬ

③　軟風に逆ひ飛べる声の下軽羅を干して軽羅の少女

初案は①「風に向ひ鳴きて一羽のすぎし下軽羅を干せる軽羅の子あり」です。疾風に逆らって飛ぶ声というのは本当は鳥の声だったのです。向かい風に向かってカアカアと鳴きながら一羽が飛んでいった。その下で少女がブラウスを干しているという歌なのです。

これを相良は②で「鳥の声」という具体的な情報を消してゆきます。②「朝風に逆ひとべる声の下軽羅の少女軽羅を干しぬ」。①の「風」が「朝風」になった。そして、鳥という主体が消されています。さらに③の歌。③「軟風に逆ひ飛べる声の下軽羅を干して軽羅の少女」。もう「朝風」も要らない。「軟風」でいいだろう。下句も「軽羅の少女軽羅を干しぬ」も名詞止めにして「軽羅を干して軽羅の少女」とすぱっと言い切ってしまう。

このような①から③までの推敲を経た上で、最後に「軟風」ではなくて「疾風」の方がいいという判断のもとに「疾風に逆ひとべる声の下軽羅を干して軽羅の少女」というCの完成作が出来上るのです。このCの歌でも、相良が具体的な情報を抽象化し、感覚的な部分だけを目立たそうとしている過程がよく分かってきます。

8、推敲のプロセス——モチーフの合体

これらAからCの歌は比較的短期間に推敲され完成した歌々です。が、ノートのなかには、相

良が長い時間をかけて、あれやこれや迷いながら作りあげている歌もあります。その例が次のDとEの歌です。

まず、Dの歌を見てください。これも有名な歌です。

D、無花果の空はるばると濁るはて沼に灯映す街もあるべし　（完成作）昭29

いい歌だと思いますね。でも「無花果の空」というのがちょっとわかりにくい。

私はこれを暗喩だととらえています。無花果の実は熟れてゆく。そうすると、緑色の蔕みたいなところがだんだんと赤くなりますね。緑色と赤色が混じり合い、変なグラデーションを作って無花果の実の肌を彩ってゆきます。相良は、夕空の色のグラデーションをその無花果の肌のグラデーションに喩えているのです。

おそらく夕方の空が曇っていて、無花果の肌のように赤と緑が複雑に混じった、ああいう不気味な空だっただろうと思います。そういう無花果色の空が濁る彼方に、沼があって、その沼の傍に街灯が立つ街があるだろう。相良はそんなふうに想像している。暗い夕暮れの空の向うに街があって、その街には見知らぬ人の営みがある。その人の営みの中に小さな灯火《ともしび》が灯されて、その灯火が沼に映っている。そういう静かな人の営みがおそらくあるだろう。病人として市井から離れているとそんなことを懐しく思うのでしょう。

相良は、この歌を非常に苦労して作っています。最初、主に二つのモチーフがあって、それぞれ幾つかの歌が作られ、それが最終的にドッキングされてゆく。そのプロセスが、彼の作歌ノートを見るとよく分かるのですね。

まず、目の前のイチジクの木という実景を歌った系列の歌々があります。それが次の①と②の歌です。

① ゆたかなる日ざしにかをる無花果につどへる中のきらめく甲虫

② 無花果にあつまる中の蝶一種ひくべき君の図鑑をぞ待つ

相良の家は江古田の丘陵地にあって庭にはイチジクの木が植えてあったようです。そのイチジクに集まってくる「甲虫」や「蝶」がまず目の前にあって、まず相良は、その実景を素朴に歌おうとしているのです。

ところが、同時に、このような歌とは別に、次のような遠い場所への憧れというか、幻想を歌った系列の歌々を相良は作り始めています。それが③から⑤までの歌々です。

③ はるばると日筋さしたる森あらむ霧雨へだて秋蟬なけり

④ 北空のはてはいくらか明るきに行かば貧しき街もあるべし

⑤ 臥して向ふ北空のはてやや青く行きなば灯る街もあるべし

この③の歌では「森」、④と⑤の歌では「街」が題材になっていますが、この三首、モチーフはよく似ています。つまり、遠いところに自分の行けない「森」や「街」があって、それを幻想し、憧れるというモチーフですね。相良はずっと病臥していますから窓の外の世界に憧れます。彼の家は丘の上にありますから北の方が見渡せたのでしょう。多分、荒川区の街とか川口市などの小工業地帯が見えたのかもしれません。遠いところにそういう「貧しき街」があって、そこで見知らぬ人が生きている。そういう幻想をこれら三首の歌では歌おうとしていることが分かります。Dの「無花果の空はるばると濁るはて沼に灯映す街もあるべし」という完成作は以上の二つのモチーフが合わさってできた歌なのです。つまり、

モチーフ①…眼前のイチジクという実景（①②）
モチーフ②…遠い街の想像・幻想（③④⑤）

この二つのモチーフが、ある一瞬、ドッキングしたんですね。それがよく出ているのが次の⑥の歌です。

⑥　無花果の空はるばると濁るはて貧しく灯る街もあるべし

この⑥が出来上ることによって、大分、完成作に近づいてきました。ここで重要なのは、①と

②の歌では実景として歌われていたイチジクがここでは暗喩になって「無花果の空」となっているところです。
この「無花果の空」は、「ぶら下がっているイチジクの実の背後に広がっている空」という実景なのか、「イチジクの実の表面のような複雑な色をした夕空」という暗喩なのか、ちょっと判然としません。それが実景なのか、比喩なのか、判然としないまま抽象化されている。そういう具象と抽象の境目というか、ギリギリのラインでこの表現が成立しています。

ただこの⑥の歌では、第四句「貧しく灯る街」あたりが少し露骨で直接的だと相良は思ったのでしょう。相良はそこに「沼」というイメージを加味して最終的に「沼に灯映す街」にする。それによって「貧困」ということをそのまま直接に歌わずに、沼に映る街灯というイメージとして読者に届けようとする。そしてやっとDの「無花果の空はるばると濁るはて沼に灯映す街もあるべし」という完成作ができあがるのです。

このDの歌において、相良はイチジクという実景を暗喩化すると同時に「貧困」という抽象概念を「沼に映る街灯」という形で具象化している。そういう抽象化と具象化の双方向のやりとりをすることによって、このハイブリッドな歌は出来上がったのです。

このように暗喩を用いることによって二つのモチーフが合体させられた歌は他にもあります。それが、この講演の最初に紹介した「紫苑」の歌です。Eと記号を振りました。再度読んでみます。

E、ささやきを伴ふごとくふる日ざし遠き紫苑をかがやかし居り　（完成作）昭29

やはりいい歌ですね。「ささやき」という聴覚に対する情報と「かがやかし居り」という視覚情報が見事に融合されて静謐な世界みたいなものが現れています。が、実はこの歌も「ささやき」という聴覚的な情報をモチーフとした一群の歌と「紫苑に差す日ざし」という視覚的な情報をモチーフとした一群の歌のハイブリッドなのです。

まず、「ささやき」をモチーフとした一群の歌を見てみましょう。①から④の歌です。

① ささやきの幼きかなと起きてみる苑の紫苑に秋日さすのみ
② 起きて向ふ庭の日ざしよささやきの幼かりしを錯覚として
③ いとけなきささやきは夢なりしとも空しき園に秋日満ちをり
④ つづきゐしささやきは我が幻と向へる園に秋日そそげり

これらの歌を読むと、Eの歌の最初のモチーフが分かってきます。この「ささやき」は比喩ではなく実際の声だった。子どもたちのささやく声だったのです。

相良は自宅の離れで療養を続けていました。その家の庭には、近くの子どもたちがよく遊びにきていたようです。相良は子ども好きで、その子たちを集めて学習塾を開いて生計を建てることを夢見ていたようです。多分、相良が寝ているうちに子どもたちがやってきて、庭でひそひそ話をした。その声を耳にして相良はまどろみから覚める。が、目覚めて庭を見てみると、そこには子どもたちの姿はない。あ、さっき聞いた囁き声は幻聴だったのかな。相良はそう思って、誰もいない秋の日が降り注ぐ庭を茫然と見る。相良が最初歌おうとしたのは、そういう事実であったということがよくわかります。

その具体的な事実を相良は「錯覚」「夢」「幻」など様々に表現を変えたり「子ども」という主体を消したりして、手を代え品を代え、推敲して歌にしようとしています。それがこの①から④の歌です。しかし、これらの歌は完成しない。ノートを見てみると、相良はこれらの歌をそのままにして数日間放置していたことが分かります。

その一方で、相良は庭の紫苑の花に差す日ざしに注目して、以下の⑤から⑦のような「紫苑に差す日ざし」の歌々を作っています。

⑤　病む視野を移る日ざしが或る時に遠き紫苑をかがやかしめつ
⑥　病み臥しの屋根こえてさす午後の日が揺るる紫苑をかがやかし居り
⑦　屋根こえてそそぐ日ざしが午後しばし揺るる紫苑をかがやかし居り

歌おうとしている情景は何となく分かります。秋の午後ですから日ざしは斜めから射している。相良の家の庭は離れの北にあったのでしょう。午後になると庭は半ば翳ってしまう。屋根と庇のある手前の庭は、もう長く伸びた影の中に入ってしまっている。手前は暗いけれど、庭の遠いところはまだ日が当たっていて、そこに紫苑の花が揺れている。手前が影になっている分、日の当たっているその紫苑がより鮮やかに見える。そんな光と影の印象を相良は何度も何度も言葉を代えて表現しようと努めています。が、この「紫苑に差す日ざし」のモチーフの歌も、なかなか納得できる出来栄えにならない。この⑤から⑦の系列の歌もしばらく放置されてしまっています。

このように見てゆくと、Eの「ささやきを伴ふごとくふる日ざし遠き紫苑をかがやかし居り」という歌は、当初は「ささやき声を幻聴した」という聴覚的な印象を歌った①から④までの歌と、午後の日ざしが庭の遠くにある紫苑を輝かせているという視覚的な情景を歌った⑤から⑦までの歌という別々の歌として作られていたということがはっきりわかってきます。つまり、

モチーフ①…聴覚の印象（①②③④）
モチーフ②…視覚の情景（⑤⑥⑦）

という二つのモチーフが彼のなかにあったといえます。

これらの①から⑦までの歌はすべて現実や実景をそのまま歌おうとしています。が、多分、あるとき相良は気づいたのです。「この二つのモチーフを合体させたらどうなるだろう」と。このとき相良が用いた方法は、現実の「ささやき声」を比喩として用いることでした。

相良はそれに気づいて、二つのモチーフを合体させた次の⑧の歌を作ります。

⑧　さざめきのごとき日ざしが今しばし揺るる紫苑をかがやかし居り

これで大分、完成に近づきました。この⑧の歌で重要なのは「ささやき声を幻聴した」という事実を抽象化し「さざめきのごとき日ざし」というように比喩表現にしているということです。これによって「ささやき声」を聞いたときのかすかな聴覚の残像が、日の光の質感の表現に転換されます。先のDの歌でも、相良は現実に植えてあるイチジクを「無花果の空」という比喩にして二つのモチーフを合体させていました。それと同じ方法をここでも用いているのです。

この⑧の歌まで来て、相良はようやく自分の思うような短歌になりつつあることを感じたのでしょう。手応えを感じた相良は、さらに細部を詰めてゆきます。彼はこの⑧の歌の第三句に置かれた「今しばし」という冗句を省いてゆく。そして「さざめきのごとき日ざし」というやや寸づまりだった表現を「ささやきを伴ふごとくふる日ざし」とゆったりとした言葉の流れに変える。さらに第四句の「揺るる」という動きを排除して、静止画のような印象を強めようと「遠き」に入れ換える。このような細部の仕上げを経て、ようやくEの名歌「ささやきを伴ふごとくふる日ざし遠き紫苑をかがやかし居り」が完成するのです。

このように相良は、Eの歌において①から④までの歌にあった「ささやきの幻聴」という聴覚情報を抽象化し、比喩として用いることによって「紫苑に差す日ざし」というモチーフに接続させた。その結果、不純物が取り除かれた聴覚と視覚の上澄みの部分だけが結びついた歌になる。相良の作歌ノートを検証していくと、その抽象化と浄化のプロセスがありありとわかってきます。

透明感あふれる相良の晩年の歌はこのような推敲のプロセスを経て精錬されていたのです。

相良宏は様々な葛藤とか様々な劣等感を抱いた、どろどろな心情にまみれた人間だったんだけれども、こうやって歌というもので自分の感情を浄化し、情景を抽象化して、その感情のいちばん上澄みのイメージだけを言葉にしてゆく。そういう方法を晩年に獲得していきます。それが、相良宏の歌に透明感を与えていた。そこに相良宏のテクニックがあり、そのテクニックこそが相良の思想であったという感じがしています。

9、混沌から清澄へ

以上、私は主に未発表の資料を利用しながら、相良の生涯と作品を追ってみました。

戦時に文弱の徒として生きねばならなかった劣等感や、それがもたらす不幸な恋愛体験。それら混沌とした暗いマグマのようなものを抱えながら相良は生きていたのだということが確認できたと思います。が、相良は短歌といういわば「整流器」を使って、その混沌を清らかに澄んだものに変えてゆく。そういう方法を最晩年みずからのものとしてゆく。その過程が或る程度明確になったと思います。

相良は、少年の頃から俳句や短歌を作るとき、自分を「澄彦《すみひこ》」というペンネームで呼んでいました。劣等感に苛まれた少年にとって、せめて俳句や短歌を作る時だけは澄んだ自分でいたい、という願望が相良のなかにはあったのだと思います。その意味で相良にとって短歌という詩型は、自分でも持て余している混沌を清澄なるものに変えるシステムだったのかも知れません。
実は私、岡井氏から頂いた資料をまだ全部精査したわけではありません。きょうの講演は中間発表という感じになってしまいました。今日のところは、戦後のアララギの歌の中から一つの可能性を取り出して、それを方法的に純化するかたちで透明感あふれる歌を作っていったその過程のほんの上澄みの部分だけを紹介して拙い講演に代えさせていただきます。ご清聴ありがとうございました。

（平成二十七年十月十八日明治記念綜合歌会短歌講座「戦中派から戦後の歌人」第九回での講演。於・明治神宮参集殿）

後記

ありがたいことに、ここ数年、私はいろいろな場所で講演をする機会をいただいた。この書は、私が行ったそれらの講演のなかから、アララギに関するものを選び、文章化したものである。

内容はアララギ歌人論の集積といえるだろう。正岡子規、浅野梨郷、斎藤茂吉、柴生田稔、中島栄一、高安国世、近藤芳美、相良宏。根岸短歌会からアララギ・未来にいたる潮流のなかにいるそれら八人の歌人たちの作品の解析を中心に、論点は多岐にわたっている。

これらの講演をするなかで私が常に感じてきたのは、アララギという集団の多様性や豊かさであった。

一般的にアララギの歌は、現実をありのままに歌う硬直した写生主義だと思われがちである。が、実はそれは大きな誤解だと私は思う。正岡子規がどのようにして新たな言語観を確立していったのか。浅野梨郷をめぐる初期アララギという集団のなかで、どれほど豊かな歌の可能性が蠢いていたか。「実感」を作りあげるために斎藤茂吉はどのような手法で歌を作っていたのか。中島栄一や相良宏は、新たな主題や表現を獲得するためにどんな模索をしたか。柴生田稔・近藤芳美・高安国世らが戦争や政治といかに対峙しようとしていたか。

そういったさまざまな模索が多くの歌人によって行われ、その集積がアララギという集団のエネルギーになっていた。アララギは常に生動し流動していた。私は、個々の歌人を論じるなかで、この集団が内包していた豊かなエネルギーに気づかされていったような気がする。そのエネルギーが、この書を読んでくださる皆さんに少しでも伝われば、幸いである。

前著『近代短歌の範型』に続いて山吹明日香氏に校閲の労を取っていただいた。今回もまた、雑な私に代わって、精緻なチェックをしてくださった。また『アララギの脊梁』に続いて、この書の出版のすべてを永田淳氏にお願いした。個人的にも深く信頼する氏によってこの書が世に出ることは、私の心から喜びとするところである。両氏の細やかな心づかいに心から感謝する。

平成二十九年一月

大辻 隆弘

参考資料一覧

正岡子規における俳句と短歌

『子規全集　第四巻』（講談社　昭50）
『子規全集　第七巻』（講談社　昭50）
『子規全集　第十巻』（講談社　昭50）
『子規全集　第十一巻』（講談社　昭50）
『子規全集　第十四巻』（講談社　昭51）
『子規全集　第十九巻』（講談社　昭53）
『子規歌集』（岩波書店　岩波文庫　昭34）
『歌よみに与ふる書』（岩波書店　岩波文庫　平元）

浅野梨郷と初期アララギ

「阿羅々木」明42・4
「アララギ」明42・9〜大2・1
『左千夫全集　第九巻』（岩波書店　昭52）
『斎藤茂吉全集　第三十三巻』（岩波書店　昭49）
文化のみち二葉館所収資料「伊藤左千夫→浅野梨郷宛はがき」（明42・9・28付）
文化のみち二葉館所収資料「浅野梨郷『海水浴』歌稿」

斎藤茂吉の作歌法

『斎藤茂吉全集　第二巻』（岩波書店　昭48）
『斎藤茂吉全集　第二十七巻』（岩波書店　昭49）
『斎藤茂吉全集　第三十巻』（岩波書店　昭49）
『斎藤茂吉全歌集』（筑摩書房　昭55）

柴生田稔の戦争

柴生田稔『思い出す人々』（短歌新聞社　平4）
「アララギ」昭10・5～昭25・11
『定本近藤芳美歌集』（短歌新聞社　昭53）
柴生田稔『麦の庭』（白玉書房　昭34）
『定本柴生田稔全歌集』（角川書店　平11）
「八雲」昭22・9、昭23・1
近藤芳美『埃吹く街』（草木社　昭23）
近藤芳美『静かなる意志』（白玉書房　昭24）
『現代短歌全集　第十五巻』（筑摩書房　平14）

中島栄一と大阪

杉浦明平『明平、歌と人に逢う』（筑摩書房　平元）
中島栄一『指紋』（草木社　昭27）
小暮政次他『自生地』（白玉書房　昭25）

『中島栄一歌編』（木犀園発行所　平23）
『土屋文明全歌集』（石川書房　平5）
「アララギ」昭26・5
「ケノクニ」昭22・9

高安国世から見た近藤芳美

「アララギ」昭23・11～昭25・2
黒住嘉輝『高安国世秀歌鑑賞』（青磁社　平17）
高安国世『短歌への希求』（沖積舎　昭50）
『近藤芳美歌集』（角川書店　角川文庫　昭46）
『定本近藤芳美歌集』（短歌新聞社　昭53）
「復刻『ぎしぎし会々報』」（未来短歌会　昭56）
「新泉」昭23・10
「復刻『フェニキス』」（フェニキス復刻刊行会　平4）
高安国世『詩と真実』（短歌新聞社　昭35）
「高槻」昭24・3
『高安国世全歌集』（沖積舎　昭62）
近藤芳美『歌い来しかた』（岩波書店　岩波新書　昭61）

相良宏――透明感の背後

大辻隆弘所蔵の相良宏遺品による。内容は以下のとおり。

＊資料1「随想日記」（署名・相良宏）

Ａ５判の市販の縦罫ノート。表紙に「昭和十七年八月二十五日」と記されている。内容は昭和十七年九月から年末までの断続的な日記と、尋常小学校六年から東京府立第九中学校一年時までを回顧した小文からなる。

＊資料2『歳月――九中卒業五十周年記念文集』（イレブン会発行　平５・11）

相良と同期の東京府立第九中学校第十一期生の同窓会「イレブン会」が、中学校卒業五十周年を記念して発行した文集。府立九中での中学校生活が記録されている。

＊資料3「日記　十九歳」（署名・宏）

博文館社版「昭和十八年重宝日記」（Ｂ６判・縦罫・全三四四ページ）に記された昭和十七年九月から昭和二十一年三月に至る日記。「資料１」に接続する日記と考えられる。ただし記述は断続的で、書かれていない期間も多い。昭和十九年の部分はおもに歌のみが記されている。後半部は、斎藤茂吉の歌集『赤光』『のぼり路』からの歌の抜粋や「相楽澄彦歌集」と題された数え年十四歳から十九歳までの短歌約二〇〇首が記載されている私家集が収められている。

＊資料4「柴生田稔→相良宏書簡」（昭21・1・15）

自作の批評を乞うた相良に対して、柴生田が懇切な批評をしたもの。便箋三枚にわたり柴生田の丁寧な批評が記されている。また、封筒の中には、相良が柴生田に送った昭和二十年十月八日付および十二月二十五日付の歌稿も同封されている。

＊資料5「香切火《かぎろひ》」（署名・宏）

「帝国教育会編纂国史」と題されたA5判の縦罫のノートに、相良自身の手によって装丁が施されたもの。昭和十八年から昭和二十一年の相良の歌のなかから彼自身の自信作を選び、清書し、編纂したもので、この当時の彼自身の手製の私家集とでもいうべきものである。収録歌約二八〇首。

＊資料6「歌稿　23―24」（署名・相良宏）

A5判の市販の縦罫のノート。昭和二十三年春、清瀬結核研究所付属療養院に入所した後、昭和二十四年の十二月までの作歌ノート。四九〇首ほどの歌が記載されているほか、読書記録・療養中の生活記録などのメモも記されている。

＊資料7「歌稿　1949・12〜」（署名・相良宏）

A5判の市販の縦罫のノート。昭和二十四年十二月から昭和二十六年春までの作歌ノート。ざっと四〇〇首を越える歌が記載されている。ノートの半ばに昭和二十二年三月から昭和二十五年にかけての「アララギ」「新泉」から、相良が気に入った歌を抜粋した記録が書き込まれている。

＊資料8「作歌ノートA」（仮称）

表紙に題名・署名なし。A6判の市販の横罫の小型手帳。表紙を開くと一ページ目に「1952・11―1954・10」という日付が書かれている。これによって、昭和二十七年の年末から二年間の期間の作歌ノートであることが分かる。歌の初案と改作案がびっしりと書かれており、六〇〇首から七〇〇首の歌の案が記されている。最後尾に、福田節子に捧げた詩が二編書きつけてある。『相良宏歌集』を編むに当たって底本とされたノートである。

＊資料9「作歌ノートB」（仮称）

表紙に題名・署名なし。B6判の市販の横罫ノート。岡井隆は「昭和三十年八月の死までのものと推定されるが、御家族の記憶から察するに、作歌していたのは、おそらく六月頃まで」と紹介している（『相良宏歌集』「後記」）。約一八〇首の歌が記載されている。「作歌ノートA」と並んで、『相良宏歌集』の底本となったノート。

『現代短歌全集　第十三巻』（筑摩書房　平14）

初出掲載誌一覧

正岡子規における俳句と短歌　書き下ろし
浅野梨郷と初期アララギ　「短歌研究」平28・2（原題「浅野梨郷がいた時代」）
斎藤茂吉の作歌法　「歌壇」平23・9〜10
柴生田稔の戦争　「短歌人」平22・11（原題「戦後アララギについて」）
中島栄一と大阪　「レ・パピエ・シアンⅡ」平26・7〜11
高安国世から見た近藤芳美　「レ・パピエ・シアンⅡ」平25・11〜平26・6
相良宏——透明感の背後　『明治記念綜合歌会短歌講座第九集』（明治神宮社務所　平28・5・8　発行）

青磁社評論シリーズ11

子規から相良宏まで
――大辻隆弘講演集

初版発行日　二〇一七年二月二十二日
著　者　大辻隆弘
松阪市稲木町一一六三―三（〒五一五―〇二一二）
定　価　二六〇〇円
発行者　永田　淳
発行所　青磁社
京都市北区上賀茂豊田町四〇―一（〒六〇三―八〇四五）
電話　〇七五―七〇五―二八三八
振替　〇〇九四〇―二―一二四二二四
http://www3.osk.3web.ne.jp/~seijisya/
装　幀　濱崎実幸
印刷・製本　創栄図書印刷

ISBN978-4-86198-376-4 C0095 ¥2600E